Nefer&Allen
「流沙の記憶」

「判った。乱暴は致さぬ」

彼は囁きながら、アレンの麻の服の裾から
手を忍び込ませてくる。

「なに……っ？」

アレンはぎょっとして目を見開いた。

「案ずるな。そなたを楽しませてやろうというのだ」

（本文 P.126 より）

流沙の記憶

松岡なつき

キャラ文庫

この作品はフィクションです。
実在の人物・団体・事件などにはいっさい関係ありません。

目次

口絵・本文イラスト／彩

1　アマルナ　一九六〇

『……紀元前三千年から紀元前三百三十二年のアレキサンドロス大王による征服まで、エジプトには約三十の王朝があり、二百九十五人の王が統治し、彼らはすべてアメン神をその中心となす多神教を信奉していた。そう、ただ一人の王を除いては……』

甲板に並べられたデッキチェアに横たわっていたアレン・イブキ・ハーシェルは、手元の本から目を上げると、陽光に煌《きら》めきつつ流れるナイル河に視線を投げかけた。

カイロの港を快速船で出発してから、一体どのくらい経ったのだろうか。

「景色に変化がないから、時間の流れも遅いような気がしてくるな……」

アレンは欠伸《あくび》をしたせいで涙が滲《にじ》んだ目を擦《こす》り、ふとぼやいた。

ナイル河の両岸には肥沃《ひよく》な帯状の土地が広がっている。その幅は数キロを数えることもあったが、決して二十キロを超えることはない。所によっては砂漠が川岸まで迫ってきていたりもするし、河を遡《さかのぼ》れば切り立った岩石が水面を見下ろすといった光景もあるらしい。

アフリカ北東部を流れ、地中海へと注ぐこの世界最長の河の全長は六六五〇キロ。

そして、アレンが己れの学者人生を捧《ささ》げんと欲する古代エジプト文明が生まれ、栄えたのはその下流地域だった。

(この悠久の流れだけが、三十の王朝の興亡を見てきた)

アレンは想像する――ヌビアからは黄金が、エチオピアからは没薬《もつやく》が、そして上流の石切場からはオベリスクやファラオ達の墓を建てるための石材が、この大河を船で運ばれてきた。

それだけではない。農民にはその氾濫《はんらん》で土地に潤いを与え、王族には優雅な舟遊びの場を与えてきた。

(おまえさんに口があり、言葉があったなら……)

そこまで考えて、アレンは苦笑した。どうやら自分は感傷的になり過ぎているらしい。

そう、河は河だった。

滔々《とうとう》と流れるその水は、歴史に携わる者の切望する秘密を呑《の》み込んだまま、黙して語ることはない。

(だが……)

そうと判っていても、アレンは心の奥底で祈らずにはいられなかった。偉大なる河の神よ、一瞬でもいいから、その秘密を垣間見《かいまみ》せたまえ、と。

(日系人を母親に持つ俺は、多神教や自然崇拝に抵抗感はありませんからね)

アレンの外見で最も東洋の香りを残すのは黒い髪だった。瞳は父方の血が強く出たらしく、夜明け前の最も暗い空の色をしている。額の高さや鼻梁《びりょう》の細さなど顔の骨格も父譲りのため、ちょっと見には国籍不明の容貌《ようぼう》だ。しかし、アメリカ人が『ハーシェル』という姓を聞けば、すぐにユダヤ人だと判るだろう。

（正確には違うけど）

自分の出自を思うとき、アレンの唇にはほろ苦い笑みが浮かぶのが常だった。

厳格なことで有名なユダヤ教の教義によれば、真なるユダヤ人とはユダヤ人の母親から生まれた者に限られる。

つまり、アレンは『神に選ばれた民』ではないということだ。

両親と一族の猛反対を押し切って熱愛する日系女性と結婚したアレンの父親は、ハンガリー系のユダヤ人であり、みだりに口にしてはならない名を持つ唯一神を信仰し続けていた。

もちろん、母もアレンも改宗という手を使えば、『ユダヤ教徒』にはなれる。だが、民族の血統を重んじる父の一族にとって、所詮《しょせん》は偽物に過ぎない。心から受け入れられることはないと判っていたアレンの母親は、夫に改宗を仄《ほの》めかされても首を縦に振らなかったし、息子にも自分と同じキリスト教徒の洗礼を受けさせた。

「特に愛してくれる神様でなくていいの。私は平等がいい。私が日系人だということで息子を差別されるのはごめんよ。私はあまねく全ての人を愛してくれる神様を信じているの」

普段は物静かな母親が、そのときばかりは一歩も引かぬ気迫を見せたらしい。惚《ほ》れた弱みもあって、父親は引き下がるしかなかった。もっとも、未練はあったのだろう。アレンにヘブライ語を教え、『律法』を暗記させた。いつか自分と息子が肩を並べて、ユダヤの礼拝堂であるシナゴーグへ向かうのを夢みて。

（ごめんね、父さん。そんな日は来ないんだ。俺はクリスチャン――体裁だけのクリスチャンさ。母さんと違って、滅多に教会にも行かない）

親族からの拒絶という心の傷を持つアレンは、宗教自体に懐疑的な人間に育っていた。諍《いさか》いや憎悪を生み出す契機となるものが、本当に善だとは思えなかったからだ。だが、

（古代エジプトの神々には、なぜか心惹《ひ》かれる。現存していれば、帰依《きえ》していたかもしれない。彼らには土や水の匂いがする。共に生きて、寄り添ってくれる感じがするんだ）

人間と同じで失敗もすれば、激しく嫉妬《しっと》もする神々。

信徒を戒律でがんじがらめにするよりも、その恩恵で惹きつけようとする。

しかも現世だけではなく、死後の世界まで加護をしてくれるという面倒見の良さだ。

その優しさ、気取らなさを古代エジプト人同様、アレンも好ましく思っている。

（とはいえ俗っぽい土着の神々を全て滅ぼして、神聖な唯一神を信仰すべきと思ったファラオも、一人はいたわけだからな）

本当に人の考えは千差万別だ。

相手の言い分をどこまで許容できるかにも個人差がある。

全ての者が満足するような社会や宗教は、この世には存在しないし、できないだろう。

（まあ、宗教家は認めたくないだろうけど……）

アレンは苦笑を浮かべ、再び視線を紙面に戻した。

乗船して以来、ずっと頁《ページ》を繰っている本は『王家の谷』――原題は『トゥト・アンク・アメン』、すなわち古代エジプト史上最も著名な王であるツタンカーメンを取り上げたものだ。著者はカイロ博物館客員研究員だったオットー・ノイバートだが、専門家向きの研究書ではない。いわば一般読者向けの入門編だった。

無論、アレンにとっても既知のエピソードばかりだし、事実と違った記述があることも承知している。しかし、エジプトを訪れるときは必ずこの本を携帯し、何度も読み返すことが習慣となっていた。

（何というか、初心を思い出させてくれるんだよな）

写実的で華麗なノイバートの筆致は、共に発掘現場に立ち会っているような錯覚すら起こさせる。歴史書というより、冒険譚《たん》のような趣があるのだ。

アレンが初めて読んだのは高校生のときだったが、二十八歳になった今も色褪《あ》せることのない感動を与えてくれる。おそらくこの一冊と巡り逢わなければ、古代エジプト学に携わることもなかっただろう。

（ノイバートが主役に据《す》えたのは第十八王朝の王ツタンカーメン――だけど、俺の興味を惹いたのは彼の父親だった）

それがアメンホテプ四世、のちに自ら改名して『アク・エン・アテン』、一般にはアクナーテンと呼ばれるようになったファラオだ。

当時、最も尊崇を集めていたアメン神への信仰を捨て去り、太陽神アテンを唯一の神とすることを定め、土着の神の影響のない土地に遷都までした彼は、他に類を見ない革新的な権力者であり、変わり者だった。

（そこがいい）

アレンはふと微笑《ほほえ》んだ。

唯一神に帰依したアクナーテン王と、唯一神に疑念を抱いているアレンとでは立場は正反対。しかし、どちらも所属していた集団においては異端者だったという共通点がある。

（王ならぬ身の俺には、せいぜい血縁から遠く離れたところで暮らし、好きな研究に邁進《まいしん》することぐらいしかできない）

一方、ファラオとして生まれたアクナーテンは、世界を自分好みに造り替えようとした。

それもまた、アレンに小気味良さを感じさせるところだ。

（あなたのことをもっと知りたい――その想いが、俺をここに導いた。ペンシルバニア大に身を寄せたのも、第十八王朝の研究で名高かったからだ。まさか発掘調査にまで参加できる

とは思っていなかったけど、それもあなたと縁があったってことなんだろうな）

長年、王国の首都として栄えたヴェセート、現在のテーベを捨てたアクナーテンが、新たに創造した都市こそは『太陽の地平』を意味するアケトアテン――アレンがこれから赴こうとしているアマルナである。

「……っ」

わくわくする心を抑えきれず、ついにアレンは本を閉じ、デッキチェアから身を起こした。

今回の調査で目覚ましい成果を上げられるかどうかは判らない。だが、成功を収めることができなかったとしても、この地に足を踏み入れたことを後悔することは決してないだろう。

（夢の国だ……ずっと行きたくて、行くためにはどうすればいいのかを考えて……その願いがようやく叶《かな》ったんだからな）

半年前、アメリカ合衆国ペンシルバニア大学調査隊は、粘り強い交渉の末、エジプト政府によるアマルナ周辺の発掘許可を保持する英国隊から、権利の一部を譲り受けることに成功した。遺跡発掘の第一人者と自負する英国隊が『余所者《よそもの》』を入れる気になったのは、長引く不況により調査費用が激減していたのと、すでにめぼしい遺跡や遺構は発見したという判断があったからだという。

（後発組にはつきものの話だよね）

だから、アレンも気にしていない。

ツタンカーメンの墓を発掘したハワード・カーターも、『すでに王家の谷は掘り尽くされている。新しい発見は何もない』と人々から嘲笑《ちょうしょう》されていたのだから。

(世界は驚きに満ちている。固定観念に囚《とら》われて、目を塞《ふさ》がれるな)

専門はマイナーな美術考古学、しかも発掘経験もないアレンよりも、見識豊かな調査隊員はいくらでもいる。にも拘《かか》わらず今回の事前調査に参加することができたのは、この柔軟かつ熱意溢《あふ》れる態度を見込まれてのことではないかと、本人は思っていた。

だが、それだけではない。最大の理由は他にあった。

これも柔軟な視点がもたらしたもの、あるいは素人ならではの大胆な思考の飛躍と言うべきだろうか。

折角なので美術や医学の専門家も現地に派遣してみようという大学側の意向で、運良く調査隊に滑り込んだアレンは考えてみた。発掘で最も困難なことは何だろうか、と。

(対象となる遺跡を見つけることだな、やっぱり)

ならば、もっと効率よく、地中に潜んでいる遺跡を発見する方法がないだろうか。

「潜水艦のソナーみたいにさ。大きな石柱とか空洞みたいに人為的に作られたものがあると、反響して知らせてくれるような機械って作れないかな?」

文系のアレンだけなら、単なる空想で終わっていたに違いない。

「ふむ……やってみるか」

しかし、幸いにして優秀なエンジニアとなっていた幼なじみが、夢を現実にしてくれた。地質学部を卒業し、石油や鉄鉱石などのボーリング企業を立ち上げていた彼は、小型で持ち運びが可能なものを、というアレンの希望に添い、X線探査機と磁気探査機を製作してくれたのだ。

「なんと……素晴らしい！」

当然のことながら、隊長であるアーガイル教授を始めとする調査隊の上層部は、この画期的な発明品を歓迎した。大学で行ったテストで、人工的に埋設された石を残らず発見することに成功すると、期待はさらに高まった。少なくとも全く見込みのない場所を発掘し続けて、貴重な時間を失うという愚はこれで犯さずに済む。

ついでに言えば、アレンは人の良い幼なじみに、小型化に用いた工夫などの特許を速やかに申請しておくよう忠告しておいた。ペンシルバニア大が成功を収めれば、他の大学や研究機関も追従するのは間違いないからだ。

(少人数で行う事前調査に俺が参加できたのも、この件に対するご褒美《ほうび》という意味合いがあるんだろう)

アレンはにっこりした。

何でも言ってはみるものだし、やってみるものだ。

地位や名誉を持たない若輩者は、ミスをしたところで失うものは何もない。

ならば、あらゆるチャンスを見逃さず、手を伸ばすべきだろう。

(俺は発掘現場に行きたかった。確かに調査隊が持ち帰る資料でも研究はできる。でも、どんなところから掘り出されたのか、美術史の専門家でなければ見落としてしまうようなことはないのか、この目で確かめたい)

どれほど些細《ささい》な情報でもいい。一つでも多く、謎を解明したい——学者として、そして古代エジプトを愛する者として、アレンは貪欲《どんよく》に知識を求めていた。来るかどうかも判らない自分の番を待って、じりじりと足踏みをすることなど耐えられない。

「あなたがアテンを唯一神にしようと考えたときも、こんな気分だったのかな……？」

アレンは呟《つぶや》いた。だとすれば、自分との共通点がまた増えることになる。ただし、

(あなたほど急進的にならないよう、気をつけないと)

群れから突出すれば目立つ。

徒《いたずら》に注意を惹く者は反感を買いやすい。

そう、至高の身分であるアクナーテン王でさえ、敵意から逃れることができなかった。

彼が死ぬとアテンは唯一最高神の座から引きずり下ろされ、その信仰の中心地だったアケトアテンと共に忘れ去られた。

息子であるツタンカーメンの命令によってアクナーテン王の名が刻まれた石柱はほとんどが引き倒され、あるいは『カルトゥーシュ』と呼ばれる楕円《だえん》形の枠で囲まれた名を削り取られた。

それでも何とか歴史から抹消されずに済んだのは、歴史学者にとっては幸いだったと言える。

だが、第十八王朝にしてみれば、破滅の萌芽《ほうが》だったに違いない。

なぜなら、王の命令が徹底されないのは国力が衰え、王権が揺らいでいた証拠だからだ。

(大きな改革は一人ではできない。同じ目的意識を持つ仲間を集め、協力し合わなければ)

日系人の母親は、幼い頃からアレンに『分』というものを叩《たた》き込んできた。

多くを望みすぎれば、思わぬ苦難に襲われることもある。

人が穏やかに生きていくためには、何よりも『足るを知る』ということが重要なのだ、と。

(俺は現状に満足しないいし、刺激的な毎日の方が好きだ。母さんが望むような『悟りを開いた人』にはなれそうもない。でも、利己的すぎる人間になるつもりもないよ)

アレンも弁《わきま》えていた。もう個人プレーは充分だ。これからはチームのために働こう、と。

「やあ、ここにいたのか」

背後からの声に、アレンは慌てて振り返る。

そこにいたのは調査隊長のリチャード・アーガイル教授だった。

「あと五分ほどでアマルナに着くそうだよ」

アレンは悪戯《いたずら》っぽく言った。

「永遠に辿《たど》り着かないような気分がしていたところです。どうやら俺は情緒に欠けるようで、輝けるナイルの景色に興奮できたのも最初の一時間だけでした」

「確かに船旅としては単調だな。私もキャビンでうとうとしてしまった」

口調はのんびりしていたが、抜け目のないアーガイルの視線はデッキチェアの上に放り出されている本のタイトルを捉《とら》えていた。

「ノイバートか」

「ええ。退屈しのぎに」

「私もよく読んだものだよ。特にツタンカーメンの墓を調べる件《くだり》は、実際見た人間でなければ到底書けないような緊迫感がある。あの表現力をもってすれば、小説家としても成功したかもしれない」

「ジャンルはやはりミステリーですね」

「系統はディクスン・カーだな」

ふと思い出して、アレンは言った。

「そういえば、ノイバートは例の『王家の呪《のろ》い』で死ななかった、唯一の主要関係者だという話を聞いたことがあります」

アーガイルは片方の眉《まゆ》を上げた。

「信じているのかね、『王家の呪い』とやらを?」

「まさか……!」

アレンは教授の言葉を笑い飛ばした。

「でも、魅力的な創作だと思います。謎と恐怖――その二つには人の心を摑《つか》んで放さない何かがある」

「君の言うとおりだ。最初に『呪いだ！』と言い出した人には敬意を表さずにはいられないよ。同時におかげで古代エジプト史は脚光を浴び、我々の研究にも理解と支援を受けやすくなった。同時にオカルト・マニアの来襲と彼らの珍説によって、世間の誤解を招くことも多くなったが」

「それは仕方ありませんね。学者でもない限り、人は歴史に正確さよりもロマンを求めるものですから。俺も高校生の頃は、埒《らち》もない想像を弄《もてあそ》んでいました」

アーガイルはほう、と身を乗り出してきた。

「例えば？」

「ツタンカーメン王の墓を暴いた者に訪れるという『死の呪い』は、三千年の昔から現代まで連綿と続いてきた古代エジプト神の信徒結社による暗殺だったという説です」

「彼らの神は？」

「さあ……残酷さから言えばセト……死者を見守るためならアヌビスかな。あるいは忘れ去られたはずのアテンが細々と生き延びていたというのも悪くない。とにかく、彼らは神の尊厳を踏み躙《にじ》った者の前に現れると、マラリアをもたらす蚊をけしかけたり、敗血症になってしまうような怪我《けが》を負わせたり、亡霊を装って恐怖のあまり心臓発作を誘発させたりするんです」

「古代エジプト人らしく、目の周りにくっきりとアイラインを描いて？」

「当たり前です。王の幽霊ですからね。儀礼かつらをつけるために、日頃から頭髪もつるりと剃《そ》り上げているに違いありません」

アーガイルは声を立てて笑った。

「ジュブナイル小説として発表することを勧めるよ。平和を脅《おびや》かす悪の結社を打倒する、勇敢な考古学者のヒーローも登場させてね。そうすれば、男の子の心を鷲掴《わしづか》みだ。それで大儲《おおもう》けをして、我が調査隊に寄付をしてくれたまえ」

アレンは肩を竦《すく》めた。

「ノイバート級の筆力があれば、試してみるところです。まあ、調査以外のことにかける時間はないという問題もありますが」

「そうだな」

アーガイルは頷《うなず》いた。

「時間……それがいつも我々を悩ませるんだ」

研究者は自分のテーマを追いかけているときが一番楽しいし、生き甲斐《がい》も感じられる。それは老若男女、地位の高低に拘わらず、変わるところはない。中には夢中になるあまり、寝食すら忘れる者もいた。

アレンもそうした一人だ。もっとも、体調を崩してしまったらエジプト行きもおじゃんになってしまうので、最近は自重しているが。

（レリーフに書かれたヒエログリフ――聖刻文字が読めなければ、誰が描かれたものかも判らない。バラバラになった石版を繋《つな》ぎ合わせて、元通りにすることもできない。だから古代美術を研究する者は、文字に精通しているべきだ。できれば、他国の文字も読めた方がいい。当時のエジプトは世界一の貿易国家だからな）

学生時代、そう決意したアレンは三種の古代エジプト文字だけではなく、当時の共通語とされていたアッカド文字まで身につけた。

（今から思えば、あの頃が一番体力的にきつかったな）

幸いアレンには語学の才があり、父親からユダヤ式の記憶法を叩き込まれていたため、周囲の人々が驚くほど習得までのスピードが速かった。

（『律法』を暗記するのと同じさ。できれば身体を動かして、リズムをつけながら音読する。繰り返し、繰り返し読む。正しい発音かどうか、なんてことには拘《こだわ》らない。反復することで、脳に刻み込むんだ）

努力は実り、今やアレンは調査隊でも一、二を争うほど古代文字に通じている。メモを取ったり、日記をつけるのにもアッカド文字を使っているほどだ。研究仲間は変人呼ばわりするが、アレンは頓着《とんちやく》しなかった。機密を保持するにはこの上ない手段だからだ。そこが一般の社会と大きく違うところなのだが、ヒエログリフならば読めない者がいないというのがアレンの生きている場所だった。変わり者はお互い様、である。

「船着き場が見えてきました、サー。エル・アマルナですよ」

ややして、近くを通りかかった船員が訛《なまり》の強い英語で言った。

「大昔はナイル河に面して、大神殿や宮殿があったそうですが、今は砂と岩だけの寂しい土地だ。そもそも何でアクナーテン王は、こんな僻地《へきち》に移り住む気になったんでしょうね？」

これまでにも他の調査隊を運んできたことがあるチャーター船だ。船員も古代エジプト史には、ある程度通じていた。

「まさにそれが理由だよ、君」

気取ったところのないアーガイルが、快く返答する。

「僻地――誰も住みたがらないような土地には神殿もない。王は唯一無二であるアテン神のために、どんな信仰にも染まったことのない純潔の地を求めたのさ」

「便利で華やかなテーベを捨ててまで？」

船員は大仰な仕草で呆《あき》れてみせた。

「思い詰めた人間はおっかないや。俺には一生、判らない感覚です」

アーガイルは溜息《ためいき》をついた。

「同感だよ。熱心な信仰と狂信との間には、決して埋められぬ深い溝がある。アテン神のことばかり考えていたアクナーテン王は、彼に仕える人々のことを忘れていた。住み慣れたテーベを離れ、実りの少ない荒れた土地で、新たな信仰を強制される苦痛を理解しようとしなかった。

ゆえに彼も、彼が創作したといっても過言ではない神も、そしてこの都も無惨《むざん》に捨てられて、誰からも顧みられなくなったのさ」

「なるほど」

感心したように頷いた船員は、ようやく自分の仕事を思いだした。

「すぐに接岸です。しばらく準備でばたばたしますが、ご容赦ください」

「ここにいても邪魔にならんかね?」

「もちろんです、サー」

「ありがとう」

足早に舷門《げんもん》へ向かう船員を見送ったアーガイルは、同じようにしていたアレンを振り返る。

「さっきのことだがね……秘密結社の話さ」

すでに終わった話題と心得ていたので、アレンは少し面食らった。

「はあ」

「アテンの信者、というのはないね。三千年も信じていられるような教義もなければ、具体的な現世利益もない。アテンは空にあり、全てを平等に見守っているが、進んで人の世には干渉しない。そして、信仰にとって何よりも致命的なのは、神と唯一交信できるとされていたアクナーテンが死んでいることだ」

アレンも同感だった。

「取り次いでくれるものがなければ神殿はただの石組、神の姿を象《かたど》ったレリーフも抽象的な絵に過ぎませんからね。それを拝む気にはなれないでしょう。むしろ、王の専横を象徴するものとして、跡形もないほどに破壊したくなるかもしれない」

「実際、アクナーテンの後継者であるツタンカーメンはそうした。あろうことか、王が飼っていた犬達を小屋に繋いだまま、都を廃するという暴挙に及んだ」

「それに関しては弁護の余地はありませんね」

「まったくもって許し難い所業だよ」

アレンは教授と頷き合った。アーガイルは犬を飼っているし、アレンも子供の頃は飼っていたので、ツタンカーメンがもたらした残酷な行為にはただただ胸が痛む。複雑な言葉を解さぬ犬達には、自分を可愛《かわい》がってくれた飼育係がふいに姿を消した理由など、決して判りはしないのだから……。

「お待たせしました！　到着です、サー！　お降りの際は足元に気をつけてください！」

先程の船員が張る声を捉えて、アーガイルが言った。

「行こうか。今や幻となった都――我々の夢の舞台に」

「はい、教授」

アレンは甲板に置いていたリュックに本を放り入れ、肩に担いだ。

「でも、夢で終わらせる気はありませんよね？」

返事をする代わりに、アーガイルは青年の背中をばんと叩いた。

たぶん、アレンの母ならば、それで『気合い』が入ったと言うだろう。

「……っ」

身が引き締まる思いで岸に渡された踏み板を渡り、ついにアマルナの地に降り立ったアレンを歓迎したのは、よろめくほどに強い風だった。

(誰よりもおまえを愛してくれた王様の悪口を言ったから、拗《す》ねているのか？)

アレンは肺を傷める砂 埃《すなぼこり》を吸い込まないように口元を手で押さえ、赤茶けた風景を見渡した。船員の言った通りだ。

背筋が寒くなるほど、寂れた僻地。

(これがアケトアテン――『太陽の地平』と名づけられた都か……)

だが、アクナーテン王が生きていた頃は輝いていた太陽も、今や地平の下に隠れて久しい。

神の死んだ土地、捨てられた都市という先入観が、この場所を昼なお暗い印象にしているようだった。まるでこの世の果てのごとくに。

(忘れたか、アレン。固定観念は捨てろ。景色なんか、気の持ち方次第だ。人は見たいように見るし、見たいものしか見ない傾向がある)

アレンはすぐに気を取り直すと、慣れた様子で砂塵《さじんよ》除けにも蚊除けにもなるネットのついた帽子を被《かぶ》っているアーガイルに言った。

「時間があれば、アクナーテン王が造らせた境界碑を見に行きたいのですが」

アーガイルは承知してくれた。

「構わんよ。どのみち移動は車だ。先に境界碑まで行って、それから王宮跡まで戻って来よう。ところで迎えは……ああ、来ているな。良かった」

アーガイル教授に導かれるまま、アレンは車へ向かった。

送迎に使われたのは、アマルナと同じぐらい錆《さ》びついたトラックだ。

「ようこそ、教授！　私はオマールです！　打ち合わせ通り、最寄りの村にベースキャンプを用意しました。まずはこの車で皆さんをお連れします。ああ、荷物はもう一台の方へ……」

トラックから飛び出してきた発掘作業員の『元締め』は、教授を見るなり、抱きつかんばかりの勢いで挨拶《あいさつ》をし、今後の予定をまくしたてた。自分に大金をもたらしてくれるのが誰か、心得ているのだ。いかにも下っ端風情のアレンに、彼の興味が移ることは一瞬たりとてない。それどころか、視界に入っているかどうかもあやしかった。

（いいけど……）

座席は教授、元締め、そして運転手で埋まってしまったので、他の者は荷台に腰を下ろす。そして灼熱《しゃくねつ》の中、全ての荷物がもう一台のトラックに積まれるのをじりじりしながら待った。一応幌《ほろ》は下ろされていたが、そこここに穴が空いているため、レーザービームのように陽光が差し込んでくる。

「言いたくないが……暑い……暑すぎる」

「蒸し焼きにされるチキンの気持ちが判るな」

「いや、蒸せるような湿度はないから、ソテーされるチキンだろう」

「心の底からどうでもいい……」

ようやく胴震いをしながらトラックが走り出すと、荷台のそこここから安堵《あんど》の呻《うめ》き声が洩《も》れた。アレンもほっと溜息をついて、幌に穿《うが》たれた穴から覗《のぞ》く空を見上げる。

風に巻き上げられた砂も、一段落して地上に舞い降りたのだろうか。

霞《かす》むことなく、目にしみるほどの青さだった。

(当時の建物はほとんど破壊され、僅《わず》かに痕跡《こんせき》を残すのみ——それでも変わらないものがある)

アレンはふいに実感する。

アクナーテンはここにいた。

ここで暮らし、今見ているのと同じ空を見上げていたのだ。

(あなたは何を思っただろう?)

それを知りたいと強く思った。だから、手がかりが欲しかった。まだ誰の目にも触れていない彫像やレリーフを発掘したい。全てが判明しないまでも、アクナーテンという人物を理解するよすがにはなるだろう。

（どんな人々に囲まれていた？　あなたが最も愛したのは誰？　アテン神はいると心の底から信じていた？　よく言われているように、それは王家に迫る権力を持っていたアメン・ラーの神殿と神官達を失墜させる手段として、あなたが創造した虚構だったのでは？）

目の前にアクナーテン王がいるかのように、アレンは疑問を投げ続けた。

この問いに答えが返る日は来るのだろうか。

「……来ると信じる」

アレンは己れに言い聞かせると同時に、決意を新たにした。

そう、どんな謎もいつかは解けると信じ続ける。

その希望を失わない者だけが、闇《やみ》に包まれた険しい史学の道を歩いていけるのだから。

「アレン！　神殿の門柱が見えるよ！」

座席と荷台を仕切る隔壁の向こうから、アーガイルの叫び声がした。初めてアマルナに来た後輩のために、隊長自らガイドを務めてくれるつもりらしい。

「現存するものの中で最大の遺跡だ。というか、他は更地のようなものだからな。離れたところからも見えるのは、あの石柱だけだ」

門柱でもこれだけの大きさ――ならば、神殿の全貌はいかばかりだったのか。

想像しただけで、アレンの胸は高鳴った。もっとも、同時にそれを目にすることのできない哀しさにも襲われたが。

「王宮とアテン神殿の石材は持ち出され、アクナーテンによって破壊されたアメン・ラー神殿の再建に使用されたということは、無論知っているね？」

アレンは叫び返した。

「はい！」

「貴重な資材を使い回すというのは、古代エジプト人の美徳の一つと思うが……やはり残念だよ！　日乾《ひぼ》しレンガの建造物も風化して、跡形もなくなってしまったし！」

アーガイル教授の元気な声にも、一抹《いちまつ》の寂しさが混じった。

「君が見たがっている境界碑にしても、コンディションは最悪だ。王の姿を象ったレリーフは名前ごと削られ、その他の部分も経年の劣化でところどころ崩れ落ちている。碑文もほとんど風化して、読み取るのは難しいと思うよ」

アレンはきっぱりと答えた。

「覚悟はしています！」

初日から大発見、なんて虫のいいことは考えていなかった。アレンはとりあえず、古代の町の大きさを実感したかったのだ。

そう、アクナーテン王にとっては『世界の全て』だった場所の。

すぐに戻りますから、と一人でトラックの荷台を降りたアレンは、朽ちかけた境界碑の前に立った。

十六フィートほどある崖《がけ》を削り、アクナーテン王の似姿と共にここがアケトアテンの果てである旨を刻んだレリーフだ。しかし、アーガイル教授の指摘通り、すでに碑文は風化し、王の彫像は無惨に破壊されている。

「途切れた楕円……カルトゥーシュの名残《なご》りか」

アレンはぽつりと呟いて、荒れた石の表面に指を滑らせた。

古代エジプトでは神殿や墓所、あるいはオベリスクなどの祈念碑には必ずカルトゥーシュが刻まれる。その建造を命じた王の偉大さと名誉を喧伝《けんでん》するために。

現代の考古学者が『遺跡の主』を特定することができるのも、そのおかげだった。けれど、

(カルトゥーシュが残るのは、後継者との関係が良好な場合だけだ)

してみると、やはりファラオとは神のごとき存在なのだろう。彼を信じる者が、崇《あが》める者が、そして護《まも》る者がいなければ、この世に名を残すことができない。

(神殺しをしたアクナーテンは、自らも殺されたんだ。それも息子によって)

やるせなさに襲われたアレンは、境界碑に手を置いたまま、ゆっくりと頭上を見上げる。血は繋がっていても、信じる神は違う――まるで自分と父親のようだ。そんな考えがふと胸を過《よ》ぎった。

（父さんはいい人だ。俺のことも可愛い我が子と思ってくれている。でも、満足していないことも知っているんだ。まずはユダヤ教に改宗しなかったこと。そして、自分と同じ学者になるのであれば、最も美しくかつ崇高な学問と信じる数学を選ばなかったことに）

父親は仕方がないと思っている。

アレンもそうだ。

そして、どちらも心の底で燻《くすぶ》り続ける蟠《わだかま》りを乗り越えられず、ここまで来てしまった。

（ツタンカーメン王、あなたもこんな気持ちになったことがあるのかな？　父が望む通りに生きるなんて真っ平ごめんなのに、ときどき彼の期待に応えられないことに罪悪感を覚えるなんて……）

アレンは深い溜息をつく。止めよう。考えたところで答えは出ない。ツタンカーメンも答えてはくれない。いや、父王のカルトゥーシュを容赦なく削り取ったことこそ、彼の答えだろう。彼は父と決別し、自分の道を行ったのだ。

「輝ける太陽アテンよ、なぜ御身を信じ奉った王を救わなかったのか……」

強すぎる光から眼を護るために手を翳《かざ》しながら、アレンは聞いた。

やはり、答える声はない。

だが、その代わりというように、からりと微《かす》かな音と共に小さな石のかけらが、どこからともなく降ってきた。

「つ……っ」

強い風が吹き飛ばしたのだろうか。

顔をしかめたアレンは、レリーフが刻まれた崖を仰ぎ見た。次の瞬間、

「危ない……っ！」

背後のトラックから叫び声が上がるのと同時に、崖の一部がスパッと切り落とされたように剝落《はくらく》した。

（……！）

時間にすれば一秒もなかっただろう。

アレンは咄嗟《とっさ》に身をよじり、岩石の直撃を避けるためにヘッドスライディングの要領で地面に倒れ伏した。だが、

「……あ？」

投げ出した肉体を受け止めてくれるはずの大地が――なかった。

眠りのような暗黒が視界を塗《ぬ》り潰《つぶ》す。最初、アレンはそれを自分を押し潰そうとする岩の影だと思った。しかし、骨を砕かれ、肉を押し潰される苦痛は、いつまで経っても襲いかかってこない。むしろ、果てしない谷底へ吸い込まれていくような感覚がした。

「アレン……ッ！」

「危険です、教授！」

「エジプト軍に救援要請をしましょう！」

「それでは遅すぎる……！」

「どのみち間に合いませんよ。あなたもご覧になったでしょう、教授」

「ええ、あれでは逃げる暇もなかったはずです。お気の毒ですが、ハーシェル氏はもう……」

「……なんということだ……」

　アーガイル教授らが交わす声が、次第に遠ざかって行く。

（なぜだ……なぜ、こんなことに……俺はまだ何もしていない……やりたいことが一杯あるんだ……それなのに……）

　アレンは己れの不運を呪った。そして、あまりにもあっけなく死を迎えねばならないことに激しい抵抗を覚える。

（嫌だ！　こんなところで死にたくない！　誰か、助けてくれ……っ！）

　アレンは救いを求め、必死に四肢をばたつかせた。

　とはいえ、本当に手足が動いていたのかどうかは判らない。

　周囲のざわめきと共に、アレンの意識もまた吸い込まれていった。

　いずことも知れぬ闇の中へ。

2　アケトアテン

「う……ん……あっつ！」

覚醒《かくせい》のきざはしに立っていたアレンは無意識に寝返りを打った途端、身体の節々に走る痛みに悲鳴を放った。勝ち目のない喧嘩《けんか》を吹っかけて、案の定、こてんぱんにやっつけられたときの苦しみとでも言おうか。とにかく、指一本すら、まともに上げることができない。

「く……なんだよ……これ……っ」

だが、その苦痛によって、アレンの意識は完全に目覚め、思考を巡らせることができるようになった。

（どこだ、ここは……）

記憶を辿り、経緯に行き当たったアレンは、ハッと目を見開く。しかし、辺りは暗いままで、何も見えなかった。

（俺は崖の崩落に巻き込まれ、岩の下敷きになって死んだ……はずだ。冷静に考えれば、あの状況ではそれ以外の結末はない。でなければ、死にかけのまま、長い夢でも見ているとか？

でも、実際に痛みを感じてるってことは、やっぱり現実で……）

アレンは現状を把握するために、思いつく限りの可能性を吟味《ぎんみ》してみた。

それでも、判らない。

「どこだよ、くそっ！」

呻きながら身を起こしたアレンは、今回の調査のためにと誂《あつら》えたサファリ・ジャケットの胸ポケットの膨《ふく》らみに気づく。ほとんどの私物は、トラックの荷台に置いてきたリュックサックの中だ。しかし、煙草《たばこ》とライター、そして万能ナイフなどの小間物は手放さずに済んだらしい。自分のものと言える品を身につけていることに、アレンは心強さを覚えた。それが自分の存在をも裏づけてくれるようで。

（とりあえず一服して、気を鎮めるか）

がさごそとポケットを漁《あさ》ったアレンは煙草を銜《くわ》えると、火を点《つ》けようとした。そして、口元にライターを近づけた途端、異常に気づく。

それまで人の気配など全く感じられなかったにも拘《かか》わらず、いくつもの目に見下ろされていたからだ。

「な、なな………っ！」

慌てふためいたアレンはライターを取り落とし、さらには口に銜えた煙草までポロリと落下させてしまった。

再び耐え難いまでの静寂が、辺りを押し包む。

アレンも息を殺していたが、彼を見下ろしていた人間達にも動く気配はない。

（なぜだ？　こっちの出方を見守っているのか？）

アレンはそっと床に手を伸ばし、ライターを拾い上げた。このままでは埒が明かないことは判っている。だから高鳴る心臓を押さえつけ、もう一度ライターを点火してみた。彼らと話をするにしても、一目散に逃げるにしても、何も見えないというのは都合が悪い。

しかし、アレンを待ち受けていたのは、今回も予想外の事態だった。

「こ、これは……」

揺れる炎が浮かび上がらせたものに、アレンはぽかんと口を開ける。

彼を見下ろしていたのは、命ある人間ではなかった。

それは見事な壁画――それも昨日や今日描かれたかのように、鮮やかな色彩を保っている古代エジプトの壁画だったのである。

（凄《すご》い……凄いぞ。完璧な保存状態だ。こんなに綺麗《きれい》な壁画が残っているなんて……！　ああ、少しも剝《は》げ落ちたり、消えたりしたところがない。手や足の指まで精密に描かれている）

美術考古学の専門家であるアレンには、すぐに第十八王朝以降の壁画であることが判った。

第十八――つまり、アクナーテン王らが統治していた時代である。

「おい……おい、おい……俺は運がないどころか、稀《まれ》に見る幸運児なんじゃないか？」

震える声がアレンの唇から洩れた。身悶《みもだ》えするような苦痛の中で目覚めたときの惑乱や失意、そして恐怖が砂漠に降るにわか雨のように跡形もなく吸い込まれ、消えていく。その代わりに心を満たしたのは喜びと興奮だ。

（まだ何が起こったのか、そして今どこにいるのかは判らない。でも、俺はこうして生きている。そして、この壁画を『発見』した）

そう、重要なのはそこだ。アレンは思わず高笑いをしたい衝動に駆られる。これは研究者である自分も見たことがない壁画――ということは、まだ誰の目にも触れていない壁画ということを意味する。

「新発見だ……それも世界的な……他に副葬品があれば、ツタンカーメンの墓所と同じぐらいの価値はある……！」

落石事故に見舞われたのは、確かに不運だった。しかし、それも『世紀の発見』のためだったとすれば、不幸中の幸いどころの話ではない。むしろ、容易に得難い幸運と言えるだろう。何しろ博物館に所蔵され、世界中の美術書や教科書にも掲載されるほどの貴重な古代芸術品の第一発見者になれるのだ。およそ美術考古学者を名乗っていて、それを夢見ない者などいるだろうか。

（俺を包んだあの暗闇……地面に倒れ伏したときに見た影のようなもの……おそらく、あれは地下に存在していたこの部屋の天井が抜け落ちて、ぽっかり口を開けたんだろう）

その中に落下できたのもまた、幸運なる偶然だった——そこまで考えたアレンは、ふと看過できない疑問に行き当たる。

(だが、あの岩は？　崖から崩落してきた岩はどうした？)

もともと脆《もろ》くて、途中で砕けたということは考えられる。しかし、だとしても一部の破片はアレンと共に落下したはずだ。なのに、足元を見渡す限り、それらしい痕跡は残っていない。

(いや、それ以前の問題だ)

すっぽりと天井が落ちたのなら、なぜ今もこの部屋は闇に覆われたままなのだろうか。

ふと背筋をヒヤリとするものが走った。アレンは再び高まる動悸《どうき》を抑え込むと、ゆっくりと頭上を見やる。本当ならば燦々《さんさん》と降り注いでいるはずの陽光を遮《さえぎ》るような何かが、そこにあるのだろうか。

「…………」

アレンは上を向いたまま、凍りついた。

あまりのことに驚愕《きょうがく》を通り越して、呆然《ぼうぜん》としてしまったのだ。

(まさか……まさか……)

そこには見まごうことのできない印があった——陽光をあまねく世界に降り注いでいる赤い太陽円盤が、天井いっぱいに描かれていたのである。しかも、光線の先は人間の手の形になっており、古代エジプトにおける生命の象徴『アンク十字』を摑んでいた。

アレンの背筋を再び、戦慄《せんりつ》の稲妻が走り抜ける。

エジプト考古学を齧《かじ》った者であれば、それが何を意味しているのかを見誤ることはない。

アクナーテン王が崇めた太陽神、アテンの象徴だ。

それも完璧な形状と色彩を今に伝える唯一のものだろう。このシンボルもアクナーテン王のカルトゥーシュ同様、息子ツタンカーメンや主神の座を取り戻したアメン神の神官らによって容赦なく削り取られ、破壊されたからだ。

彼らの追及をかわすことができたのは、まさに奇跡としか言いようがない。まだ用途は判らないが、アクナーテン王の墓所として造られたとすれば、黄金のマスクのような派手派手しい副葬品が見つからなかったとしても、考古学的には最大級の発見だろう。

(そして、発見者である俺の名も歴史の一部となる。ツタンカーメンの墓を発見したハワード・カーターのように……)

想像を遥かに越える栄達だった。思わず頬《ほお》を抓《つね》ったのは、やはり夢ではないのかという疑念が蘇《よみがえ》ってきたからだ。

「痛い……」

何度確かめてみても、驚くべきことに現実だった。

もっとも、アレンを呆然とさせたのは、そのことだけではない。

彼の瞳はずっと、解けそうにもない謎を見つめていた。

シンボルが完璧な形で残されているのは、天井にも一切の破損がないということを意味する。すなわち、アレンがこの部屋に落下できるだけの隙間《すきま》も、そこにはないということだ。

(ならば、俺はどうやってここに……?)

アレンは目を凝らし、どこかに人ひとりが潜り込めるほどの穴でもないかと探した。けれど、それらしいものは見当たらない。

「あち……っ!」

ライターを翳《かざ》し続けたせいで指先が焦げそうになったアレンは、一旦それを消すことにする。とはいえ、人間は本能的に闇を恐れる生き物だ。それに、ここからの脱出方法も検討しなければならない。結局、すぐにアレンの指はライターの発火ホイールに伸びた。

しかし、炎が上がることはなかった。

「わあ……っ!」

ふいに腕を摑まえられたアレンは、大きな悲鳴を放った。

(誰か……いる)

一体、何者だろうか。いつ侵入してきたのだろう。

アレンはパニックに襲われ、壁画に描かれた人間が受肉し、動き出したのではとさえ思った。馬鹿馬鹿しい想像に過ぎないという自覚はあったが、誰かに腕を取られるまで全く人の気配がなかったのも事実なのだ。

（人ならざる者……ってことは……ゆ……幽霊？）

　ここが墓であるならば、無断で侵入した者に対する古代エジプト人の対応は一つだった。

　例の『死者の眠りを妨げる者には死の呪いを』というやつである。

（無断じゃないし！　不可抗力だし！）

　正体不明の相手から何をされるか判らない以上、このまま黙って捕まっているのは危険だと、アレンは判断した。まずはできるだけ距離を取り、次の一手を考える余裕を持たなくてはならない。

「この……っ！」

　アレンは肩を揺すり、激しく腕を振ることで自由を取り戻そうとした。

「離せよっ！　いい加減にしないと撃つぞ！」

　そんなハッタリもかましてみる。もしかしたら、相手は本当に銃を携えているかもしれないので、冷や冷やしながらだったが。

「くそ……っ！」

　抵抗も脅迫も効き目はなかった。アレンを拘束している男は何の反応も見せないどころか、腕を掴んだまま、ずかずかと歩き出す。

「何処《どこ》に行くつもりだよっ？」

　激しく動揺している者の常で母国語で喚《わめ》き散らしていたアレンは、唐突に気づいた。そうだ。

ここはエジプトだ。英語を解する人間ばかりとは限らない。そこで標準アラビア語に切り替えようとしたとき、

『暴れるな、賊』

ここが南国であることを忘れさせるような、キンと辺りを凍りつかせるほどの冷たい声が、暗闇を貫いた。

『奇妙な言葉を話すからには外国人だろうが、いずれから参った？　それとも外国人を装った間諜《かんちょう》か？　アメンの大神官、不届きな重臣ども、あるいは……』

声は若い男のものだった。

『ここにはどのようにして侵入を果たしたのだ……と問うたところで、素直に答えるはずもないか……まあ、よい。せいぜい覚悟をしておけ。聖所を穢《けが》した報いは苛烈《かれつ》を極めるゆえな』

耳慣れない――――いや、実際に耳にしたのは初めての言語に、アレンはもう何度目かも判らない衝撃を受ける。もしかしたら、これが最大の驚きだったかもしれない。

「嘘《うそ》だろ……」

なんと男が口にしたのは古代エジプト語らしきものだった。

らしいという曖昧《あいまい》な表現に留まるのは、アレンだけではなく、後世の誰もその正確な発音を知らないからだ。ヒエログリフから読みとれるのは子音のみで、母音は研究者達が適当と思われるものを足し、こんな風に話していたのではないかと想像しているだけだった。

（本当はこんな風に話すのか……先達の皆さん、推測は結構当たっているみたいです！）

壁画や副葬品に刻まれたテキストや、それを写真に収めた教本でしか知らなかった言葉が、こうして実際に話されるのを聞くという経験に、アレンは深く感動した。響きだけを取り上げれば、現代エジプトの庶民が話している方言まじりのアラブ語にも、どこか似ている気がする。

それにしても、

（こいつ……こいつこそ、何者だ？　なんで古代エジプト語を話せる？　発掘権を持っていない調査隊の一員、あるいは盗掘者……それとも行きすぎたマニアか？）

男はアレンの腕を引いたまま、壁があると思《おぼ》しき方向に歩み寄った。

そこで、彼がどんな手妻《てづま》を使ったのかは判らない。

ふと気づけば、二人は松明《たいまつ》の火が燃え盛る石壁に囲まれた通路に出ていた。おそらく、いや、間違いなく秘密のからくりがあるのだろう。

（ここは……そ、それより、どこまで連れていくつもりだ？）

アレンは積み重なる一方の疑問を解決すべく、傍《かたわ》らの男を見上げる。

男もまたアレンを見つめていた。

視線が絡み合った瞬間、二人は驚きのあまり、同時に息を呑み込んだ。

『……っ』

「あ……」

アレンが見た男の容貌は、いわゆる『エジプト人』の概念とはかけ離れていた。

篝火《かがりび》が投げかける柔らかな光に照らしだされた髪は、収穫を迎えた小麦畑のような黄金色に輝いている。

その瞳は夜の帳《とばり》が落ちる寸前の青紫色だ。

(肌の色も標準より淡い。両親のどちらかがユーラシア系なのだろう。あるいはアルビノという線もあるか。虹彩《こうさい》が紫がかっているのは、毛細血管の色が透けているからで……)

アレンは相手の出自に関して、色々と思いを巡らせた。

まあ、それらが的外れに終わったとしても、一つだけ確かなことがある。

傲然《ごうぜん》と自分を見返している金髪の青年が、恐るべき美貌の持ち主だということだ。特に強い陽光や眼病を避けるために塗られたアイラインに強調された瞳は、同性と判っていてもアレンの胸を騒がせずにはおかなかった。

(薄暮の空のように美しく、穏やか。そして、どこか寂しげでもある)

だからだろうか。冷たい声で『賊』と詰《なじ》られ、脅《おど》されたのにも拘わらず、アレンはそれほど恐怖を覚えなかった。

一方、男の方もアレンの容貌が珍しかったらしい。まじまじと彼を見つめた末、口を切った。

『漆黒……光線の加減では蒼くも見える……しかもうねったり、縮れたりしていない。こんな真っ直ぐな髪は初めて見た』

両親も黒髪だったが、アレンのそれは母譲りだ。父は濃褐色に近いし、カールをしている。それもまた父方の一族にとっては不満だったようだ。

（ふん、似ていたら似ていたで、他にいちゃもんをつける所を見つけるんだろ……）

他人から容貌について評されるたび、幼い頃の記憶が蘇る。今もそうだった。ふ、と苦笑を閃《ひらめ》かせたアレンの耳に、驚きの声が飛び込んできた。

『眼も蒼いのか……！』

男の声には隠しようもない驚きが滲んでいた。

『それも夜空を映したナイルの色だ。何と珍しい……』

この藍《あい》色の虹彩も父方には不評だった。アレンの母は互いの家系に見られない色の瞳を持つ子が生まれたのは、他の男と不貞を犯したからだ、という陰口まで叩かれたという。

実際は母の一族にときどき現れる突然変異であり、大叔父が晩年に撮った写真が下卑た疑いを解いてくれた。褪せかけてはいたものの、カラーの写真に映るその瞳はアレンと同じ色をしていた。

【あなたも……珍しい髪を……している】

アレンも男を真似て古代エジプト語を話そうとした。だが、単語を並べ、そこに母音を足し、などと考えていると、文章を作るのにひどく時間がかかってしまう。そこでサファリ・ジャケットの胸ポケットからメモと鉛筆を取りだし、アッカド語を書き記した。アレンよりも語学に堪能《たんのう》ならば、もしかして、と思ったからだ。

『この文字……』

男はサッとメモを取り上げた。アレンの勘は当たったようだ。

『貴様はミタンニの生まれ……いや、そうとも限らぬか。ミノア辺りからやってくる使者も、アッカド語を用いると聞いている』

金髪がさらりと揺れ、青紫色の視線がアレンの面に戻った。

『どうやって作ったのか判らないこの面妖なパピルスといい、筆といい、聞かねばならぬことは増える一方だな、賊よ』

いい加減、犯罪者扱いされることにうんざりしたアレンは、メモを奪い返すと怒りにまかせて楔形《くさびがた》文字を書き殴った。

【俺は……ミタンニ人……じゃない……罪人でもない】

アレンの手元を覗き込んでいた青年の端正な顔に、再び冷たい笑みが浮かんだ。

『慮外者め。ここは畏《おそ》れ多くも聖なるアテンの神殿、しかも王とその一族以外には足を踏み入れることすら許されぬ秘儀の間ぞ。貴様のような異国生まれの不信心者が禁を犯せば、死罪は免《まぬが》れ得ぬわ』

アレンは焦った。

【待ってくれ……俺も判らない……なぜ、あそこにいたのか……気がついたら、あそこに寝て

いて……】

懸命に鉛筆を走らせていたアレンは、ぴたりと手を止めた。

再び根本的な疑問に行き当たったからだ。

(アテン神殿……王族しか入れぬ秘儀の間、だって?)

なぜ、この男がそれを知っているのだろう。

その話が本当だとして、なぜ彼は自由な行き来を許されているのだろうか。

「……っ」

アレンは唾《つば》を呑み込むと、相手を刺激しないようにゆっくり一歩下がった。そして用心深く青年を窺《うかが》う。

(こ、これは……!)

華やかな美貌にばかり囚われていた視線を下げ、改めて相手の身なりを確かめた瞬間、もう何度目かも定かではない衝撃に襲われる。

鍛錬のほどを感じさせる肉体を持った青年は、白い亜麻布で腰を覆っている他は、衣装らしい衣装をつけていなかった。だが、その代わりというように、豪奢《ごうしゃ》な装飾品で長い四肢や胸元を飾っている。

ぴたりと肌に張りつく黄金とエナメルの首飾り。

手首と二の腕、さらに足首を包み込む幅のある金環。

腰布の上にも、宝石が縫いとられた帯が垂れている。

(凄い……どれも計り知れないほどの値打ちがあるものだ)

さらなる詳細を見極めようとして、アレンは眼を凝らした。専門家の性《さが》だ。そんな場合かと思いつつ、確かめずにはいられない。

(おそらく新王国時代、それも王族が身につけていた装束に似ている)

いや、それどころの話ではない。まさに王族の衣装そのものだ。これほどの首飾りや腕輪を持つことができるのは、やはり特権階級だけだろう。しかし、

(やっぱり夢だ。落下の衝撃で身体のあちこちが痛かった、というのも含めての夢だったんだ。でなけりゃ、説明がつかない。何千年も前に死んでいるはずの人間と話をするなんて……)

そこまで考えて、アレンはぞっとした。死者と会話をする――つまり、自分もまた岩石に押し潰されて死んでいるのかもしれない。助かったと思ったのが、早とちりだったのかもしれないのだ。

「ここは……煉獄《れんごく》？　確か最後の審判を受けていない者と、洗礼を受けていない異教徒はそこに集められるんだよな」

英語で呟くと、青年は眉を寄せた。

『判るように申せ。アッカド語は書けても、話せないのか？』

アレンは考えた。生きているにせよ、死んでいるにせよ、どうしても知りたいことがある。

長年、追い続けてきた歴史の真実に触れたい。この青年ならば、答えを教えてくれるかもしれない。

【王の名は？】

アレンは鉛筆を握り直し、質問を記したメモを青年に差し出した。

『まさか、知らぬと申すのか？』

アレンがじっと見つめていると、金髪の青年は鼻を鳴らした。そして、再び先に立って歩きながら告げる。

『自分でも不思議でならないのだが、貴様が嘘をついているようには思えぬ。ゆえに教えてやろう。唯一無二の神に帰依し、この新しき都を造った偉大なるペル・アアこそ【アテン神の僕《しもべ》】だ。あるいは辺境の者には、まだ【真実の主はラーなり】という名の方が知られているやもしれぬ。王のご改名は三年前。その間、外国との紛争は起こらず、王が戦場に赴かれることもなかったからな』

アレンは呻いた。自分が今、何処にいるのかがわかったからである。

（新しい都……『アテン神の僕』という名のペル・アア、すなわちファラオ……ここは俺が生まれた二十世紀のアマルナじゃない。アクナーテンが王として君臨しているアケトアテンなんだ）

アレンは死んではいなかった。しかし、さらに複雑かつ信じがたい状況に陥っていることも事実だ。突然の落石事故が契機だったのだろうか。とにかく、あの瞬間を境に、アレンは紀元前の世界――古代エジプト新王国の第十八王朝へと時間を逆行してしまった。

　俗に言うタイムスリップという現象なのだろう。

「冗談だろ……頼むから、冗談だと言ってくれ……」

　アレンは混乱の坩堝《るつぼ》の中で呟いた。こうした怪奇現象はフィクションの世界、例えば子供の頃に読んでいたSF小説の中では起こりがちだ。けれども現実に――ましてや自分の身の上に起こるなどということがあっていいものだろうか。

（確かに見られるものなら、古代を見てみたいと思っていたさ。でも、まさか実現するとは）

　アレンは吹き出したくなった。だが、一度でも堰《せき》を切ってしまったら、そのまま正気を失ってしまいそうな気がした。だから、必死に衝動をこらえる。

「我慢だ……がまん……っ！」

　すると青年が呆れたように振り返った。

『うるさい奴め。今度こそ、気が触れたか？　何をぶつぶつ言っておる？』

　歩いていては、筆談するのは難しい。仕方なくアレンは口を閉じ、周辺の観察に専念することにした。

（建物全体を見てみないとはっきりしたことは言えないが、この辺りは急いで造成されたみたいだ。切り出されたままの石が積まれ、何の化粧も施されていない壁は、ファラオの持ち物に

しては質素すぎる。まあ、これから漆喰《しっくい》が塗られ、壁画なんかも施されるのかもしれないが）

狭い通路を抜けると、槍《やり》で武装した二人の衛士が立っていた。

金髪の青年は彼らの前にアレンを突き出し、何の感情もこもらぬ声を上げる。

『貴様らの眼は節穴か？　曲者《くせもの》の侵入を許すとは』

衛士は槍を放って、床に身を投げ出すと、恐れ戦《おのの》いて哀願した。

『お許しください！　お許しください！』

青年は這《は》い蹲《つくば》った二人の背を、億劫《おっくう》そうに蹴《け》った。

『……二度はない』

蛇のように身をくねらせて金髪の青年に這い寄った衛士は、恭しくサンダルを履いた足先に口づけた。

『この男を王宮の牢《ろう》に放り込んでおけ。私が行くまでは、一滴の水も飲ませるな』

『はっ！』

衛士の謝罪と感謝を受け取った青年は、その場にアレンを残し、すたすたと歩き出す。登場の仕方も突然だったが、その長身は瞬く間にどこかへ消え去った。まるで魔法のようだ。

「ちょ……！　ちょっと待って、あんた！　金髪の人……！」

愕然として叫ぶアレンの腕を、両脇から衛士がすくい取った。

「冗談じゃない！　何も悪いことをしていないのに牢屋なんか……」

引きずるようにして連行されるアレンは、必死に抵抗し、激しく身を捩《よじ》った。

（え……？）

その拍子に思いがけない景色が眼の端を過《よ》ぎる。ぴたりと動きを止めたアレンは、改めて首を巡らせた。

（これが……神殿……アテンの大神殿か！）

息を呑まずにはいられない光景だった。

現代のアマルナではとうに朽ち果てて、見ることのできないもの——それが完璧な形で辺りを睥睨《へいげい》するように建っている。

巨大だろうと予測はしていても、ここまで華麗さと荘厳さを兼ね備えていたとは、研究者の誰もが夢にも思わなかったに違いない。

アレンも例外ではなかった。

（花崗岩《かこうがん》で装飾された柱。供物台の上に描かれたアテンの印。神を見上げることができるように取り払われた屋根……すごい……凄い！）

アレンはこれから我が身に降りかかるであろう困難も忘れ、学者としての貪欲な興味に身を投じる。頑固なロバのように足を踏ん張り、カッと眼を見開いた。そうして瞬《まばた》きもせず、視界に入るものの全てを記憶に刻みつけようとした。

『こいつ……！』

『さっさと歩け、うすのろが！』

焦《じ》れた衛士がアレンの首根を押さえる。

「もうちょっと……ちょっと待って！　待ってったら！」

自分でもそうと判るほどキラキラと輝く瞳で周囲を見渡しているアレンを、衛士達は気味が悪いと思ったようだ。

『つべこべ言わず、こっちに来い！』

『そ、そうだ！　痛めつけられたいのか！』

小突かれたアレンは悲鳴を上げた。

「……って……え」

その隙を逃さず、衛士達は再びアレンを引き立てていった。

やはり現代のアマルナでは見ることのできない、アクナーテンの王宮へと。

3　王の剣

『大人しくしていろよ！』

衣服を検《あらた》められ、ポケットの中のものを全て奪われたアレンは、さらに靴まで脱がされると、身一つで薄暗い牢《ろう》の中に叩《たた》きこまれた。

『妙な履き物だな……』

厳《いか》めしい顔つきをした牢番は、しばしアレンの靴を興味深げに眺めていたが、やがてそれを足につけようとして四苦八苦し始める。囚人の権利などが顧みられる時代ではない。たぶん、牢番は『役得』として、持ち物を没収する気なのだろう。

「ハ……スニーカーを履いたミイラが発掘されたら、センセーションが巻き起こるな……」

呟《つぶや》いたアレンは近くの壁に背を押しつけると、そのままずるずると座り込む。

(そんなことより、問題はここからどうやって元の世界に戻るか、だ)

そのときゴソッともガサッともつかぬ物音がして、アレンは反射的に顔を上げた。もしかして、鼠《ねずみ》が出現したのかと思ったのだ。しかし、

「うわぁっ！」

事態はさらに深刻だった。

この牢の中には、アレンの他に少なくとも十人ほどの囚人が居たのである。

彼らの視線が自分に集中していることを知って、アレンはぞっとした。

（な、なんで、息をひそめたりしてるんだよ？）

誤解からここに収容されてしまったアレンとは違い、彼らは本当に罪を犯した人々だろう。いかにもな強面《こわもて》ぞろいに、思わずひるみそうになる。

『なんて格好だ、ええ？』

囚人の一人——おそらくは囚房のボスらしき男が、アレンのサファリ・ジャケットをじろじろと見やる。

『何をやらかして、ここにぶちこまれた？』

縺《もつ》れた髭《ひげ》を撫《な》でながら、彼はアレンに近づいてくる。やはりヒエログリフを読むのと違って、会話になると大意ぐらいしか理解できない。まあ、何となく言っていることが判るだけマシ、という考え方もできるが。

『どんな悪さをしたんだ、って聞いてるんだよ、ぼうず』

ニヤけた顔が不気味だった。アレンはサッと立ち上がり、逃げ場を探して左右を見る。だが、いずれの方向も他の囚人によって行く手を阻まれていた。

『なんだ、口が利けねえのかよ』

ボスは手を伸ばし、アレンの顎《あご》を摑《つか》んだ。

『旦那！　こいつの罪状は？』

まだ靴を矯《た》めつすがめつ弄《いじ》くっていた看守が答えた。

『墓荒らし、のようなものだとさ』

『ほう……』

ボスはアレンを見つめたまま、舌なめずりをする。

『まずいな。そいつはまずいぜ、ぼうず。何を盗った？』

アレンは首を振って、男の手を逃れようとした。だが、顎を摑む手は万力のように強靱《きょうじん》で、少しも緩まない。

『もしかして、盗む前に捕まったのか？』

看守が嘲笑《あざわら》う。

『だろうよ。お宝は一切、身につけてねえ。この履き物だけじゃねぇ。服の隠しに収められていたのも珍妙なもんばかりさ』

『気の毒に』

男の息が顔にかかって、アレンは気が遠くなった。何という悪臭だろう。

『イイ思いもできずに殺され、あの世行き……いや、あの世には行けないか。どうせ名も無き罪人として、亡骸《なきがら》は野ざらしにされるんだからな』

アレンはぎょっとした。

『の……ざらし？』

『なんだ、喋《しゃべ》れるんじゃねえか』

アレンを覗《のぞ》き込むようにしたボスは、ふいに驚きの表情を見せ、背後に控えている仲間を振り返った。

『おい、青い眼だ！　邪眼だぞ』

『なんだと？』

真っ先に反応したのは看守だった。彼は靴を放り出すと、手元の松明《たいまつ》を掲げて格子に近づいてくる。

『畜生、面倒なもんを持ち込みやがって……』

アレンを取り囲んだ囚人達も口々に囁《ささや》き始める。

『本当だ……本当に青い……』

『肌は白いな。どこの生まれだ？』

『ミタンニとか、アッシリアとか？』

『奴らはもっと黒いだろ。こんな肌の色は初めて見るぜ』

『おう、あの忌々《いまいま》しい王弟野郎みてぇだ』

アレンはその言葉を聞きとがめた。

四人達が言っているのはおそらく、いや間違いなく自分をここに叩き込んだあの男のことだ。

『お、おうてい……？』

彼らの真似《まね》をしたものの、拙《つたな》いと自覚せざるを得ない発音で質問するアレンに、ボスが答えてくれた。

『王様の腹違いの弟だよ。北方の島から贈られた奴隷女が産んだ王子さ』

北方の島――エジプトを起点に考えれば、エーゲ海に浮かぶ島々のどこかだろう。アレンの予想はさほど外れてはいないようだ。

『えらい……ひと？』

アレンは問いを重ねた。

『今をときめく将軍様よ』

ボスは馬鹿にしたように笑った。

『父親にはすっかり忘れられていたのにな。なにせ、前の王様はお妃《きさき》が山ほどいたし、ガキも数え切れないほど生まれてた。奴隷の産んだ子のことなんざ、耳にも入ってなかったんじゃねえか』

王弟を『忌々しい』と評した囚人が言った。

『ふん！　今の王様に拾い上げられなきゃ、あんな風にのさばることもなかったのによ。古参の兵を蔑《ないがし》ろにしやがって！』

それを機に、再び囚人達が話し出す。

『将軍は運が良かったのさ』

『ああ、黄金の髪のおかげでな』

『王様曰《いわ》く、「陽光のごとく輝く髪こそ、アテンの恩寵《おんちょう》の証《あかし》なり」だっけか？』

『確かに神様の加護はあったんだろうよ。王族の末席に連なって、細々と食いつないでいたのが、今や「王の剣」とまで言われるようになったんだからな』

つまりは武人だ――アレンは意外に思った。あの優雅な容貌《ようぼう》にアッカド語を解する知力の持ち主、とくれば神官か文官の類《たぐい》だと推測していたのに。

（アクナーテンの弟で将軍を務めた男……我々が知る歴史には登場していない）

しかし、彼の名前が判れば、そこから母親の名などを類推することができるかもしれない。

アレンの背筋を戦慄《せんりつ》にも似た痺《しび》れが駆け抜けた。誰も知らない歴史の闇《やみ》に、真っ先に足を踏み入れる興奮だ。

『なまえ……おうていのなまえ……は？』

話に興じる仲間をよそに、アレンの顎の下を指先で撫でていたボスが汚れた歯を剝《む》き出しにする。

『知りたいのか？』

頷《うなず》いたアレンに、ボスはいきなりのし掛かってきた。

『な、なにを……！』

慌てふためくアレンに、ボスは言った。

『ただじゃ、聞かせられねえなぁ。俺達にイイ思いをさせてくれたら、教えてやるぜ』

荒くなった息を吹きかけられて、アレンは状況を理解した。つまり、この囚人は自分に欲情しているのだ。

『だれか……たすけて……！』

アレンは看守に視線を投げかけた。だが、彼の興味は靴に戻ってしまったらしい。こちらをチラリと眺めただけで、救いの手を差し伸べようとはしなかった。

「制止しろよ！　収監された囚人の身を守るのも、看守の仕事だろ！」

狼狽《ろうばい》したアレンの口から英語が迸《ほとばし》る。その必死の叫びにも、反応はなかった。

(どうしよう……どうすればいい？)

合衆国の牢獄に於いても、狭い囚房に閉じこめられ、まともな性生活を送ることができない男達の間では、必要に迫られて同性愛関係が結ばれるという。愛情が生まれない場合も、古株が新入りに性的な虐待《ぎゃくたい》を加えるといった行為は横行しているらしい。だが、よくある話だからといって、レイプを受け入れられるかと言えば、また話は別だ。

(この男に犯されるなんて、絶対にごめんだ！)

しかもボスは『俺達にイイ思いをさせろ』と言っていた。つまり、アレンに求められているのは、この牢内にいる男全員の相手をすることだ。強姦《ごうかん》だって耐え難いのに、延々と輪姦までされるというわけである。

(十人以上だぞ。そんな目に遭わされたら死ぬ。ヤリ殺される……！)

こちらの世界に来てからというもの、ついつい目先のことに注意を奪われがちだったアレンも、さすがにのんびりと構えていられるような事態ではないことは判った。

「俺に触るなっ！」

体格が劣っていると思って、油断していたのだろう。アレンは素早く膝《ひざ》を折り曲げ、ボスの腹を蹴《け》った。

『ぐう……っ』

ボスは腹を押さえて呻《うめ》くと、アレンの上に跨《また》がった。

(今だ……！)

アレンは渾身《こんしん》の力でのし掛かる男の身体を押しのけると、素早く身を起こした。そして格子を背にして身構える。

『このガキ……』

『よくも舐《な》めた真似を……』

ボスの屈辱を目の当たりにした囚人達は、敵意に燃えてアレンを睨《にら》み据《す》えた。元来が暴力を好む連中なのだろう。アレンの抵抗は彼らを怯《ひる》ませるどころか、かえって嗜虐《しぎゃく》欲を搔《か》き立ててしまったようだ。

『おい……』

「やめろ……っ！」

一人の合図で男達がアレンの両脇に走り寄り、両腕を摑む。忌々しいまでのチームワークだ。

『足を押さえろ！　また蹴られちゃたまらねぇ』

『おう！』

野卑な笑い声がアレンの叫びを搔き消す。

『たまんねぇ……こいつ、香油みてぇに良い匂いがするぜ！』

アレンがつけていたコロンの香りに、男の一人が陶然としたような声を上げた。

『香油だと？』

『どれ、どれ』

男達が一斉に鼻を蠢《うごめ》かせ、感嘆の溜息《ためいき》をつく。この時代、没薬《もつやく》や白檀《びゃくだん》などの香料は途方もなく貴重かつ高価だった。彼らが驚くのも無理はない。

『畜生、ただの墓泥棒じゃねえ』

『おおよ。いい暮らしをしてやがったんだろうぜ』

四人達はアレンの上着をむしり取り、Tシャツを引き裂いた。

『見ろ。疵《きず》一つねぇ』

『なんて滑らかな肌だ』

『女にもこれほどのは滅多にいねえだろ』

感極まったように呟いた男が、汗で粘つく掌《てのひら》をアレンの胸元に這《は》い回らせた。

『放せ！　俺に触るなって言ってるだろ！』

アレンは吐き気をこらえながら、四肢をバタつかせる。だが、所詮《しょせん》は多勢に無勢だ。抵抗も虚《むな》しく、囚人らの手はアレンのサファリ・パンツに伸びた。

「いや……嫌だ……やめろおおーっ！」

追いつめられた獲物《えもの》の絶叫が、アレンの口から迸る。

激しく怯《おび》え、絶望した様子を見て、囚人達が哄笑《こうしょう》を放った。

『てめえら、どけ！　一番は俺だ！』

蹴られたダメージから回復してきたボスが、男達を掻き分けてきた。

『よくもやってくれたな。邪眼め、礼は存分にさせてもらうぜ』

憎々しげに言った男は、押さえつけられて身動きの取れないアレンの腹部に座った。そして、手始めにアレンを殴りつける。

『おい、顔は止めておけ。どうしてもって言うんなら、一周してからにしろ』

『そうだ。腫《は》れ上がった野郎のツラなんかを見せられた日にゃ、萎《な》えんだろ』

囚人達は勝手なことを言い合っている。

「……っ」

殴られた拍子に自分の歯で口内を傷つけてしまったアレンは、唇の端から血を滴らせながら呻いた。痛い。怖い。暴力に耐性のないアレンは、もう音を上げてしまいそうになる。だが、残酷な男達に泣きついたところで、事態が好転するとは思えなかった。

『もっと足を開かせろ。このまま突っ込んでやる』

ボスの命令に、男達はアレンの足を引っ張った。

「た……助けて！　看守！　このまま見過ごすのかよ……っ！」

アレンの悲鳴は耳に届いているはずなのに、看守は振り返りもしなかった。新入りの扱いは古株の心次第という慣習でもあるのだろうか。あるいは本当に興味がないという可能性もある。牢の中にいるのは明日の命も知れない罪人ばかり――看守にとっては今日死のうがさして差は感じられないのだろう。

『今日はとことん運が無かったな、ぼうず。だが、いい気味だぜ。ここにいる全員に犯されて死にやがれ』

目を血走らせたボスはそう吐き捨てると、アレンの膝をすくい上げて、胸元につくほど折り曲げた。浮き上がった腰――露《あら》わになった臀部《でんぶ》に男達の視線が集まる。

（あ……あ！）

アレンはまもなく襲いかかってくるであろう衝撃と苦痛を思い、身を強張《こわば》らせた。ぎゅっと閉じた瞼《まぶた》も恐怖のために小刻みに震え始める。

(俺が何をしたよ? なんで、こんな目に遭わなくちゃならないんだ?)

理不尽だという思いがこみ上げて、アレンは泣きたくなる。

だが、そのうちに妙なことに気づいた。

すぐに訪れるはずの衝撃が、いつまで経ってもやって来ないのだ。

『どうした? 続きはしないのか?』

ふいにかかった声に、アレンはびくりとして瞼を上げた。

その目に映ったのは、自分の身体に群がっていた囚人達が、凍りついたように格子の向こうを凝視している姿だ。

(いったい……?)

アレンも声のした方向に視線を動かす。そして、見つけたのだ——自分を牢に放り込んだ張本人、ファラオの腹違いの弟が、侮蔑《ぶべつ》の表情と共にこちらを眺めているのを。

『このようなことになっているかもしれぬ、と戻ってきたが、正解だったようだ』

王弟はアレンの眼差しに気づくと、うっすらと口元に笑みを浮かべた。

『控えよ、者共。その男にはまだ用がある。犯されるのは一向に構わぬが、殺されてしまっては元も子もない』

アレンは咄嗟に叫んだ。

「どっちもごめんだ！　勝手なことを言うなっ！」

金髪が揺れる。王弟はくっ、くっ、と肩を波立たせて笑った。

『何となくだが、申したいことは判るぞ。よほど怖い思いをしたらしいな』

王弟は突然の訪問に恐縮している看守に牢の鍵を開けさせると、伴ってきた衛兵に顎をしゃくってみせた。

『さっさと下がれ！　邪魔をすれば、ただでは済まんぞ！』

牢に躍り込んだ衛兵は鞭《むち》を振るい、アレンにのし掛かっている囚人達を追い払った。囚人らは頭を抱え、うっかり背を鞭で打たれては悲鳴を上げ、狭い空間を逃げまどう。

『こっちに来い！』

囚人達が牢の角へ身を寄せるのを見て取った衛兵は、ぐったりとしているアレンの腕を摑んで引き起こした。そして、半ば抱くようにして格子の外へ連れ出す。

『ふ……大それた真似をしでかした賊にしては、ずいぶんと意気地の無いことだ』

がくがくと足を震わせているアレンに、王弟が声をかけてきた。

「俺は何もしていない！」

アレンが睨み返すと、王弟は肩を竦《すく》めた。

『どうせ無実を訴えているのだろうが……それが真実かどうか、調べてみよう。衛兵！』

『はっ！』

衛兵はアレンの腕を摑み直すと、近くにあった大きな石台へ引きずり上げた。

「なっ……なにを……やめろ……っ！」

ふいを突かれたアレンがろくに抵抗できないでいるうちに、衛兵は看守を呼び寄せた。そして二人がかりでアレンを俯《うつぶ》せにすると、手際よく荒縄で縛り、石台の上に固定してしまう。

「い……嫌だ……」

ヒュッヒュッと鋭く空を切る音に、アレンは再び顔色を失った。先程は囚人達を追い払ってくれた鞭が、今度は自分の背中に振り下ろされようとしているのが判ったからだ。

（拷問《ごうもん》される……！）

アレンは震え上がった。そう、近代になって人権というものが尊重されるようになるまで、取り調べには拷問がつきものだった。手っ取り早く自白を引き出すには、最上の手と考えられていたからだ。

『いかにも脆弱《ぜいじゃく》そうな身体……まだ男というより、少年のようだ。尋問など、とても耐えられそうにない』

王弟は恐怖に凍りつくアレンの黒髪を撫でながら、優しげに囁いた。

『大人しく正体を明かせば、鞭は使わぬ。どうだ？』

アレンは焦燥感に駆られながら、懸命に訴えた。

『おれ……おれ……わかる……できない！』

『それを言うなら、判らない、だ』

王弟は小さく溜息をついた。

『やはりな。拙いものの、我らの言葉も話せるか』

アレンは正直に告白した。

『はなす……じかん……ひつよう』

王弟は頷いた。

『構わぬ。自らの口で申し開きをしてみよ。厳重な警戒をものともせず、どのようにして秘儀の間に忍び込んだ？』

『わからない。おきた……へや……いた』

説明するアレンの髪を優しく撫で続けて、王弟は聞いてきた。

『誰かに連れてこられた、と？』

正確には違うのだが、アレンは頷いた。

『もしかしたら、不埒《ふらち》な人夫どもかもしれぬな。そなたの命で秘密の抜け穴を作ったが、金を値切ったか、支払わなかったため、報復された、とか』

『ちがう……！』

アレンは激しく首を振った。

『しない！　おれ、わるくない！　ほんとう！』

『……あくまでシラを切り通すか』

王弟は再び溜息をつくと、衛兵に合図を送った。

ヒュンと鞭がしなって振り下ろされる音がする。

「……っ！」

次の瞬間、強い衝撃が背中に襲いかかった。それはすぐに焼けつくような苦痛へと変化し、アレンを喘《あえ》がせる。

「うーっ」

黄熱病の患者のように震えながら、アレンはようやくのことで首を巡らせ、痛みに霞《かす》む眼を凝らした。その瞳が映したのは、またもや振り下ろされようとしている鞭の軌跡だ。

「ああ……あ……っ」

アレンは背を丸め、悲鳴を放った。声を上げなければ、膨れ上がる苦しみで身体が破裂してしまいそうになる。打擲《ちょうちゃく》を受けた部分から走る痺れで、手足も自由に動かせなくなったことに気づくと、恐怖はいや増した。命を脅《おびや》かされることへの怯えと、何もできない自分への不甲斐《ふがい》なさに、どっと涙が溢《あふ》れる。

「ひ……！」

傷ついた背中にそっと指が触れてくるのを感じて、アレンは身体を強張らせた。

『美しい背中だな』

王弟は静かに言った。

『強情を張るな。確かにあの者らが言うように、疵一つとてない身体だ。ここに生涯消えぬ傷を残すのは、私も望むところではない』

アレンはその言葉で気づいた。王弟はかなり前から牢獄に来ていたこと。そして、アレンが囚人達の欲望の餌食《えじき》になろうとしていたときも、平然と眺めていたことを。だが、それを忌々しく感じても、今はどうすることもできない。それがもどかしかった。

『うえ……うえから……きた……うそ……いう……できない』

アレンは何とか声を絞り出した。王弟を納得させることができなければ、また鞭に苦しめられる。二度、三度とそれが振り下ろされる様を想像しただけで、アレンの背中を新たな冷汗が伝った。

『上……上とはどこのことだ?』

王弟の声が尖《とが》った。

『ア……アマルナ……』

『そのような場所は知らぬ』

『おれたち……のことば……アケトアテン……みらいのアマルナ……』

王弟は首を傾《かし》げる。

『未来……貴様、未来を語る力があるとでも申すのか？　予言者だとでも？』

アレンは言葉に詰まる。自分は予言者ではない。未来から来た人間だ。しかし、そんな途方もないことを信じてもらえるとも思えない。

『身元を明らかにせぬのも許し難いが、私を謀《たばか》るのは紛れもない罪だぞ』

王弟の表情が厳しくなる。

『それでも今の言葉を翻《ひるがえ》さぬか？』

アレンは判断を迫られた。このまま真実を述べているのだと言い張っても、相手は納得するまい。そうなれば待っているのは死だ。獄内で拷問死するか、処刑されるか、いずれにしても先はない。

『なぜ、黙っている？　まだ打たれ足りないか？　それとも……』

返事がないことに苛立《いらだ》った王弟は、背後に向けて顎をしゃくってみせた。先程までアレンが閉じ込められていた牢へと。

『あそこに戻し、そのまま一晩、過ごさせてやろうか？』

思わず見開いたアレンの眼が、自分を食い入るように見つめている囚人達の顔を捉《とら》える。鞭打ちに興奮した彼らは、さらなる加虐を求めて薄笑いを浮かべていた。

「わざと見せたな……」

アレンはぼやいた。

『どちらが良い？』

王弟が揶揄《やゆ》する。

『せめてもの情けだ。好きな方を選ばせてやるぞ』

「く……」

アレンは心を決めた。無事切り抜けられるかどうかはわからなかったが、何事もしないよりましだ。

『おうさま……むすこ……いる？』

突然の問いに、王弟は面食らったような表情を浮かべた。

『いや。三人の王女をお持ちだが……王子はまだ生まれておられぬ』

アレンはその答えで、アクナーテンの治世が半ばを過ぎようとしていることを知った。

『ちかく……こども……うまれる？』

『そうだ』

王弟は僅《わず》かに身を乗り出した。

『側室が産み月だ。それに偉大なる王妃も身籠《みごも》っておられる』

偉大なる王妃というのは第一夫人を指し示す言葉だ。

王弟はアレンが何を言おうとしているのか、悟ったらしい。

『おまえは生まれてくる御子が王子であるか、王女であるか、当てようというのか？』

アレンは息を整え、厳《おごそ》かに聞こえるように言った。

『おうじょ』

『王子は？　王子はお生まれにならないのか？』

焦燥を滲《にじ》ませた王弟を見て、アレンは気づく。この男に王座への野望はないらしい。王子が生まれなければ、王族の誰かが至高の座につけるだろうに。実際、アクナーテン王も別の弟を共同統治者に任じていた。

『まだ、だめ。次のおうさま、スメンクカラー』

『兄上を……だと？』

金髪の男は大きく目を見張った。

『もっとあと、おうじ、うまれる。なまえは……』

『待て』

王弟は静かにアレンを遮《さえぎ》った。

『予《あらかじ》め言っておく。聖なる王家にまつわることで偽りを申さば、生きながら獅子《しし》に八つ裂きにされるぞ』

アレンはゾッとしながら、言葉を重ねた。

『おうじのなまえ、トゥトアンクアテン』

さしたる功績はない。けれど、古代エジプトで最も有名になる王――後の世ではトゥトアンクアメン、すなわちツタンカーメンという名で知られるファラオだ。

（さあ、ダイスは投げられた。俺の目はどうでるか）

王弟の視線がアレンを射る。

だが、アレンも目を逸《そ》らさなかった。

『縄を解け、アハブ』

先に声を上げたのは王弟だった。

『宮へ連れてゆく』

『恐れながら、殿下。取るに足らぬとは申せ、賊は賊』

アハブと呼ばれた衛兵が、恭しく頭を垂れた。

『お連れになるのであれば、せめて何か縛《いまし》めとなるものをつけた方がよろしいかと存じます』

『私が取り逃がすとでも？』

冷笑を滲ませた王弟に、アハブは慌てた。

『さ、差し出たことを申しました。どうか、お許しください』

だが、頭を地面に擦《こす》りつけようとした部下を、王弟は押しとどめた。

『良い。思い上がりや油断は思わぬ危機を招くもの。おまえの言う通り、万全を期すことにしよう。看守、引き回し用の首輪を持ってこい』

『はっ、はい、殿下！』

隅で縮こまっていた看守が、即座に行動する。彼は青銅製と思《おぼ》しき首輪をアハブに渡すと、再び目立たぬところへ下がった。たぶん、王弟を侮辱した囚人を咎《とが》めなかったこと、その場面を当人に見られていたことを悔い、処罰を怖れているのだろう。

『私がやろう』

アハブから首輪を奪った王弟は、アレンの鼻先でそれを振った。

『罪人が処刑場に送り込まれる際、つけるものだ。そのために「永遠の夜」と呼ばれている。人として、これ以上の絶望はあるまい。穢《けが》れた魂は再び蘇《よみがえ》ること叶《かな》わず、闇の中に朽ち果てていくばかりなのだからな』

おぞましげに首輪を見つめているアレンに、王弟は淡々と説明する。

『とは申せ、おまえはまだ死罪と決まったわけではない。ゆえに留め金だけを用い、鍵はかけずにおく。だからといって、油断はなるまいぞ。首輪の意味は明らかだ。うっかり私の目の届かぬ場所などに迷い込めば、逃亡を企てたと見なされる。また私の許可なく首輪を外した場合、これまでの言い分は全て虚偽と見なす。その後の仕儀は、もはや判っているな?』

王弟は石台の上に横たわっているアレンの頭を片手で持ち上げると、手際よく首輪を填《は》めた。

『とにかく、私から離れぬことだ。まだおまえを信用したわけではないが、なかなか面白いことを申すゆえ、いま暫《しばら》くは生かしておいてやろう』

身を起こした彼と入れ替わりに、衛兵が石台に近づき、その刀で荒縄を断った。

『ゆっくり起きて、床に降りろ』

衛兵の命令に従ったアレンは喉元《のどもと》に手を当て、実際よりも重く感じる首輪に触れた。

(死神の冷たい手で首を絞められているみたいだ)

これをつけたままで暮らすのかと思うと、アレンの気分は滅入った。肌に密着しているわけではなく、指一本が入るぐらいの隙間《すきま》はあるものの、やはり息苦しい。死と紙一重のところにいることを、常に意識しなければならないからだろう。しかし、とりあえずは命も貞操も無事だった。猶予が与えられたのだ。

『ついて来るがいい』

立ち竦んでいたアレンに、王弟が声をかけてきた。

『ご命令が下った場合、「はい、殿下」と申し上げるように』

アレンの不作法が目に余ったらしく、衛兵が小声で指示を出してくる。

これ以上、波風を立てたくなかったアレンは、素直に口を開いた。

『はい、でんか』

たどたどしい発音がおかしかったのか、王弟は僅かに唇の端を上げると、踵《きびす》を返した。

アレンもすぐに後を追おうとして、ふと立ち止まる。

『くそ……っ！』

檻《おり》の中で小さく毒づく声がしたからだ。

振り向いたアレンの目に、囚人達の目を血走らせ、涎《よだれ》を垂らしそうな顔つきが映る。結局のところ、彼らは欲望を煽《あお》られるだけ煽られ、お預けを食らったようなものだ。

(生憎《あいにく》だったな)

少しも同情する気になれないアレンは侮蔑の笑いを閃《ひらめ》かせると、囚人達に拳《こぶし》を突き上げてみせる。そして、嵐のような怒号を背に、ゆうゆうと牢獄を出ていった。

4　太陽の王

王弟に従って長い階段を昇り、地上に出たアレンは、今度はいつ果てるともしれない通路に足を踏み込んだ。

緻密《ちみつ》に積み重ねられた石壁は高く、王宮の大きさ、広さを思い知らされる。

何度も角を曲がっていくうちに、アレンは迷宮に導かれているような気さえしてきた。

「ここ、どこ……どこまで？」

「あと少しで到着する。もう奥宮だ」

アレンのつたない古代エジプト語の問いに、王弟が答える。ぞんざいな口の利き方にも、彼は頓着《とんちゃく》してはいないようだ。

「あなた……ここ……すむ？」

王弟が頷く。

「王族はみなそうだ。旧都ではこうした王宮から出ることも滅多になかったが、アケトアテンではどこに行くのも自由だ」

「じゆう?」

「ああ。我らが王は旧弊を破り、民の前にもよく姿を現される。アテンの唯一の代弁者として、その教えを信ずる者に接せられるのだ。ときには、あまりにも近しく……」

ふと王弟の端正な顔に浮かんだ影を、アレンは見逃さなかった。

「それ、いや? おうさま……しぬ……こわい?」

次の瞬間、王弟の手はアレンの首を掴み、そのまま荒々しく壁に押しつけた。

「……っ」

アレンはその激烈な反応に息を飲んだ。

「賢《さか》しげなことを……今のも予言か? 神のように何もかも判っている、とでも言うつもりなのか?」

「ちが……う……おもった……だけ」

アレンは掠《かす》れた声を上げた。この王弟殿下は気まぐれな獣のようだ。いつ野性に戻り、牙《きば》を剝いてくるか判らない。

(つまらないことで殺されるのはごめんだ。対応には気をつけないと……)

これ以上機嫌を損ねることを怖れ、じっとしているアレンのことを、王弟は睨みつけていた。ややして、頭が冷えたのだろう。舌打ちと共に、アレンの首から手を外した。

「調子が狂う……そなたのような者は初めてだ」

それはそうだろう。時の流れは人の考えを、ありようを変える。古代エジプトで常識とされていたことは、現代人には奇矯《ききよう》に思えたり、残酷に感じられたりする。

「そなたの瞳は澄んでいる。偽りや阿《おもね》りを感じさせぬ。穢れた黄金像の前でまじないをして、自分らに都合の良い嘘の予言を奏上していた、アメンの神官どもとは違う気がする」

王弟は呟くようにそう言った。

話しかけてきている感じではなかったので、アレンはじっと聞いていた。

「神官どもの言質《げんち》など恐るるに足りぬ。しかし、そなたの言葉……幼子のようにたどたどしい言葉にはなぜか胸が騒ぐ。それが不思議でならぬ」

王弟はアレンを見つめた。

「それとも、気づかぬうちに、私はそなたのまじないに毒されてしまったのか……」

「おれ……しない……まじない……しない」

アレンが首を振ると、王弟は溜息をつき、再び歩き出した。

「その真偽を確かめる手だてを、私は持たぬ。とは申せ、そなたから一瞬たりと目は離すまい。私がいる限り、聖なるファラオに対し、ろうがわしい術など使わせぬぞ」

アレンは驚愕《きようがく》し、慌てて王弟に追いすがった。

「あえる？　アクナーテン……あえる？」

王弟は再び声を荒らげた。

「無礼者！　王の名を軽々しく口にするな」

アレンは首を竦め、慌てて言い直した。

「ファ……ファラオ……ペル・アア……あう……？」

「そうだ。不本意極まりないが、引見を願い出てみる。そなたの申すことの真偽を見抜けるのは、聡明《そうめい》なる王しかおられぬ」

ふと声に柔らかさを感じて、アレンは言った。

「きょうだい……したしい」

「埒《らち》もない」

王弟は鼻を鳴らした。

「王はアテン神が我々を導くようにと、この世に遣わされた方だ。もったいなくも一族としてこの身を重んじてくださるが、私はそれに甘えてはならぬし、甘えるつもりもない。そなたも二度と愚かなことを口にするまいぞ」

「……はい」

アレンは内心、溜息を洩《も》らした。何を言っても怒らせてしまう。どうやら自分は王弟の気にいるような話題は思いつけないようだ。だったら、さらなる不興を買わないように、玉座の間に着くまで黙っていることにする。

（こいつも、うんざりするほど重いしな）

アレンは時間と共にずっしりと感じるようになった、青銅の首輪に触れた。いずれ処刑される者の証――――死の象徴。常に刃を突きつけられているよりはマシだが、やはり良い気はしない。すでに体温が移って久しいのに、触ればひやりとする。

(早く外したい。そのためには俺が無害であることを、王弟に納得してもらわないと……でも、どうやって?)

アレンは頭を抱えたくなる。本当のことを言っても、まず信じてはもらえまい。ならば王弟が口にした『予言者』という設定を利用するべきだろうか。現代ならば噴飯ものの話だろうが、古代の人々にはオカルト的な事象を受け入れる素地があった。そう、未だ神の力や呪《のろ》いなどを真剣に敬い、怖れている時代なのだから。

まもなく二人は純白の紗布《さつぶ》に遮られた、大きな入口の前に辿《たど》り着いた。

長槍《ながやり》で武装した衛兵は、王弟の声を聞くなり、中にいた侍従らしき男に合図を送る。

「陛下にお目通りを願いたい」

「殿下、どうなさいました?　その者は……」

「異国の予言者らしい。陛下に真偽を判じて頂きたく、連れて参った。ご都合をうかがって欲しい」

「かしこまりました、殿下」

侍従は深々と腰を折り、ちらりとアレンを盗み見てから、広間に取って返した。

（ここが王宮の中心……玉座の間か）

アレンは興奮に身を震わせた。落石事故に見舞われたのは不運に他ならないが、同時に得難い幸運も運んできた。これから自分は『生きた人間』として、初めて古代エジプトのファラオに会う。それも歴史学者にとって興味の的とも言うべき異端の王、アクナーテンに。

「ネフェル・ウェプワウェト将軍のお見えです！」

謁見《えっけん》の許可が出たのだろう。侍従の合図を受けて、護衛が叫んだ。

アレンは隣に立つ王弟の横顔を眺める。

（ネフェル・ウェプワウェト……それがこの男の名前）

ネフェルは一種の美称であり、王家にはこの名を持つ人間が多い。ウェプワウェトは狼《おおかみ》の頭を持つ武神のことだ。また、その名には別の意味もある。

（美しき道を切り開く人、か）

いかにもふさわしい名前だとアレンは思った。武人は国の守りであることの他に、異邦の民と戦い、そして領土を拡げていく者でもあるのだから。

「失礼致します」

内側からさっと布が引かれると同時にネフェルは足を踏み出した。

アレンもそれに続く。

「何事じゃ、ネフェル。先ほど退出したばかりではないか」

どこか神経質そうな甲高い声がアレンの耳を打つ。

それがアクナーテンの声だった。

「お許しを。ぜひ、お目にかけたい者がおりまして……」

王弟は普段ネフェル、『美しき者』と呼ばれているらしい。牢で罪人達が言っていたように、ファラオの寵愛《ちょうあい》が垣間見《かいまみ》える一件だ。

「その異形の者か？」

アクナーテンの視線を感じて、アレンは顔を上げる。

王は面長の端正な容貌を持っていた。古代エジプト人の典型的な面立ちとは、明らかに一線を画している。アレンはそれが彼の理知的に通った鼻筋によるものだということに気づいた。

（やっぱり、カイロ博物館にある像に似ている）

現存するアクナーテンの彫像は、彼の容貌を正確に伝えていたのだ。

「これまた珍しい容貌よの……そなたにも引けは取らぬわ。いずこより参った？」

「そのことでお耳に入れねばならぬことがございます。陛下だけに」

ネフェルは王に人払いをするように申し出た。

アクナーテンは眉《まゆ》を寄せたが、すぐに手を振って部屋の中にいる護衛を散らせる。そうしてからネフェル達にもっと近づくように合図した。

「これで良いであろう」

「は……」

「さ、申してみよ」

ネフェルは一瞬躊躇《ためら》い、それから諦念《ていねん》のようなものを滲ませながら口を開いた。

「恐れながら、この者が予言した未来についてお耳に入れたく存じます」

アクナーテンの顔に驚きの色が浮かんだ。

「予言やまじないの類を誰よりも厭《いと》っていたそなたが、どうした風のふきまわしじゃ？」

「私では真偽のほどが見極められぬのです。今まで耳にしてきたものについては、即座に判断がつきました。しかし、こたびに限っては自信がございませぬ」

「そなたがそれほど迷うとは……」

アクナーテンはまじまじと異母弟を見つめた。

「構わぬ。余にも聞かせてみよ」

「この者によれば、王妃様方のお産みになるお子様は、二人とも王女殿下だそうでございます」

「なに、また女か」

しかし、アクナーテンはさほど残念そうではなかった。

古代エジプトの王家では継承権を受け継ぐのは王女達、あるいは王妃であり、王子は姉妹、または先王の妻である彼女らと結婚することによって、初めて王位を認められるのである。

そのため、娘だからといって冷遇されることはない。

「さらにこの者が申すには、陛下におかれましてはいずれスメンクカラー殿をご自分の後継者となす、と」

それを聞いた途端、アクナーテンの目が異様なほど輝いたことにネフェルも、そしてアレンも気づいた。

「スメンクカラー、と申したのだな?」

ネフェルは頷く。

「何ということか……」

アクナーテン王は信じられないとでもいうように、そっと息を吐き出した。

「この先、妃が王子を産むという保証はない。そう、確かに余は弟のスメンクカラーを次代の王位に据えようと思うようになっていた。だが、それを誰かに洩らしたことは、そう、王妃にですらないのだぞ。それをこの者が知るとは、どうしたことだ。いや、そもそもこの若者はどこから来た?」

「それが判らぬのでございます」

「どういう意味だ?」

「気がつけば神殿で気を失っていた、どのようにしてそこに参ったのか、自分も知らぬと申しております」

「それを鵜呑《うの》みにするそなたではあるまい」

「当然でございます、陛下」

ネフェルは黙ってアレンに近づくと、彼の背を王に向けた。

「そなた、この者を拷問したのか！」

アレンの傷ついた背中を目にした途端、アクナーテンが怒りの声を上げる。

アレンは彼に向き直りながら、驚きの視線を向けた。まさか、王が自分を庇《かば》ってくれるとは思ってもみなかった。

「お許しください。お心に背くとは存じておりましたが、事が重大なだけにどうしても確かめねばならなかったのです」

ネフェルは恐縮して、深く頭を下げる。

「暴力は何も生み出さぬと、いつまで言い続ければ良いのか……」

アクナーテンは頭痛でも感じているかのように手で額を押さえて呟いた。それから彼は気を取り直したようにアレンに声をかける。

「その背の痛みは易々《やすやす》とは消えるまいが、王の名に免じて許せ。この者は余のためと思いそなたに非道を働いたのだ。すなわちそれは余の責でもある」

アレンはこくりと頷いた。こう下手に出られてしまっては、そうせざるを得ない。

「我らの言葉は話せるのか？」

「拙いながら。おおよその意味は解しているようでございます。アッカド語の筆記ならば巧みに致します」

「そうか。にしても……」

それからアクナーテンは寂しそうな表情を浮かべた。

「まだ王子は生まれぬ、か……ネフェルティティの腹ではないことは残念だが、後継者は必要だ。王妃もそれは判ってくれよう」

『遠くから来た美女』――ネフェルティティという名の王妃を、この王が熱愛していたことは有名だ。だが、この王妃が産んだのは六人の王女だけであった。

「にしても、そなたの予言の能力には感じ入ったぞ。もっと話を聞きたいものだ」

ネフェルが渋い顔をする。

「しかし、身元の明らかではない者を、尊き御身のお側に置くのは……」

「そなたが一緒にいれば、何を心配することがあろう」

アクナーテンは微笑《ほほえ》み、それからアレンを見やった。

「それにこの者も話しているうちに、どこから参ったか、どのようにして神殿に潜り込んだか、思い出すかもしれぬ。のう、異国の予言者よ」

アレンは再び頷き、それから懸命に訴えた。

「おねがい……おれ、わるいこと、しない。はなし、する。ころす、しないで」

いつ元の世界に戻れるか判らない――いや、戻れないという可能性もある以上、自分が生きてゆける環境を作り出すことが、アレンにとって最優先事項だった。

「案ずるな」

アクナーテンは優しく言った。

「この王宮に客人として滞在を許すゆえ、ネフェル、そなたがよしなに取り計らうように」

「は……」

ネフェルは礼を取り、アレンの腕を引いて退出しようとする。

そのアレンに再び王が声を掛けた。

「そういえば、そなたの名は?」

「ハーシェル……アレン・イブキ・ハーシェル」

久しぶりに名乗ったフルネームを舌の上で転がしてから、王は僅かに首を傾げた。

「変わった響きだが、良い名だ。アレンとやら。今後、そなたを余の予言者として遇そうかとも考えたのだが、止めることにした。アメン神殿のまじない師を否定する余が、そなたの予言を待ち望んで暮らすようになっては元も子もないゆえな。だが、ただひとつ、もうひとつだけ聞きたいことがある」

アレンはごくりと唾《つば》を呑み込んだ。

「なに?」

「余は……余の改革は正しいもの、アテン神の心に適っているのであろうか?」

アクナーテンの目には不安の色が揺れていた。

「無論、正しいに決まっております!」

アレンが答える先に、ネフェルが半ば叫ぶように言う。

王は彼を手で遮った。

「そなたに聞いているのではない。どうじゃ、アレン?」

アレンは少しの間考え、それから静かに応じる。

「ただしい……ただしくない……わからない……でも……なまえ、のこる」

アレンは王を見つめた。

「みんな、記憶する。いだいなおうさま」

「そうか」

王の顔に仄《ほの》かな満足が浮かび、ネフェルの顔から緊張が消える。

古代において予言者が王に重用された理由を、アレンは理解した。

(そう、彼らは常に不安に晒《さら》されているんだ。飢饉《ききん》や疫病《えきびょう》、あるいは戦争や内乱の……)

納得したらしいアクナーテンは、手を振って退出を促した。

「よい。下がれ。アレンとやら、また話を聞かせてもらおう」

そうして、今度こそネフェルはアレンを王の前から連れ出した。

「どこ、いく?」

　再び通路に出たアレンが聞いた。

「私の宮だ。しばらくはそこがそなたの住まいになる」

　アレンは用心深くネフェルを見つめた。

「ろうや、いれない?」

「入れぬ」

　ネフェルは不本意に思っていることを隠さずに言った。

「王命ゆえ、客人として遇する。取り調べもしない」

　アレンは考えた。悪くはないが、ただ無為に時を過ごすことほど耐えがたいものはない。

「おれ、しごとする。やく、たつよ」

　ネフェルは驚いたようだった。

「仕事だと?」

「しょき?　もじ、かくの、とくい」

　アレンはしゃがみ込み、細かい砂の積もった床に指を走らせ、ネフェルの名を表す聖刻文字を描いた。

「ほら、あなたのなまえ」

「なんと……アッカド語だけではないのか」

ネフェルは目を見張った。

「これもあなたのなまえ」

アレンは神官文字でも記してみた。

ネフェルは暫《しばら》く何かを考えるようだったが、やがてアレンに聞いた。

「単語だけではなく、長い文章も綴《つづ》れるのか？」

「はい」

「ならば、おまえにふさわしい仕事がある。明日からでも始めて欲しい」

アレンは即座に頷いた。就職決定だ。

（書けるか、なんて聞いてきたところをみると、書記の助手でもさせるつもりかな？）

いずれにせよ、退屈しのぎにはなるだろう。どのみちすぐに戻れないのだったら、古代エジプトライフをエンジョイしてやるのだ。アレンはようやくいつもの暢気《のんき》さを取り戻した。


「ここが私の宮だ」

ネフェルが立ち止まって言った。

アレンの目はその入口上部に、アテンの印が描かれているのを捉える。

「かみさまのしるし」

「そうだ」

「みんな、いった。あてん、あなた、あいする。あなたのきんのかみ」

「ふ……神の恩寵を受けている、という戯言《ざれごと》か」

アレンは瞬《まばた》きをした。

「ちがう？」

ネフェルは冷ややかな笑みを浮かべる。

「そうでも取り繕わなければ、王家の者が私を受け入れぬと考えた王の恩寵と言った方が正しかろう。しかし」

ネフェルは額にかかる髪を乱暴にかき上げた。

「この身をもってアテンの慈悲を世に知らしめる、と王が申されれば、私に否応はない。他の者と違ったところがある者は、神が特に目をかけている証、というわけだ。おかげで他の者のように髪を剃《そ》って、かつらを被《かぶ》ることもできぬ」

入口で焚《た》かれた明かり取りの炎が、彼の黄金色の髪を煌《きら》めかせる。

古代エジプト人は衛生上とそして装飾的な観念から、頭髪を始めとする体毛を全て剃り上げる習慣があった。彼らは髪の代わりに様々なかつらを被り、その変化を楽しんだ。先程会ったアクナーテンも、略式の王冠の下にはかつらをつけていたのだろう。

（もし、金髪じゃなかったら、この男もつるっぱげだったんだな。そうしたら、いい男がだいなしだ……)

アレンはネフェルに気づかれないように、クスッと笑った。

「ヴェセートのアメンの神官どもに言わせれば、私は単なる出来損ないであり、王家に災いをもたらす者だそうだ。それゆえ私は王族でありながら、旧都の王宮に住むことは許されていなかった。王も私の存在を知らぬままで……」

ネフェルは淡々と言う。

「こちらに遷都するにあたって、王が私を連れていくかどうかという貴族達の噂《うわさ》を耳にしなければ、野に打ち捨てられたままだっただろう」

美しい金髪は、ネフェルにとって忌まわしいものだったのだ。

アレンは肉親から見捨てられていた彼を気の毒に思った。

だが、ネフェルは同情などは受け付けぬとでもいうように厳しい表情を崩さない。だから、アレンもそれを口にすることはしなかった。

「そなたが休む部屋を用意させよう。ここで待っているが良い」

そう言って立ち去ろうとするネフェルに、アレンは慌てて声をかけた。

「まって!」

ネフェルが大儀そうに振り返る。

「何だ?」

「くびわ……とって」

ネフェルは肩を竦めた。

「だめだ」

「なんで！」

「私は王のように寛容ではないのでな。そなたが逃げぬという保証もない。しばらくはそのままで居てもらおう」

思わず英語で毒づいたアレンに、ネフェルは微笑む。

「何と言っているのかは判らぬが、意味は充分伝わったぞ」

「おねがい。これ、おもい」

「我慢しろ。そのうち慣れる」

「ひどい……！」

「私は王を守るのが務めだからな。用心をして、しすぎるということはない」

ネフェルはそう言い残すと、どこかへ姿を消してしまった。

置き去りにされたアレンは途方に暮れる。

(取りあえず命拾いはしたけど、前途多難だな。首輪をしている限り、この王宮から逃げることはできないし……)

やがて、アレンは通路の向こうからやってくる人影に目を留めた。ネフェルがよこしてくれた給仕だろう。

「俺の名はイサラ。ご主人様におまえを部屋に案内するように言われた」

「おれはアレン」

イサラはアレンの首輪を気味悪そうに眺めた。どうしてご主人様は罪人などに敷居をまたがさせるのか理解しかねるといった表情だ。

「こっちだ」

さっさと用事を済ませてしまいたいというように、イサラは寝室へアレンを誘った。

(客人扱いってどの程度かな?　まあ、どんなベッドでも牢屋の床よりはマシか)

アレンはあくび混じりに思った。

(こんな事態に陥っていても、眠気は襲ってくる。つまりこれ以上考えても仕方がない、と俺の頭脳は判断したわけだ)

アレンはにっこり笑った。

「いざというときのために、体力を温存しておこう。明日からは仕事もあるしな」

独り言を言う彼をちらちらとイサラが盗み見ていた。気味が悪いというように……。

5　秘儀の間

　翌日の夕方、神殿にアレンを伴いながら、ネフェルは『仕事』の説明を始めた。

「そなたと私が初めて出会ったあの部屋を知るものは、王とその一族のみだと話したことは覚えているか？」

「うん」

　ネフェルは入口で衛兵から火のついた松明を受け取ると、屋根がつけられている神殿の一区画の奥へ奥へと入り込んで行く。

「さらに申すなら、あの部屋が神殿のどこに作られているのかを知る人間となると、王の他には私のみなのだ」

　アレンは目を見開いた。

「ふたり？」

「そうだ」

　それまで着ていた洋服は珍妙すぎるということで片付けられてしまい、さりとて腰布だけでは恥ずかしいと言い張ったアレンのために用意された麻の貫頭衣——頭と手先が出る部分だけを刳《く》り抜いた衣装を身につけたアレンは、僅かに眉を寄せた。

(二人と言っても、実際に工事を請け負った職人がいたはずだ。たぶん、彼らは墓掘り人同様、完成後に始末されてしまったんだろう)

ぞっとせずにはいられないが、古代エジプトでは珍しい話ではなかった。盗掘の被害を抑えるには、秘密を知る者の口を封じるのが一番と考えられていたからだ。

(それほど厳重に隠蔽《いんぺい》する必要があるということは、宝物蔵だとか?)

アレンは素直に疑問を発した。

「ひぎのま……たからのへや?」

ネフェルも躊躇わずに答えてくれる。

「正確には違う。しかし、何より貴重なものを守る部屋ということは確かだ」

ネフェルの言葉に、もしかしたらアクナーテンの墓室だろうかとアレンは考えた。この時代、もはやピラミッドのような巨大なモニュメントを造る国力はなかった。王家の谷にあるツタンカーメンの墓室のごとく、岩と岩の隙間を掘り、その奥に目立たぬように宝物に飾られた亡骸を隠す方法が取られていたのだ。

「あとは秘儀の間の壁にアテンへの賛歌を刻むだけ。それで本当に神殿は完成する」

「まだ、できてない?」

アレンはここに来るまでに、神殿の建設が始まって既に十年近くが経っていることをネフェルから聞いていたので驚いた。

「秘密裏に進めていると言ったであろう。聖刻文字を知らぬ職人に頼めることでもなし、のびのびになっていたのだ」

アテンの意思を理解し、世に伝えることができるのは王であるアクナーテンだけ、という教義があるため、ここには神官が存在しない。軍隊のように多数の神官を擁《よう》し、一大勢力となったアメン神殿との一番大きな違いだ。王家に権力を集中させるため、敵対するアメン神殿を破壊したアクナーテンとしては、再び自分の手でライバルを作り出すわけにはいかなかったのだろう。

(秘儀の間の場所を知った人間が、すべからく殺されているとすれば……)

アレンはふと青ざめた。それはすなわち自分の運命に他ならないのではないだろうか。

(仕事が終わったら、こいつは俺のことも消すつもりか?)

端正なネフェルの横顔をそっと窺《うかが》いながら、アレンは決心した。まだ死ねない。死ぬのは嫌だ。何があろうと生き延びてみせる。そして、どうにかして元の世界に戻り、秘儀の間を自らの手で発掘するのだ、と。

「アテン神への賛歌は王自らがお作りになる。しかし機密保持のため、王宮付きの書記は使うことができない。そこで外部から神官文字を書ける者を招こう、ということになっていた。とはいえ、しぶとく生き残り、復讐《ふくしゅう》のときを待っているアメン神官以外の者を探すのに苦労していてな」

アレンは肩を竦めた。

「あなた、よかった。おれ、みつかって」

ネフェルはフッ、と唇を緩めた。

「そういうことにしてやっても良い」

そのとき、通路の向こうからやってきた従者がネフェルに気づき、慌てて立ち止まり、首を垂れるのをアレンは見た。すれ違ってから、何となく気になって振り返ると、従者もこちらを見つめていた。

(正確に言うならばネフェルを、だ)

従者の視線をあえて名づけるなら、『畏怖《いふ》』ということになるだろう。アレンはその眼差しに覚えがあった。昨夜、牢獄にいた衛兵や囚人も、確かそんな眼をしていた。

(彼らはネフェルを魔物、あるいは化け物のように思っているらしい)

あまりにも一般とかけ離れた容貌だからだろうか。それとも怖れるに足る非情な性格の持ち主なのか。アレンはその二つの可能性を弄《もてあそ》び、おそらく両方だろうと結論づけた。

(ネフェルは将軍、つまり軍人だ。任務を完遂するため、ひいては最高司令官であるファラオのためなら、どのような苦労も犠牲も厭わない。俺の前でもそうした姿勢を崩さなかった)

アレンは確信する。たとえそれが自分の手を汚す類のものであったとしても、ネフェルは顔色ひとつ変えずに遂行するに違いない。そして、その冷徹さを前にして、人は恐怖を覚えるのだろう。

（そんなに恐ろしいのなら、見なければいいのに……）

だが、アレンにはそれが困難であることも理解できた。ネフェルは一目見たら忘れることができない、並外れた美貌の持ち主だったからだ。母親から受け継いだと思われる顔立ちと、明るい金髪という遺伝の法則に逆らった特異な風貌を持つ彼は、その気になりさえすれば、どんな人の心も容易に惑わすことができるに違いない。

そう、人間は己れの心を迷わせるものを『魔』と呼び、怖れるのである。進んで他人を誘惑する気がネフェルにないらしいことは、周囲にいる者にとって幸いだった。

（たぶん、アクナーテンへの忠義と誠実さを認められていなければ、とっくに魔物認定されているんだろうな）

それにしてもアクナーテンに異腹とはいえ、ネフェルのような弟がいたことは驚きだった。

後世に残された記録板には彼の名が出てこないのだから、アレンがその存在を知らなかったのも無理はない。

（王族の血統は詳細に記録されるのが普通なのに、ネフェルについては生誕の記録すらなかった。まるで誰かが故意に、彼の存在を抹消しようとしたみたいに……）

おそらくそれが理由だと、アレンは睨んでいた。兄であるアクナーテンが死後に異端の王とされ、神殿に刻まれたカルトゥーシュまで削り取られてしまったとき、王に忠実なネフェルもまた闇に葬られてしまったのだろう。

(うん……ちょっと、それは可哀想かな)

そんなアレンの胸のうちを知らないネフェルは、淡々と説明を続けていた。

「王がおいでになるのは日没後だ。それからがおまえの仕事となる」

「おうさま……だけ?」

「そうだ。稀《まれ》に王妃の放った間諜《かんちょう》がついてくることはある。しかし、彼らも中には入れぬゆえ、すぐに諦《あきら》める」

アレンが不審の表情を浮かべたので、ネフェルは苦笑を浮かべつつ説明を加えた。

「王が行き先を告げずに王宮から姿を消すので、ネフェルティティ様は王が新たな妃を迎えて、どこかに隠しているのではないかと疑っているのだ。フ……どれほどご寵愛を受けていらしても、嫉妬《しっと》からはなかなか逃れられぬものらしい」

アレンも苦笑を浮かべた。

「おうひ……きれいなひと?」

「絶世の美女と人は言うし、私もそう思うが……正直、好かぬな」

アレンは驚いた。何という大胆な発言だろう。王妃——それも寵愛厚い王妃はファラオに継ぐ権力を持っていると見なされているのに。

「ど、どうして？」

「権高い性格が鼻につく。取り巻きも悪い。特に参謀役の大臣、アイがな」

ネフェルティティはミタンニからやってきた。エジプトの王族出身ではないのに正妃の座に登りつめた女性だ。

（つまり、外国人の彼女は自分の立場を堅固にし、正妃として認められるために重臣アイの力を借りたんだろう。そして、アイも見返りを得た。後ろ盾が王妃となれば、大抵のことは思い通りになるだろう。アクナーテンは政治家である前に宗教家だ。国政は大臣達に任せきりということも考えられる）

王を敬愛するネフェルが、臣下の専横を憂い、嫌悪するのは当然なのかもしれない。実際、彼の人物評価に誤りはなかった。

（本当に身勝手な男だったからな）

アレンは歴史に残るアイの姿を思い出す。薄情な大臣はアメン神殿の巻き返しが激しくなってくると、さっさとアテン信仰を捨て、病に苦しむ王も見捨てた。

（なんと王妃もだ）

保身のためにアクナーテンから離れた人々の中には、熱愛されていた妃ネフェルティティの姿もあった。王のアテン信仰を理解し、夫と同じぐらいの献身を見せた彼女が、何故心を変えたのか――その理由を知るものは誰もいない。

(いずれ二人が裏切ることを教えてあげようか……)

アレンは一瞬、そう思ったが、すぐに考え直す。

(ここでアイとネフェルティティの背信を告発したら、彼らは断罪されるかもしれない。その結果、どうなる? 歴史が変わっちまう。そいつはマズいだろ)

それはどうしても許せないことだった。自分の好きなように歴史を書き換えることが、考古学者の役目ではない。後の世に正しい歴史を伝えることこそが使命なのだから。

(ま、こいつに手柄を立てさせるのも癪《しゃく》だし)

牢の記憶も生々しいアレンには、ネフェルに対する反感が残っていた。なにしろ、ネフェル手ずからではないとはいえ、性的暴行未遂と鞭打ちを食らっているのだ。どれほど穏和な人間でも、すぐ彼を許す気にはなれないだろう。

(認めるのはムカつくけど、ネフェルは馬鹿じゃない。ちゃんと王妃達の動向を眺めている。俺が余計な手出しをする必要はないさ)

それがアレンの結論だ。母の祖国には『生者必滅《しょうじゃひつめつ》』という言葉があるらしい。仏教の教えで、この世の全ては無情、すなわち変化していく儚《はかな》いものであり、命ある者は必ず死滅するときが来る、という意味だ。特に仏教に肩入れしているわけではないが、この言葉には真理があるとアレンは思っている。何者も今のままではいられない。時の流れに押し流されていくばかりなのだ。

「ここだ」

ネフェルは足を止め、周囲を見渡した。手にした松明の炎がふわりと揺らぐ。

「持っていろ」

松明をアレンに手渡したネフェルは、目の前の壁に両手を置いた。そのまま、力の限り壁を押すと、ゴゴッという石と石が擦れあう低い音がして、人ひとりがようやく入れるぐらいの隙間が開く。

（大した仕掛けだ……！）

アレンは驚きの眼で見守った。壁の向こう側は空洞で、部屋の天井部と床にはそれぞれ溝が設けられている。いわゆるレールであり、そこを扉に取りつけられた小さな車輪が滑るように設計されているのだ。

（でも、よくここだと判るな。壁には目印もなかったのに）

アレンの好奇心が疼《うず》く。

「どうして、わかる？　かべ、みんなおなじ」

この男にしては珍しく、ネフェルは全く翳《かげ》りを感じさせない笑みを浮かべてみせた。一寸《ちょっと》、得意げに。

「わけもないことだ。アテンが導いてくれる」

細い亀裂《きれつ》に入ったネフェルは、内側から壁を押して元の位置に戻した。

アレンは松明を翳《かざ》し、周囲を窺う。

（あれは……）

壁の内側には把手が二つ設けられていた。たぶん、こちら側から扉を開けるときに引くものだろう。

アレンの視線の先にあるものを捉えて、ネフェルが言った。

「なぜ二つあるのか、そなたに判るか？」

アレンは首を振った。もしかしたら、自分の予測とは別の用途があるのかもしれない。

「なぜ？」

「一つは扉を開けるためのものだが、もう一つは死の罠《わな》でな。うっかり、そちらを引いてしまうと、扉は固定され、さらに天井が落ちるようになっている。むやみに触れぬ方が良いぞ」

アレンは大きく頷いた。頭上から岩が降ってくる恐怖は、一度体験すれば充分だ。

「秘儀の間はこの先だ。行くぞ」

再びネフェルが先に立って歩き出す。彼の言葉通り、秘密の小部屋はその前方、さらに五つに枝分かれした細い通路の一つにあった。

（五本の道……アテン神のシンボル、空から伸びる手を象《かたど》ったのかもしれない）

ネフェルはその五本目――右手ならば小指に当たる通路を選んだ。

アレンは背後を振り返り、そっと苦笑した。間違いなく、これも罠だろう。間違った通路を選べば、落下する天井に押し潰《つぶ》されるのと同じぐらい、おぞましい死が待ち受けているはずだ。

「これは……！」

秘儀の間に入ったネフェルは、先客がいることに気づいて姿勢を正した。

「ご無礼仕《つかまつ》ります、陛下」

部屋の中央には、アクナーテン王が立っていた。

「遅かったな」

「申し訳ございませぬ」

ネフェルが頭を下げたので、アレンもそれに倣《なら》う。

「よい」

王はひらり、と手を振ると、アレンに微笑みかけた。

「ネフェルから聞いたぞ。そなた、聖刻文字も書けるとか。どのような生まれなのか、ますますわからなくなったのう」

どう返事すればいいのか判らなかったので、アレンはじっと王を見返した。

「まあ、よい。こちらに参れ。そなた、名は何と申したか」

「アレン」

「そうであった。アレン・イブキ。イブーと似た響きじゃ、と思った覚えがある」

王は首を傾げた。

「そなたも知っての通り、我が国では『心臓』を意味する言葉じゃ。そちの国では、どのような意味を持つ？」

結構、難問だ。アレンは頭を捻《ひね》り、相応する単語を選んだ。

「アレン、ネフェルとおなじ。『美しい』。イブキ、うーん……シュウ？……くうき……いきる、こと」

これは日本語で『呼吸』や『生気』を表す言葉だと聞いている。だが、なかなかそれらしい古代エジプト語を思いつくことができなかった。

「なんと、もう一人のネフェルか」

王は機嫌良く言った。

「そなたが申したいのは、おそらく『美しき生命』ということであろう。命や魂は心臓に宿るもの。ゆえに、そなたの国の言葉でも『心臓』という意味も含まれるに違いない」

少々こじつけ臭いと思ったが、王様の言葉だ。アレンは大人しく頷いた。

「はい、へいか」

「偶然の妙じゃ。にしても、そなたの両親はまことに良き名を選んだものよ。美しい心、美しい魂。子への愛が偲《しの》ばれる」

他人に言われ、改めて気づくことがある。色々と問題があるにせよ、親が自分の誕生を心待ちにし、喜んでいてくれたことを思って、アレンの胸は温かくなった。どこにあるのか、まだ科学的に証明されていない魂が、そこに宿っているというアクナーテンの言葉も、真実であるように思えてくる。

「ネフェル、そなたもじゃ。その名を与えた父上は、そなたの誕生を寿《ことほ》いでおられた。人生の試練と戦い、自ら道を切り開く力強い男になるように、と願っていたのだろう」

ネフェルは恭しく腰を折った。

「ありがたきことでございます」

父のアメンホテプ三世は数多《あまた》の妃を娶《めと》り、子供も沢山生まれた。その中で後ろ盾を持たぬ母から生まれたネフェルが抜きん出た存在になるには、やはり当人の才覚が必要になる。現実を見据えた父の愛、あるいは切ない祈りだと、アレンは思った。事実、アクナーテンに引き立てられるまで、そして王の死と共に、ネフェルは『忘れられた王族』になったのだから。

「私がいてはお邪魔になるでしょう」

話が一段落ついたと見て取ったネフェルは、アレンの背を押した。

「この者との会話が難しいようでしたら、アッカド語による筆談をお試しください。むしろ、その方が作業が捗《はかど》るやもしれませぬ」

「判った」

アクナーテンは鷹揚《おうよう》に頷いた。どうせ親書の解読などは秘書任せだろうと思っていたが、王もネフェルも外国語に通じているらしい。それも他国との戦争から遠ざかっていた時代の王族を象徴している。アレンの専門である美術が隆盛したのもまた、この平和と文化を愛する王の治世だった。

「では、折を見て、お迎えに上がります」

ネフェルが去った途端、アレンは緊張感に襲われた。歴史上の人物、それも絶大な権力を持つ古代の王と『さし』で対面しているのだから、それも無理はない。

「では、余の申すことを書き留めよ」

作業の流れはこうだ。アレンが王の言葉を聞き取り、筆記する。それを王が確認してから、後日、専門の職人によってこの部屋の壁に刻み込むらしい。

（壁画ではなく、レリーフにするんだな。その方が劣化しないからか）

予め用意されていた鉛の筆と粘土板を膝に置き、アレンは床に腰を下ろした。古代エジプト人は、葦《あし》から作られたパピルスという紙も持っている。しかし、それは高価なものとされており、清書や保存文書にのみ使われていた。これからアレンがしようとしている『下書き』には、繰り返し使用できる粘土板が用いられる。実に合理的だ。

「用意はできたか？」

「はい、へいか」

アレンはアクナーテンの言葉を待つ。

王は深呼吸をし、静かに考えをまとめているかのようだった。だが、次の瞬間、急に大きな声を発して、アレンを面食らわせる。それは考えを述べるというより、誰かが王に憑依《ひょうい》して、その口を通じて意思を伝えているような感があった。

『生けるアテン御身は何よりも先に現れ
空の果てから美しい光を放つ』

それは有名な詩――アクナーテンの太陽神に捧《ささ》げる賛歌の一節だった。

『御身は昇るべき高い空を創った。
創ったものをその高みから見るために。
御身が唯一のとき、
アテンよ光の中に生きる御身、
輝ける朝日、
消えてもまた帰ってくる御身……』

アレンは必死にそれを書き写しながら、普段から愛読していたその詩を、知らず知らずのうちに口に上らせていた。だから彼が次を促そうと眼を上げたとき、アクナーテンが驚いたような顔をしている理由が判らなかったのである。

「へいか?」

「そなたは余の心が読めるのか?」

「は?」

「そなたは今、余が申すのと時を同じくして、この詩を口ずさんでいた。発音はなっていないし、間違いも多々あるが、意味は通じる。まるで頭の中を覗かれたようだ」

しまった、とアレンは思ったが、もう遅い。

「そなた……もしや魔物の類か? それゆえ、正体が明かせぬのでは?」

「ちがう!」

アレンは慌てて首を振った。

「おれ、にんげん」

アクナーテンは感慨深そうに呟く。

「人間……だが、ただものではあるまい。もしや余の信仰を試すため、アテンから遣わされた精霊か?」

アレンは何と説明したものか迷った。そして、この王には真実を語った方がいいのではないかという結論に至った。

（その後で『でたらめだ』と思われたら、しょうがない。当事者の俺だって、未だに夢を見ているような気分なんだからな）

覚悟を決めて、アレンは新しい粘土板を取った。そして、アッカド語で詳細を記述し始める。王はアレンの手元を興味深げに覗き込んだ。

【俺は未来……つまり先の世から、この時代に迷い込んだ人間です。生まれたのはアメリカと言って、ここからずっと西の方にある国で……】

書き続けながら、アレンは思った。反対の立場だったら、一笑に付すような話だ。真実というのが、常にシリアスなものとは限らないことを実感する。論理に則った説明ができないのも、学者としては強いストレスだ。しかし、こうするより他はない。

【そんな風に学び続けてきた。だから、俺はあなたの詩を読んだことがあるし、それを暗唱することもできるんです】

アレンが手を止めると、アクナーテンは深い溜息をついた。失望ではない。むしろ、感嘆の色合いが濃かった。

「西方にある国とな……それは死の国ではないのか？」

アレンは思わず苦笑する。古代エジプト人は砂漠が広がっている西の方角を、死後の世界と考えていたのだ。

【違います。陛下の国に比べたら、まだ生まれたばかりの若い国】

アレンの書いた文字を眼で追って、王は茫然《ぼうぜん》と言った。

「信じられぬ……」

予想通りだ。アレンは再び粘土板に筆を走らせた。

【無理もありません。でも、真実なんです。俺はあなたが後継者として考えている人物が「誰か」を知っていた理由も、これで説明できるでしょう？　俺は予言者じゃない。あなたの国の歴史を学んだ人間なんです】

気弱げに微笑んだアレンを、ふと鋭くなった王の眼が射抜いた。

「ならば、そなたは余の治世の行く末も知るというのか？」

アレンは頷く。

【お聞きになりたいですか？】

「止せ！」

激しく遮り、アクナーテンは部屋の中をうろうろと歩き始める。

「そのようなことが起こるとは……そもそも、あってはならぬことじゃ。未来はアテンの手の中にあるもの。それを予め知る人間が存在するなど……しかも長い時を遡《さかのぼ》って、余の前に現れるなど……」

アクナーテンはアレンに視線を戻すと、再び溜息をつく。今回は憤りや悲しみを感じさせるものだった。

「だが、最も受け入れがたいのは、そなたが異国の若者だということじゃ」

その気持ちはアレンも理解できた。王にしてみれば不本意だろう。自他共に認める『神の代弁者』を差し置いて、余所者《よそもの》が神意を受けるなど、到底納得できないはずだ。

「何という誘惑……！」

アクナーテンはふと頭を抱えた。

「そなたに問えば、余は未来を知ることができる。それは必ず成るとは限らない予言ではなく、覆しがたい真実なのだ……！」

【もちろん、お答えできないこともあります】

アレンは急いで書いたものを、王に差し出した。

【陛下が知ることで、後の歴史が変わってしまうようなことはお話しできません。先程、陛下が仰《おっしゃ》ったように、未来は神の手にあるもの。それを変えようとすることは、すなわち神の意思に逆らうことになります】

「さもあらん」

アクナーテンは重々しく頷いた。

「やはり、そなたはアテン神が余を試すために送った者なのだろう。心から信じている者は、神を試したりはせぬ。もたらされた運命を静かに受け入れ、少しも抗《あらが》おうとしてはならぬ。余も未来のことは聞くまいぞ」

王はそこで微苦笑を浮かべた。

「にしても、そなたは哀れよの。右も左も判らぬ異国に流され、難儀を強いられるとは」

アレンはこく、こく、と頷いた。

「何か、契機のようなものはあったのか？　よもや普通に暮らしていた者が、突然このような事態に巻き込まれるとも思えぬが……」

王は親身になって聞いてくれる。

そこでアレンはアマルナで起こった事故について書き記した。

【なぜ、俺だけがこんな目にって、我が身の不運を呪いたくなりました】

その一文を眼にした王は、子供を諭《さと》すように言った。

「いやいや、思い上がりはなるまいぞ、アレン。神のなさることには、必ず理由があるのだ」

アレンは内心、苦笑を洩らした。アクナーテンは純真な――ときに純真すぎる心の持ち主なのだろう。まあ、そんな王でなければ、長く信仰してきたアメン神を捨て、アテンを唯一神として崇《あが》めるような思い切った宗教改革は起こせまい。

【陛下はいつ頃から、アテン神こそ唯一の神と信じるようになったのですか？】

アレンは長い間、心にかかっていた疑問をぶつけてみた。

「戦いを憂いて、心の底から平和を望んだ時からじゃ。アメン神を信仰している以上、戦いは止まぬ。なぜなら強欲な神官達が神の名のもとにさらなる犠牲を求め、多くの貢物を要求するからだ。それを手に入れるためならば、獣どもは何でもするだろう。他国の宝を強奪するため、偽りの予言を口にして、呪わしい戦火を招き寄せたりもするに違いない」

王は哀しみを湛《たた》えた瞳を、アレンに向けた。

「そのようなことは耐えられぬと思ったとき、余の心にはアテンの神が住んでいた。平和と美と愛の神が、直接余に語りかけてくれたのじゃ」

アレンは微笑んで、粘土板にアテンのシンボルである『手』を書いた。

【人の形を取らぬ神――目には見えない偉大な力、ですね】

「そうじゃ！　そなたは判っておるのじゃな！」

王は嬉《うれ》しそうに手を打ち合わせた。

「そもそも神の息子たる余に見えない神を、アメンの神官どもは見るという。なぜ、アメンは国の柱である王に語りかけるのではなく、神官にのみ語りかけようとするのであろうか？　人の思惑に左右される神。それはつまりアメンが真実の神ではないことを意味しておる」

アクナーテンは天井を指差した。つられてアレンも顔を上げる。

「聖なる太陽――この世を照らし、生きものを育てる、この絶対的な力のみが『神』という名にふさわしい」

アテンと同じ太陽神ならば、有名なラーもいる。だが、『アメン・ラー』としてアメン神との結びつきが強いために、アクナーテンも唯一神としては採用しなかったのだろう。

（神は一人、か……誰もアクナーテンのようには考えなかった。ユダヤ教が成立する以前で、『絶対的な唯一神』という概念を抱いた人間は、おそらくこの王が最初だろう）

アレンは改めて、アクナーテンの革新的な考え方に感動した。そして、もっと、もっと彼のことを知りたくなる。

「へいか、つづき、はなして」

「うむ」

促されて、王が再び詩を吟じ始める。

そうして二人はネフェルが迎えに来るまで、自分達の作業に没頭した。

「陛下、そろそろお休みになるお時間です」

ネフェルが松明を手にやってくると、アクナーテンは驚いたような顔になった。

「なに？　もうそのような刻限か」

「さようでございます」

「いつになく仕事がはかどったゆえ、つい熱中してしまった。アレン、この続きはまた明日にしようぞ」

「はい、へいか」

アレンは立ち上がり、のびをした。ぽきり、と強張った肩の骨が鳴る。

「疲れたであろう。よく、休むように」

王はアレンを労《いたわ》ると、すたすたと秘儀の間を後にした。

「へいか、ひとりでいく?」

意外に思ったアレンが聞くと、ネフェルは頷いた。

「王宮に直接通じる通路があるのだ。おひとりで戻られた方が目立たない」

「ふうん」

鉛の筆や粘土板などを片付けて部屋の隅に置くと、アレンはネフェルを振り返った。

「かえろう」

だが、自分の脇を擦り抜けようとしたアレンの腕を、ふいにネフェルが摑んだ。

その力の強さに、アレンは顔をしかめる。

「なにする?」

「そなたに聞かねばならぬことがある……」

ネフェルの顔には思いつめたような色が浮かんでいた。

その表情がアレンを警戒させる。

「き、きく……なに?」

「結局、王はお聞きにならなかった。御自身の治世の行く末を」

衝撃がアレンを襲った。

「いた……あなた、いた……ちかくに」

ネフェルは部屋から出ただけで、帰ったわけではなかった。アレン達の近くに潜んだまま、立ち聞きをしていたのだろう。

『恥知らず！　礼儀知らずめ！』

怒りにかられたアレンは、英語で叫んだ。

意味は判らなくても、気持ちは伝わるに違いない。だが、相手は涼しい顔をしていた。

「何とでも言え。そなたが私のいない間に王をたぶらかさぬとも限らぬゆえ、しばらく身を潜めていたのだ」

『本当に人を見る目がないな、あんたって！』

地団駄を踏むアレンに、ネフェルは傲然《ごうぜん》と言い放った。

「私は用心深いだけだ。巧みに聖刻文字を操るそなた……アメンの神官どもが送ってきた刺客やもしれぬではないか……」

『勘違いだ、馬鹿！　本当に俺が人を殺せると思うのか？　くそっ、離せ……っ』

アレンは精一杯、抵抗した。じたばたと藻掻《もが》き、ネフェルの手から逃れようとする。そして、それに成功しかかったとき、ふいに鳩尾《みぞおち》に強い衝撃を受けた。

ネフェルが当て身を食らわせたのだ。

「う……っ！」

アレンは低く呻いて、苦痛のあまり身を折り曲げた。

だが、そのまま床に頽《くずお》れていこうとする身体を、ネフェルの腕が遮る。遠くなる意識の中、アレンは自分が抱き上げられたことを感じた。しっかりとした足取りが刻むリズムの中、いずこかへ運ばれていく。だが、目的地を知る前に、アレンの脳裏は闇色に塗《ぬ》りつぶされてしまった。

6　闇の中

「つ……っ」

アレンは腹部の鈍い痛みで目を覚ました。

（……ここは？）

こなれた亜麻布の感触がして、寝台に寝かされていることが判る。

（いつ、眠ったんだろう……いや、俺は秘儀の間から、どうやって戻ってきた？）

ぼんやりと宙を眺めていたアレンの脳裏に、閃光《せんこう》のように記憶が蘇《よみがえ》った。

（そうだ！　俺はネフェルに殴られて……！）

アレンは慌てて起き上がろうとした。だが、ジャラッという音と共に、何かに首を強く引き戻される衝撃を感じて、再び寝台に仰臥《ぎょうが》してしまう。

（いったい……？）

驚愕《きょうがく》の思いに動悸《どうき》が高まる。そろりと手を上げて首周りを探ったアレンの指先が、『それ』を探り当てた。あまりのことに、さーっと血の気が引く。

（なん……だ、これ……）

青銅の首輪から鎖が伸びていた。それは寝台の上方に設けられた壁の突起に繋《つな》がれ、アレンの身動きをほとんど封じている。

「気づいたか」

アレンは声のした方をキッと睨《にら》んだ。頭上——ネフェルに見下ろされていると思うと、胸がむかついた。

「なに、する？」

「ここは私の宮だ。そなたの部屋ではないが」

「なんで、おれ、なぐった？」

「忘れたか。そなたには聞かねばならぬことがある」

ネフェルはアレンの首輪から壁へと伸びている鎖を指先で揺らしてみせた。

金属の触れ合う冷たい音にアレンはぞっとする。

「口を割れば、鎖は外してやる。この部屋から出ていかせてもやろう。だが意地を張るなら、寝台に繋がれたままだ」

「へいか、おこる」

アレンは押し殺すように言った。

「しごと、できない。へいか、すごくおこる」

ネフェルは肩を竦《すく》めた。

「体調を崩したと申し上げれば、回復するまで休ませてやるように、と申されるだろう。陛下は慈悲深きアテンの化身とも言うべきお方だ」

「あんたもアテン、しんじてる！」

王弟の端正な容貌《ようぼう》に清冽な笑みが浮かんだ。

「私が信じているのは陛下だ。目に見えぬアテンでも、ましてや古きアメンの神でもない。私が忠義を尽くすのは王のみ。勘違いをするな」

ネフェルが鎖を強く引いた。

仰《の》け反《ぞ》ったアレンの後頭部が、寝台に押しつけられる。

「事の次第が明らかになって、陛下にお叱《しか》りを受けるのは覚悟の上だ。しかし、不興を買うと判っていても、王の未来を知らずにはおかぬ。もし、その治世に暗雲立ちこめるようなことがあらば、何としても食い止めねばならぬからだ」

「う……う」

息苦しさにアレンは喘《あえ》いだ。

「そなたの生業《なりわい》は神官や書記に似たもの。その手は剣ではなく、筆を持つ。我ら武官のように、日頃から鍛えているわけではない。少年のごとき脆弱《ぜいじゃく》な身体は苦痛にも弱かろう」

ネフェルはアレンの額に浮かんだ冷や汗を掌《てのひら》で拭《ぬぐ》った。だが、その優しげな仕草とは裏腹に、彼の言葉には冷酷さが滲《にじ》む。

「そなたは予言者とも違う。未来を読むのではなく、未来の人間ゆえそれを知っていると言ったな。では、聞かせてもらおう。王の治世に乱れはないのか？　あとどのぐらい続く？　大臣のアイは不忠の者ではないのか？　アメン大神官のベカンコスは、未だ王の暗殺を諦《あきら》めていないという話は本当か？　さあ、答えてみよ！」

アレンは苦しい息の下で告げた。

「だめだ……はなす……できない……れきし……かわるの……だめ……」

ネフェルは首を振った。

「いや、変える。陛下に仇《あだ》なす者あらば、事前に始末をつける。不運をもたらす事象は、容赦なく遠ざける。我が王が栄光と称賛のうちに黄泉《よみ》の国へ旅立たれるのを見届けることこそ、私の役目。この世に生まれてきた意味だ。私に職務を全うさせよ、アレン。させてくれれば感謝を捧げ、手厚く遇する。私の名誉にかけて誓っても良い」

「だめ……だっ」

思い通りにならぬことに苛立《いらだ》ったネフェルが、恫喝《どうかつ》を始める。

「聞き分けのない……！　そなた、また鞭《むち》で打たれたいのか？」

我慢の限界に達したアレンは、英語で叫び返した。

『何でも力で思い通りにできると思うな！　無理に聞き出したことが、全部嘘《うそ》だったらどうするんだよ？　あんたの言うように俺は弱いから、拷問《ごうもん》にはすぐ音を上げる。止めさせるためだけに適当なことを口にするぞ。それでもいいのか？』

一語たりと理解することはできなかっただろう。それでもアレンが言いたいことは伝わったようだ。すなわち、どうあっても従う気持ちがないことは。

「生意気な奴め」

ネフェルはアレンが唇を引き結ぶのを待って、うっすら微笑《ほほえ》んだ。実に質《たち》が悪い男だ。彼は機嫌がいいときも、心底怒り狂っているときも、同じように美しい唇を緩ませる。

「判った。乱暴は致さぬ」

彼は囁《ささや》きながら、アレンの麻の服の裾《すそ》から手を忍び込ませてくる。

「なに……っ？」

アレンはぎょっとして目を見開いた。

「案ずるな。そなたを楽しませてやろうというのだ」

もはやネフェルの意図は明らかだった。囚人どもと同じことをしようというのだろう。

「けだもの……！」

毒づいたアレンは、次の瞬間、ぎゅっと目をつぶった。

ネフェルの堅い掌が、布の下で剝《む》き出しになっている性器を握ったからだ。

「や……めろ！」

生々しい感触に、アレンは衝撃を受ける。共に心臓まで摑《つか》まれたような気さえした。

「私の慰み者になるのは嫌か？　お喋《しゃべ》りの方が好きならば、止めてもいいぞ」

ネフェルが揶揄《やゆ》してくるのに、アレンは激しく首を振った。犯されるなんて冗談ではない。けれど、こんな男に屈したくもなかった。

「やばん……わるいひと……なぐるとおなじ……っ！」

「そなたが悦《よろこ》べば、乱暴狼藉《ろうぜき》とは申さぬ」

ネフェルの指先がアレンの先端を掠《かす》める。

「あっ……」

アレンは全身に鳥肌を立てながら、なおも抗《あらが》おうとした。

「よくない！　よくない！　おまえ、ゆるさない！」

ネフェルは面白がるような目を見せた。

「確かにそう怒ってばかりいては、楽しむ気分にもなれまいな」

ネフェルは部屋の隅に向かうと、小さな土器の瓶《かめ》を手に戻ってきた。

「我が国には異国から様々な香油が入ってくる。神に捧《ささ》げるもの。身につけるもの。食用のもの。そして、寝所で用いる媚薬《びやく》……」

彼は瓶の口を傾けた。

「特にこれはどんな冷たい恋人の心をも溶かすと言われている品だ。この薫りに包まれれば、そなたの頑《かたく》なさも溶けるに違いない」

　ネフェルの掌に滴るトロリとした液体を見つめて、アレンは唇を震わせた。

「やめろ……」

「話せば、瓶ごと捨てる。言わねば、最後の一滴までおまえの中に注ぎ込む」

「や……いやだあっ！」

　ネフェルは両手を擦《こす》りあわせ、指先までたっぷりと香油で濡《ぬ》らすと、それをアレンの足の間に潜り込ませた。

「ひ……！」

　アレンは足を閉じようとするのだが、力では到底敵《かな》わない。

　無慈悲なネフェルの手はアレンの果実をまさぐり、その指はさらに奥――アレンですら触れたことのない臀部《でんぶ》の狭間《はざま》を割って、まだ固く閉じた蕾《つぼみ》に潜り込んできた。

「う……うっ」

　アレンは口惜しさに唇を噛《か》み締める。油断していた。もっと気をつけていなければならなかった。牢屋《ろうや》でアレンが犯されそうになったときも、黙って眺めていたような卑劣漢なのだ。それを忘れてはいけなかったのに。

（彼は目的を果たすためなら、どんな手段でも使う。暴力も、策謀だって）

　その点でネフェルは嘘をつかなかった。自分の人生は兄王に捧げているという言葉の通り、彼の判断基準はアクナーテンだ。

(盲信……あるいは狂信か)

信仰を護《まも》るためならば殉教すら厭《いと》わない宗教家のように、ネフェルも王を護ろうと命を捧げている。死すら厭わないのだから、それはもうどんな真似《まね》もできるだろう。

(それでも……)

アレンは後悔と共に、己れの甘さを噛み締める。一瞬たりと、思いつきもしなかったのだ。よもやネフェルが囚人に代わって、自分を凌 辱《りょうじょく》しようとは。

(性交は快感を分かちあうだけのものじゃない。それはときに武器となる)

要は使い方次第ということを、ネフェルは心得ているのだろう。好意や愉悦の中で味わえば歓びとなり、敵意や侮辱《ぶじょく》と共に行えば苦痛ばかりを得ることになる。ときに肉体だけではなく、心までなぎ倒されてしまうような苦しみを。

「効き目はすぐに表れる」

ネフェルは囁いて、再び手にしたアレンをやんわりと握り締めた。

「その甘美な責め苦から、そなたを救うことができるのは私だけだ」

「ちがう!　たすけ……たすけて……へいか!」

ネフェルは舌を打った。

「軽々しく口にするな。それに、いくらそなたが喚《わめ》こうが、泣き叫ぼうが、王宮におわす陛下のお耳には届かない。諦めるのだな」

と言われ、『はい、そうですか』と引き下がるわけにはいかない。だが、反論しようとした途端、アレンはひゅっと息を呑《の》み込む。ネフェルの指が丹念に、淫《みだ》らな意図を持って、アレンの性器を辿《たど》り始めたからだ。

「こうしてそなたに触れてみて、ようやく安堵《あんど》できたぞ。そなたも我らと変わるところはない。本当に魔物などではなく、人間なのだとな」

ネフェルの人指し指は、その形を思い知らせるように、ゆっくりとアレンの上を伝う。

「優しく愛撫《あいぶ》を施せば反応し、それを快いと感じる……」

小刻みに震えるアレンの下腹から、段々と傾斜がきつくなる坂を登った先、つるりとした敏感な頂きに、ネフェルは悪戯《いたずら》な指を遊ばせた。

「……っ」

アレンは声を上げそうになった自分が信じられなかった。

(どうして……っ)

決してネフェルの手などに感じまいと思うアレンなのに、身体は心を裏切り、勝手に反応し始めている。ネフェルに弄《いじ》られている先端に滲み始めたものが、媚薬入りの香油ばかりではないことに、アレンは深い絶望を覚えた。

「あっ……あっ……」

ぐち、ぐちと濡れた先端を親指で擦るようにされると、アレンの腰がびくついた。

「もう良くなって来たのか……？」

服の裾をまくり上げられたアレンは、激しい羞恥《しゅうち》に身を竦ませる。

「返事の必要はないぞ。一目見れば明らかだ」

からかうようにネフェルは低く笑った。

「ちがう……！」

「なにが違う？」

答えられないアレンは、嫌々をする。

（媚薬のせいだ。こんなのは自分じゃない。媚薬のせいで、おかしくなってしまっただけだ。少しも気持ちよくなんかない。屈辱的な行為を強いられ、気持ちよくなってしまうなんてあり得ない。単に薬に反応しているだけだ。そうに決まってる）

アレンはその考えにしがみついた。でなければ、完膚《かんぷ》無きまでに誇りを踏み躙《にじ》られてしまう。自分を軽蔑《けいべつ》しなければならなくなる。

「そら……」

ネフェルの指が頂上から反対側の嶺へと滑ってゆく。

「もう、こんなだ。固くなって、反り返っている」

アレンはカッと頬《ほお》を熱くした。目元には悔し涙が滲んでくる。どのような様になっているか、いちいち聞かされるのが辛《つら》い。己れの弱さを突きつけられるようで耐え難かった。

そんな心の葛藤《かっとう》を見透かしたように、ネフェルは執拗《しつよう》にアレンを弄《もてあそ》んだ。剣の柄を握り締める武人の指は太く、その腹は堅く、瘤《こぶ》のように節張っている。だが、無骨な見かけとは裏腹に、それは繊細な動きを見せた。甘く誘いかけるように、悪戯にそそのかすように蠢《うごめ》いて、アレンの懊悩《おうのう》と快感を深めてゆく。

「あ……あっ！」

アレンは必死に耐えた。だが、この責め苦には終わりが見えない。ネフェルもあっさり終わるつもりがないのは明らかだった。

「囚人どもが言っていたように、なめらかな肌だな」

ネフェルは言いながら、アレンの下腹に顔を伏せていく。

「私は長期に亘《わた》る戦にしか、美童を伴う習慣はない。平時までうるさく媚《こ》びを売る者どもを、近くに侍《はべ》らせる気にはなれなかったのだが、この辺りで考えを改めることにした」

最悪の予感にアレンが身を強張《こわば》らせると、ネフェルの手が宥《なだ》めるように腰を撫《な》でた。

「こんな風に思うなんて、我ながら不思議だ。私は面倒が嫌いで、決まった相手は持たぬし、陛下以外の者に尽くそうなどと考えたこともない。だが、そなたが相手ならばとことん可愛《かわい》がってやるのも悪くないと思える。物珍しさからか、それとも私を厭っているそなたを征服するのが愉しいのか……」

「ああっ！」

熱く濡れたものが性器を押し包む。桁違《けたちが》いに強い快感に襲われたアレンは、思わず寝台に指を突き立てた。痛いほど心臓が脈打つのに合わせて、下腹もずくく、ずくと波立つ。

「よせ……っ」

アレンはこらえきれずに悲鳴を上げた。

だが、ネフェルはそれを無視して、口に銜《くわ》えたアレンに舌を這《は》わせてくる。すでに濡れそぼった先端を丹念に舐《な》め回し、浮き上がった血管を擦り上げたりもした。

「初めて使ったのだが、この媚薬は舌に甘い。まるで蜜《みつ》のようだ。いくらでも舐められる気がする」

「うっ……うっ」

背筋を駆け昇ってくる快感が、アレンの思考を侵し始めた。熱を帯びた下腹から立ち上ってくる、妖《あや》しくも芳醇《ほうじゅん》な香油の薫りが、頭の芯《しん》を痺《しび》れさせる。もう、何も考えられない。考えたくなかった。ひたすら、とろけるような悦楽に身を浸していたい。

「い……や」

それでも微《かす》かに残った理性が、アレンに抵抗を求めていた。ほとんど意識もないまま、震える手でネフェルの髪を摑み、自分から遠ざけようとする。

「こら……」

ネフェルはやんわり窘《たしな》めると、首を振ってアレンの手から逃れた。そして、邪魔できないように手首を亜麻布の上に押さえつけ、思う存分アレンを味わう。唇で括《くび》れを擦り、先端の窪《くぼ》みに舌先を捻《ね》じ入れようとしたりもする。

「やっ……やあ……やだ……あっ」

アレンは腰を突き上げ、尻の肉を震わせた。熟《う》れかけた果実が、はち切れそうに張りつめて、解放を訴える。あと少しの刺激を欲しがって、浅ましく腰が揺れた。

けれど、ネフェルは射精を許してくれない。アレンが極めかけると唇を離してしまい、熱が冷めるかという寸前で再び火を灯《とも》す。

「も……も……ゆるし……て……だした……だしたい……っ」

気が遠くなるほどのじれったさに、アレンは身悶《みもだ》えた。そして、ついに禁断の言葉を口にしてしまう。ここまで自分を追いつめるネフェルが恨めしかった。そんな彼に縋《すが》らずにはいられない自分が許せない。だが、身体の内側で逆巻き、煮えたぎる欲望を吐き出さないことには、もう正気を保っていられなかった。このまま狂うのは怖い。そうなったら、もう一生セックスのことしか考えられなくなりそうで。

「やめ……は……なし……」

息も絶え絶えに訴えるアレンに、ネフェルはのんびりと聞いた。

「話す気になったのか？」

泣き喚きたくなる衝動を、アレンは唇を噛み締めてこらえる。できない。それだけはしたくない。

「おねが……い……あっ……あーっ」

ネフェルに強く吸い上げられて、アレンは放埒《ほうらつ》な声を放った。

「観念しろ、アレン」

ひとしきり悲鳴を上げさせてから、ネフェルは静かに顔を上げた。

「言えば楽になれる。強情を張れば、待っているのはさらなる苦しみだ」

アレンの先走りで濡れた指を口に含み、唾液《だえき》も塗《まぶ》したネフェルは、再びそれをアレンの尻《しり》に埋めてきた。『さらなる苦しみ』が何を意味するのかを思い知らせるように。

「ひっ……！」

アレンが怯《おび》えたように身を引くのを許さず、ネフェルは指を前後に動かした。容赦なく粘膜を擦り、その全てを中に収めようとしながら、問いを放った。

「アイは王にとって良き者か？」

「く……」

アレンはざっと鳥肌を立てる。媚薬の効果なのか、ネフェルにそれなりの経験があるためか、痛みはない。ただ、他人に身体の内側を弄られることへの恐怖を感じた。根元まで埋め込まれたネフェルの指は前後だけではなく、狭窄《きょうさく》する肉壁のそこここを探り、押し戻すようにする。

不規則なその動きに、アレンは身構えることも叶《かな》わず、ひたすら腰を引きつらせた。

「んっ……んんーっ」

ネフェルの指が二本に増える。

強引に入口を広げられる感覚に、アレンはぶるぶると震えた。早く閉じようとして収縮する粘膜が、ネフェルの指を喰い締め、絡みつく。

「アイは良き者か？」

ネフェルは平然と同じ問いを繰り返す。そして肉に挟まれた指を激しく出し入れした。

「やあああ……っ」

その指先が僅《わず》かに盛り上がった痼《しこ》りを捉《とら》え、弾くように、あるいは押し込むように擦り始めると、蕩《とろ》けるようだった快感が突き刺さるようなそれに変わる。愛撫を中断された性器が再びぎりぎりまで膨《ふく》らんで、募る切なさにアレンは泣き叫んだ。怖い。怖くてたまらない。ネフェルがもたらす快感に溺《おぼ》れるのが恐ろしかった。

泣き濡れた顔には、敗北の色が滲んでいたのだろう。

ネフェルの目に、ふと満足そうな光が宿った。

「ベカンコスの話からでもいいぞ。それとも王妃か？」

ネフェルはもう一方の手で、アレンの頰を撫でる。とことん可愛がりたいという言葉を裏づけるように、その手つきは優しかった。

「言うんだ、アレン。これ以上の猶予は与えぬ」

その言葉に嘘がないことを、アレンは知っていた。最後通牒《つうちょう》——この申し出を断れば、今の自分ではいられなくなる。

「だれも……へいか……わからない……」

アレンの降伏を、ネフェルは冷静に受け止めた。満足そうではあるものの、勝ち誇った様などを見せつけて、さらに敗者を鞭打つような残酷さは持ち合わせていないらしい。

「判らない……理解していない、ということか？」

「そう……アテンも……しんじない」

「王妃もか？」

アレンは啜《すす》り泣きながら頷《うなず》いた。ネフェルの指は止まっている。だが、快感は高まる一方で、少しも収まらなかった。煽《あお》り立てられた粘膜は勝手に蠢き、アレンの後ろに差し込まれたままの指をしゃぶり続けている。弄られるのも地獄なら、放置されるのも地獄だった。

「も……う……ゆる……ゆるし……て……」

だが、ネフェルの質問は続いた。

「王の御世はいつまで続く？」

「わ……わからな……」

「往生際の悪い奴め」

すでに予測がついているような情報は口にしても、最も知りたいことを頑なに教えようとしないアレンに、ネフェルは酷《ひど》く苛立《いらだ》ったようだ。

「私はもはや猶予は与えぬと忠告した。それを聞かなかったのはそなただ。自ら招いた災いを思い知れ」

「え……や……いやだあっ！」

怒りに突き動かされるまま、ネフェルはアレンの足を大きく広げた。

「ここまでするつもりはなかった。それが情けだと思っていた。だが、おまえの望みは違っていたのか？　最後までする方が情けと思うのか？」

ネフェルはアレンの脚の間に身を進めると、儚《はかな》い抵抗を嘲笑《あざわら》うように指を引き抜き、代わりに自分の性器を挿入した。

「ひ……ああ……あーっ」

強引にねじ込まれ、未知の苦痛に目を見開いたアレンは、のし掛かってくるネフェルの肩を突き飛ばそうとする。だが、すでに力を失った手は、弱々しく爪《つめ》を立てることしかできない。

「力を抜け……必要以上に力むと裂ける」

ネフェルが軽く尻を叩《たた》いた。

「まだ半分だ。全て収めるまで止めないぞ」

「やだ……やだ……ゆるして……いう……ぜんぶ……いう」

矜持《きょうじ》という名の鎧《よろい》を脱ぎ捨て、必死に哀願するアレンに、ネフェルは溜息《ためいき》をついた。

「決断をするときは慎重になれ。後悔したくないならな」

そんな冷静な言葉を呟《つぶや》くし、表情も変わらなかったから、アレンは気づかなかったのだ。金髪の青年がここまで欲情していたことに。自分を貫くものの熱さ、そして固さにアレンは眩暈《めまい》すら覚えた。

「とにかく、身体を弛緩させろ。このままでは退却も叶わん」

一刻も早く抜いてもらいたくて、アレンは指示に従う。大きく息を吐き、四肢を投げ出し、ただ寝台に転がっている自分をイメージした。

「その調子だ」

「く……う」

きつく閉じた目の端から、止めどもなく涙が流れる。きっと、顔中がぐしゃぐしゃで、酷い有り様になっているはずだ。実に情けない。だが、取り繕う余裕などなかった。

「いいぞ……これで動きやすくなった」

ネフェルの言葉に、アレンは安堵の溜息をつく。これで終われる。抜いてもらえるのだ。

しかし、その期待は残酷に裏切られる。

アレンの腰をぐっと摑んだネフェルは、僅かに緩んだ狭隘《きょうあい》を一気に貫いたのだ。

「あーっ」

アレンは弓のように胸を反らせ、予期せぬ衝撃に指先を戦慄《わなな》かせた。

「うそ……うそ……つき……ぃ！」

ネフェルの狡猾《こうかつ》さが憎い。そして自分の愚かさに呆《あき》れる。アレンはまた信じてはいけない人を信じてしまった。

「最後までせねば、熱は収まらぬ」

ぐったりしたアレンの足を抱え直して、ネフェルは言った。

「それに抜いたところで、そなたが素直に話すとは思えぬ。何度も同じ過ちを犯しては、愚か者の誹《そし》りを免《まぬが》れ得ない」

アレンは英語で呻《うめ》いた。

『勝手なことを言いやがって……ちくしょう……っ』

ネフェルは苦笑する。

「本当に鼻っ柱が強い……」

軽く腰を突きだしてアレンを呻かせた彼は、尋問を再開した。本当に徹底した男だ。任務を遂行するまでは、本能に根ざした欲でさえコントロールする。兄王アクナーテンに関すること以外で、ネフェルが我を失う瞬間などあるのだろうか。アレンには想像できなかった。

「王の治世はいつまで続く？」

アレンは荒い息をつきながら考える。最悪のときは過ぎた。もう犯されてしまったのだ。男のプライドはズタボロだし、身体のそこかしこが痛い。けれど、耐えられないほどではなかった。媚薬のおかげ、とは思いたくないが。

(最後の意地を見せてやろう)

ほんの少し戻ってきた余裕が、アレンに決意を促した。ネフェルには勝てない。よかろう。ならば、せめて一矢報いてやるまでだ。

「王の治世は……」

ネフェルが言い終わる前に、アレンは行動する。

だが、その面差しに閃《ひらめ》いた決意を、ネフェルは見逃さなかった。さすがは命のやり取りをする武人である。

「どこまで愚かなのだ、貴様は……!」

ネフェルは間一髪で、閉じようとするアレンの口に自らの手を差し込んだ。次の瞬間、恐ろしい勢いでアレンの歯が肉に食い込む。

「く……」

痛みに顔を歪《ゆが》めたネフェルは、空いた方の手でアレンのおとがいを強く摑んだ。そうすれば人間の顎《あご》は自然に開いてしまうことを彼は知っているのだろう。

「よもや、自害を企てるとは……」

秘密を守るために舌を嚙もうとしたアレンに、ネフェルは呆然《ぼうぜん》としているようだった。

「いや、私も愚かだった。すっかり見誤っていた。この細い身体のどこに、それほどの気概が潜んでいたものか……」

アレンは心を読まれるのを恐れ、目を閉じたままでいた。そして、掠《かす》れる声を上げる。

「ぜったい……いえない……はなせないこと……ある……はなす……と……せかい……こわれる……だから、きくの……だめ……」

それは最後の意地であり、最後の賭《か》けだった。自殺などしたくない。まだまだこの世に未練がある。だが、それを知らないネフェルは、アレンが死を覚悟したのだと思うかもしれない。名誉を重んじる武人なら、そのような心持ちを理解できるだろう。生きて辱《はずかし》めを受けるよりは、見事に散ることで意地を貫きたいという思いだ。

(騙《だま》されてくれ。そして、諦めてくれ)

望む答えが得られなかったとしても、ネフェルに殺されることはあるまい。まだアレンには使い道があるからだ。勝手に処分すれば、アクナーテンも黙ってはいないはずだ。秘儀の間を完成させるには、聖刻文字を理解し、用いることができるアレンの協力が不可欠だ。その予測が正しいことを信じて、一世一代の演技をする。

「あなた、きくと……おれ、しぬよ……いきて……いられない」

目を瞑《つむ》っていても判る。アレンの面には、ネフェルの強い視線が突き刺さっていた。

「なるほど……私が何にもまして王を大事に思うように、そなたにも護らねばならぬものがあるということか」

怒りを押しやったネフェルが、感慨深げに呟いた。

嵐の通過を感じ取って、アレンも瞼《まぶた》を上げる。

そして、二人は初めて出会ったかのように、互いの顔をまじまじと見つめた。

「よかろう。もう、何も問うまい」

そう言ったネフェルは、くっきりとアレンの歯形がついた手を見下ろして、ふっと笑う。

「跳ねっ返りの猫に噛まれたと思えば、腹も立たぬ」

アレンはホッとした。賭けに勝ったのだと思った。

だが、次の瞬間、ネフェルはゆっくりと腰を前後させ始めたのだ。

「やだ……どう……して……どうして……っ？」

再び襲いかかってきた苦痛に、アレンは絶望した。

「もう……いや……だ……たすけて……」

ネフェルは再びポロポロと涙がこぼれ落ちたアレンの頬に掌を当てた。そして、穏やかな声で言い聞かせる。

「人の話をすぐに忘れるのは、そなたの悪い癖だ。媚薬の効果はまだ続く。欲望を吐き出し、熱を冷ますまで、そなたは苦しみ続ける。不本意だろうが、このまま続けた方が身のためだ。あと少し、我慢しろ」

アレンは驚いた。まさか自分を労《いたわ》る言葉が、この男の口から出ようとは思ってもみなかったからだ。

（酷いことばかり、してきたのに……）

もしかして、これもまた嘘なのだろうか。だが、アレンを見つめるネフェルの瞳には、初めて目にする温かな光が宿っていた。

「何もする必要はない。ただ暴れないでくれ。うっかり、傷つけてしまう恐れがある」

「ネフェル……」

「約束する。私も無体はしない。少しでも良いようにしてやる」

そう言いながら、ネフェルは放り出されたままになっていたアレンの果実に、再び指を絡めてきた。

「ん……んっ」

筒状にした掌がアレンを押し包み、律動をつけて上下する。そのストレートで荒々しい愛撫に、アレンは大きな声を放つ。今度は痛みではなく、歓びを訴える嬌声《きょうせい》を。

「あ……あん……あー」

下腹から這い上がる快感に、アレンは陶然となる。長い苦しみのあとで、それは蜜のように甘かった。尻を犯すネフェルがもたらす痛みも塗り潰《つぶ》され、薄らいでゆく気がする。

「そうだ」

知らずのうちに伸ばした腕が、ネフェルの首に巻きついていた。それに気づいたアレンが目を見開くと、金髪の青年は微笑みで答える。

「余計なことを考える必要もない。私に全て委ねるといい」

アレンはそうした。というより、もうそうすることしかできない。

時折、快楽の下から熾火《おきび》のように閃く痛みが唇をついて出ると、ネフェルは強張った首筋や震える胸元にそっと口づけを落とし、宥めてくれた。

「ああ……っ」

慣れてきたと見て取ったネフェルは、舌先でアレンの胸の尖《とが》りをなぶり始める。

「ンっ……ん……」

アレンの反応に満足したネフェルは、さらに念入りな愛撫を施した。舌だけではなく、指で摘んだり、糸を縒《よ》るように捻《ひね》ったり――そして、仕上げとばかりにやんわりと噛んでみたりもして。

「ひ……あっ……あ……」

仰け反ったアレンは、ネフェルの下腹に性器を擦りつけ、濡れた轍《わだち》を描いた。

「終わりたい？」

アレンは夢中で頷いた。

「ならば、一緒に」

ネフェルは極めかけたペニスの先端に指を当て、窪みを突つくようにした。同時に一際深く、アレンを抉《えぐ》る。

「あ——っ」

アレンは身体がばらけてしまうような気がした。実際にばらけているのは彼の感覚だったが。そう、ネフェルに貫かれ、激しい抽送《ちゅうそう》を受け止める部分はひりつくような痛みを訴えているのに、彼の手に弄ばれている性器は歓びの涙をしとどに流している。

(苦しい……苦しい……気持ちいい……もう嫌だ……もっとしたい……)

濡れた粘膜が立てる淫らな音に、アレンは身の置き場のない羞恥を覚える。だが、その音にすら感じている自分がいることに気づいた。

(もう凌辱された、とは言えない。俺はネフェルを受け入れてしまった。犯されているのに、悦んでしまっている……)

嘘だと思いたかった。だが、自分をごまかすことはできなかった。

「は……あっ」

ぶるっと大きく震えたアレンの頭を抱え込んだネフェルが、喘ぎ声を洩《も》らすことしかできなくなった唇に口づける。するりと忍び込んできた舌に、アレンは自分のそれを絡めた。そして、先程のようにネフェルの首を抱く。

「んーっ」

ネフェルは寝台とアレンの背の間にできた空間に腕を滑り込ませ、きつくアレンを抱き締めた。そして、アレンとほぼ時を同じくして己れの欲望も遂げた。

「アレン……」

いつまでも体重がかかることを怖れたのだろう。アレンから身を離したネフェルは、改めて自分よりも細い肉体を抱き締めると、啄《ついば》むようなキスの合間に名前を呼んだ。

まだ衝撃が醒《さ》めやらぬアレンは、人形のようにそれを受け入れる。だが、

「う……」

身じろぎをした途端、つと尻から伝い、下肢を濡らしたものの感触にハッとする。ネフェルが放った欲望の残滓《ざんし》だ。咄嗟に嫌悪の思いがこみ上げて、アレンは俯《うつむ》く。

それに気づいたネフェルは、まくり上げられたままになっていたアレンの衣の裾を引き下ろし、自らもさっと身繕いをして立ち上がった。そして、アレンの首輪から伸びている鎖を外す。チャリ、と音を立てて、青銅の縛《いまし》めは所在無げに壁の突起にぶら下がった。

「そなたの部屋に水盥《みずだらい》を運ばせるから、身を清めるがいい」

寝台に横たわったままのアレンを見下ろして、ネフェルは言った。

「行き過ぎたことは謝る。そなたが強情を張るから、私も冷静さを失ってしまった」

時が巻き戻ったようだと、アレンは思った。上から目線の謝罪。いつだってネフェルは傲然《ごうぜん》と自分を見下ろし、見下す。まあ、古代エジプトの王族ならばそれが普通なのかもしれないが、

アレンは我慢がならなかった。

「みぐるしい……」

アレンはのろのろと半身を起こし、傲慢な男をねめつけた。

「やってからいう……ひきょう」

ネフェルは僅かに肩を引き上げた。

「確かに弁解は頂けぬな。では、おまえを責めたことについては後悔すまい。私はどうしても聞かねばならなかった」

アレンは歯嚙みする。

「あんた、きらい……だいきらいだ！」

「それは聞かずとも判っている」

アレンはその取り澄ました顔を引き裂いてやりたかった。

「びやく、すてて……もうつかうな」

それを聞いたネフェルは、可笑《おか》しそうに眉《まゆ》を上げた。

「媚薬？　そのようなものがどこにある？」

アレンは愕然として、ネフェルを凝視した。

「あれは香油だ。媚薬などではない」

ネフェルはくすくす笑った。

「そう申せば、そなたがすくみ上がると思っただけのこと。確かに妙なる薫りはそれを利いた者を高揚させるが、催淫《さいいん》の効果はない」

「うそ……」

「今さら偽ってどうなる」

ネフェルは手を伸ばし、引きつったアレンの頰に触れた。

「間違いなく、最初は無理矢理だった。しかし、途中からそなたは感じた。私の愛撫を受け入れ、歓びを得た。それが事実だ」

「うそだ……っ」

アレンはネフェルの手を払いのけ、頭を抱えた。このまま地下に吸い込まれるか、闇の中へ溶け入ってしまいたい。媚薬を使われたと信じていたからこそ、ネフェルに反応してしまうのも仕方がないことだと自分を納得させていたのに。

（それじゃ……俺は本当に……っ）

ひどく混乱し、恥じ入るアレンの背中に、ネフェルの言葉が降ってくる。

「何も悪いことではなかろう？　そなたとて人間だ。快ければ声も放つし、積極的に身を開くことも……」

「いうな……！」

居たたまれなくなったアレンは素早く背を伸ばし、ネフェルの頰を平手打ちにする。

「……っ」

ネフェルは彼が打つにまかせた。だが、再度の攻撃は許さない。

「私に感じたことが、それほど恥ずかしいか」

アレンの手首を摑んで、ネフェルは聞いた。

「うるさい、うるさい……ききたくない……っ！」

「そなたは知るまいが、私の頬を打ったのはそなたが初めてだ」

「はなせ！」

アレンは足をじたばたさせて抗った。

「これでも王族の端くれ、一軍を任された身でな。昔ならばいざ知らず、今の私に面と向かって歯を剝くような者はいない」

ネフェルはそこで空いた方の手に残る傷を見て微笑む。

「本当に嚙まれたしな」

「もういちど、かむ」

アレンは呻くように言った。

「もっと、ふかく」

ネフェルはひらりと手を泳がせた。兄であるアクナーテンと良く似た仕草――――それ以上、話は聞かぬという合図だ。

「これ以上、そなたを揶揄するようなことは慎もう」

ネフェルの端正な顔が近づいてくるのを見て、アレンはぎりっと歯を噛み締めた。図々しくキスなんかしてこようものなら、今度こそ唇を噛み千切ってやると心に決めて。

そんなアレンの思いが伝わったのだろう。ネフェルは何もしようとはせずに、ただアレンの顔を凝視した。

「そなたを知れば知るほど、危険な存在だと感じる私の心に変化はない」

その言葉はアレンに向けられたというより、自らの内面に語りかけているかのようだった。

「むしろ、その思いはますます強くなっていく一方だ。一瞬たりと油断ができない」

ネフェルはアレンの腕を突き放すように離した。

「もう詮議《せんぎ》はせぬ。それが約束ゆえな。しかし、そなたから目は離すまい」

指の跡がついた手首をさすりながら、アレンは告げた。

「きけんなひと、おれじゃない。ネフェル」

「へらず口を叩く元気も出てきたな」

ネフェルは片頬だけに笑みを刻むと、アレンに背を向けて歩きだした。

「危険と思うならば、尚《なお》のこと私などにつけ込まれぬよう気をつけることだ。そなたの部屋はこの上の階にある。通廊の角を曲がれば、すぐに判るだろう」

その言葉を最後に、ネフェルは姿を消した。いつもふいに現れては、いずことなく消えていく男だ。まるで風のように。

「ちくしょう……」

アレンは拳《こぶし》を握り締める。

（許せない！　決して許すものか！）

ネフェルに対する反感と自己嫌悪が交錯して、アレンはぶるぶると身を震わせた。

（何もかも忘れたい！　ああ、全てなかったことにできたら……男に抱かれるなんて！）

だが、そんな願いは叶えられそうにもない。

いくら心の中から締め出そうとしても、ネフェルの端正な面影はアレンの脳裏に焼きついて消えようとしない。

「くそ！　くそ！　くそ……っ！」

アレンは眩暈を起こすほど激しく首を振った。ここまで強く感情を揺さぶられたのも初めてのことだ。

（こんなのは俺じゃない。本当の俺に戻らなきゃ……）

だが、心の中で咆吼《ほうこう》を上げ続ける感情の嵐は、未だ腰に残る鈍い痛みのように容易に消えようとはしなかった。

7　怖れながらも恋しき

鬱々《うつうつ》とした一週間だった。

王の前で平然と仕事をこなす自信がなく、体調不良という名目で部屋に閉じこもってはみたものの、ふとした瞬間にネフェルとの一件を思い出してしまう。

どん底が訪れたのは三日目だ。気づけばネフェルの殺害方法や、最も楽な死に方とは、などと考えている自分がいた。これまで一度も自殺などに思いを巡らせたことはなかったのに。

(このままじゃ、いけない)

さすがに危機感を覚えたアレンは、身の回りの世話をしてくれる侍女のラーナに声をかけ、初歩的な会話を教えてもらうことで実益と気分転換を図ることにした。

元の世界に帰る方法が存在するかどうかも判らない以上、ここでの暮らしを少しでも快適にしようと思えば、周囲の人々とのコミュニケーションを密にする必要がある。アレンは教師も驚く熱心さと物覚えの速さで、物の名前や頻用《ひんよう》する動詞、会話を滑らかにする助詞を身につけていった。

「どこの国のお人でも、秘書官というのは賢い方がなるものなんですねえ。殿下から伺ったのですが、アレン様は外国人とは思えないほど、巧みな聖刻文字をお書きになられるとか。その噂《うわさ》をお耳になさった王様に招かれて、こちらにいらしたのでしょう？　素晴らしいことですわ」

すっかり感心したようなラーナの言葉に、アレンは内心苦笑した。ネフェルが定めた偽りの身分は、すんなりと王宮の人々に受け入れられたようだ。他国から王妃を娶《めと》ることは珍しくなかったし、使節団も頻繁《ひんぱん》に訪れるこの時代は、外国人に対する垣根が低かった。何より、王が平和政策を取っているということも大きいのだろう。

（秘書、か……）

ただし、普通の秘書に比べると、仕事の内容は特殊だった。もちろん、機密保持を徹底しているネフェルのことだ。そこまでは使用人達に話していないに違いない。

「ネフェ……いや、殿下も外国語は得意みたいだね」

アレンの言葉に、ラーナはにっこりした。ネフェルの母親ぐらいの年回りだが、陽気で可愛らしい婦人だ。

「はい。うちの殿下はお強いだけではなく、頭もいいんです。その上、お美しいし、私どものような者にも優しいし、言うことなしのご主人様ですわ」

べた褒《ぼ》め、いや、ベタ惚《ぼ》れと言った方がいいだろうか。他はともかく、あの男を手放しで

『優しい人』と表現することには賛成しかねる。そう思うのはアレンだけではないはずだ。

「陛下が特に目をかけておいでだから、嫉妬《しっと》されることも多いんじゃない？」

アレンの指摘に、ラーナは頷いた。

「今は落ち着きましたけど、陛下のお側に上がったばかりの頃は酷かったですね。陛下のことを身体で誑《たぶら》かしたとか……愚か者の戯言《ざれごと》ですよ」

「スメンクカラー殿下も王様のお気に入りなんだろう？　同じ弟なのに、なぜ評価に差が出るのかな？」

「それは母君のご身分が違うからでしょう。スメンクカラー様の悪口を言ったら、お母上は当然のこと、ご実家の方々も黙ってはいません。でも、ネフェル様には陛下以外に庇《かば》ってくださるお身内はおいでにならないから」

道理でアクナーテンに対する情愛や忠誠心が並外れているわけだ。たった一人、自分を肯定し、信頼してくれた家族――だからこそ、ネフェルも王のみに真心を捧げている。アレンもその気持ちは理解できた。父やその親族のようにユダヤの血に拘《こだわ》らず、無条件の愛情を注いでくれた母親への想いは、王に対するネフェルのそれと大きく変わるものではないだろう。

「ネフェル様はお務め第一で、奥方様を娶ろうとなさいません。沢山お子様をもうけられて、賑《にぎ》やかなご家族、ご自分のご家族を持たれたらよろしいのに……」

溜息をつくラーナに、アレンは言った。

「王族なんだから、普通は陛下が政略結婚の相手を選んだりするんじゃないの？」

「それが……」

ラーナは困ったように告げる。

「陛下はそろそろ、と水を向けられたことがおありなんだけど、ネフェル様がきっぱり断ってしまったんですよ。陛下と陛下の御代のほかに守りたいと思うものができては、二心《ふたごころ》を持つことになる。不忠者にはなりたくない、って」

アレンも思わず苦笑いを浮かべた。

「真面目っていうか……不器用っていうか……」

「で、ございましょう？」

しかし、そんな主人を誇りに思っていることが、ラーナの表情から窺《うかが》えた。

「あまり手はかからないんですが、ちょっと気難しいところがあって、扱いかねる坊やみたいな方ですの」

アレンは感心した。

「殿下を子供扱いできるなんて、君ぐらいだろうね」

ラーナは悪戯っぽい表情を浮かべた。

「いくつになっても、どこかに幼さを残した生き物。それが殿方ですもの。蜻蛉《とんぼ》を追いかけてどこまでも葦原《あしはら》を駆けていくように、自分の夢を求め続ける。恐れながら、陛下も同じですわ。

あんなにも栄えていた都を惜しげもなく捨てて、ここまでおいでになるなんて」

ラーナに同意しながら、アレンは思った。王族に心を寄せるラーナでさえ、口にはしないもののの、テーベを恋しく思っているのだ。市井の者は王の決定に不満を抱いていただろう。

（国政よりも、そして国民よりも、自分の夢を実現することを選んだ王……）

元首としては失格だ。けれど、同じ男としては、意志を貫ける力を持ったアクナーテンのことを羨《うらや》ましく思う心もないわけではない。ラーナが言うように、それが男の稚気なのかもしれなかった。


「なんと、アレン」

久しぶりにあった王は、格段に上達したアレンの会話力に目を見開いた。

「そなた、眠りの中で学んでいたのか？」

「気のいい侍女に教わっているんです。陛下のお手伝いをする以上、俺も全力を尽くしたいと思って。あ、でも、上品な言い回しとかはまだ判らないんです」

「よい、よい。気にするでない。そちの気概、あっぱれじゃ」

アクナーテンは機嫌良く告げる。

「ならば、余も遠慮はするまい。早くこの部屋の完成を見たいゆえな」

「はい、陛下。俺もです」

二人は頷《うなず》き合い、それぞれの位置につく。穏やかに詩を吟じる王の声、アレンが不明な点を聞き返す声は陽が落ちるまで続いた。

「お戻りになる時間です」

彼なりに遠慮していたのか。自分の宮にいても、アレンの前に顔を出さなかったネフェルが、王を迎えに来た。いつものように整いすぎ、表情も少ないために冷たく見える顔は、アレンを見てもぴくりとも動かない。

(鉄の自制心というべきか、単に図々しいのか……後者だな)

複雑な気持ちを噛み締めながら、アレンは王の退出を見送った。

「もう、体調は戻ったのか?」

そんなアレンの背に、ネフェルの声がかかる。

「ラーナから聞いているんだろう?」

アレンの不機嫌そうな返事にも、ネフェルはこたえた様子を見せない。

「然《しか》り。だが、直接確かめたかった。そなたも、あの者には言えぬこともあるだろう」

「何ともない」

そう、身体は、とアレンは心の中で続ける。実際、傷ひとつ、ついていなかった。けれど、心に刻まれた傷はまだ塞《ふさ》がっておらず、じくじくと痛みを訴えていた。

（言わないけどな、絶対）

すでに敗北感は嫌というほど味わった。ネフェルの前でさらに惨《みじ》めな姿を晒《さら》したくはない。

「そうか」

アレンの言葉に嘘がないか、じっと確かめるような視線を向けてきたネフェルが、くるりと踵《きびす》を返す。

「では、我らも帰ろう」

アレンは無言のまま、彼に従った。

「あら……」

いつものように秘密の通路を抜け、地上にあるアテン神殿に戻ってきたネフェルとアレンの前を、華やかな行列が遮《さえぎ》った。

「これは妃殿下」

中心に立つ人影を認めたネフェルが、優雅に腰を折る。

アレンも彼に倣《なら》って、ぺこりと頭を下げた。

（妃殿下……誰だ？）

こっそり気になる女性の顔を盗み見たアレンは、驚愕の思いに打たれる。

（彼女も頭部像にそっくりなんだ……！）

王弟であるネフェルが恭しく礼を取った人物こそ、世界的に有名な女性像のモデルになったアクナーテンの王妃ネフェルティティだった。

（イシスか……それともハトホル女神か……）

　像を発見した考古学者が一目惚れしたと伝えられる美貌はそのままに、すんなりした肢体を優雅な白い麻の長衣で包んだ王妃は、まるで地上に舞い降りた天女のようだ。身分を考えれば許されることではないと判っているのに、アレンも王妃から目が離せなくなる。ばっちり視線も合ってしまったが、幸い注目されることになれているのか、王妃が非難の声を上げることはなかった。

「陛下が新たに御召し抱えになったというのは、そこな外国人か？」

　ネフェルティティは耳に快い、深みのある声を持っていた。

「さようでございます」

「珍しい色の髪と目を持った者だとか……そなたが引き回していると聞き、見物しに参ったのじゃ」

　珍獣を見に来たのだと言わんばかりの言葉に、アレンはムッとする。確かに美女だが、性格は悪そうだ。かの頭部像が角度によっては酷く醜く見えるように、この王妃も一筋縄ではいかない人物なのかもしれない。

「よく、こちらにいることがお判りに」

　王妃は僅かに唇の端を上げた。

「造作もない。そなたの金髪は人目を引くゆえ」

ネフェルは肩を竦めた。

「アレン・イブキでございます。どうぞ、ご存分に」

背を押され、前に出されたアレンは、挑戦的な気分で顔を上げた。

そして、王妃の顔に閃《ひらめ》いた表情に不審を覚える。

ネフェルティティはアレンを見た途端、明らかに安堵の色をその面に浮かべたのだ。

「ほ……確かに青みがかってはいるが、黒に近いではないか。妾《わらわ》はまた空のように蒼《あお》いのかと思っていた」

王妃はそう告げると高らかに笑った。彼女に追従するように、お付きの侍女達も一斉に笑い声を上げる。

「ご満足頂けましたか？」

ネフェルの言葉に、王妃は素っ気なく応えた。

「気が済んだ。ほんに評判とはあてにならぬものじゃ」

さっさと帰ろうとする王妃に、再びネフェルが声をかけた。

「そういえば、愛妾《あいしょう》のマナは産み月を迎えたそうでございます。今度こそ陛下の御為、王子を産み参らせると大変な意気込みだとか」

「……っ」

ぱっと振り返った王妃に、ネフェルは見る者の目を奪わずにはおかない笑顔を見せた。

「いっそ羨ましい話でございます。陛下一筋に尽くそうという見上げた心がけ……そうは思われませぬか？」

ぴり、と王妃の額に癇《かん》が走った。さもあろう。ネフェルは王妃にアレンのことを気にかける前に、もっと心配することがあるのではないかと仄《ほの》めかしているのだ。

（王妃とは不仲……そういえば、俺を尋問したときも彼女を気にしていたっけ）

それにしても意外だと、アレンは思った。いつも直接的な言動をするネフェルに、このような当てこすりができるとは。

「ほほほ……」

張りつめた雰囲気を破ったのは、王妃の軽やかな笑い声だった。

「そなたの言う通りじゃ、ネフェル。幸い、この身も陛下の御子を宿す名誉を与えられておる。アテンの恩寵《おんちょう》に感謝せねばな」

華やかな笑顔を浮かべた王妃――だが、その目は鋭い光を放って、ネフェルを見据えていた。

「マナの腹であろうと、妾の腹であろうと、生まれくるのは等しく陛下の御子。王子が生まれるか、王女が生まれるかは神のみが知ること。今は無事の出産を願うだけじゃ。そなたも我らのために祈っておくれ」

とはいうものの、今度こそ自分が王子を産みたい、いや産んでみせると思っているのだろう。王妃の表情からは、その強い意志が感じられた。

「見事なお心がけと存じます」

ネフェルが頭を下げると、王妃は鷹揚《おうよう》に頷いてみせた。

「妾は王家を第一と考えておる。聖なる一族をもり立ててゆくことのみが妾の願いじゃ。そなたもその一員として励むように」

「私も王と王家のためでしたら力を惜しみませぬ」

ネフェルは王妃を見つめて、きっぱりと言った。

「この命を捧げ、お仕え致します」

「頼りにしておる」

王妃はもう一度アレンにちらりと流し目を送ると、侍女らを引きつれて王宮へ戻っていった。

「陛下の目の届かぬところでは、あのようにぞろぞろと取り巻きを引き連れ、ふんぞり返って歩いているのだ」

ネフェルがぽつりと呟いた。

「権勢欲が満たされるのであろう」

アレンは鼻を鳴らした。

「わざわざ俺のことを見に来るなんて、よっぽど暇なんだな」

「そうではない」

「え？」

ネフェルが棘《とげ》のある笑みを浮かべる。

「どうせ、我が宮に忍ばせた間諜《かんちょう》から情報を得たのだろう」

「か、間諜？」

「王妃は疑っていたのだ。陛下が新たな恋人と神殿で密会しているとな。そこで手引きをしていると思《おぼ》しき私が宮を出たという知らせを聞いて、後を追ってきたのだろう」

アレンは眼を剝いた。

「恋……って……俺は男だぞ！　それとも女だと勘違いしていたのか？」

ネフェルは首を振る。

「新顔が男であることは、王宮にいる者なら誰もが聞き及んでいる。それに王が美童を侍らせるのは珍しいことではあるまい？」

アレンは思い出す。そうだった。ここは性に大らかな古代社会だ。男色を断罪する宗教は、まだ存在していない。

（そのせいで大変な思いをしたばかりだろ……）

ふと傍《かたわ》らに立つネフェルの体温を感じたアレンは、彼に気づかれないよう、じりじりと身を遠ざけた。尋問以外の理由で、ネフェルが再び自分に手を出してくるとは思えない。それでも、引き締まったネフェルの体躯《たいく》を身近に感じると、アレンの心は怯えで満たされる。

(情けないよな。怒りよりも恐怖感の方が先に立つなんて……)

男のプライドが疼《うず》かずにはいられないが、自分ではどうすることもできない。ただ、そんなアレンの心を知ってか知らずか、ネフェルも必要以上に近寄って来ないのが救いだった。

「今の話を聞いた上で考えると、実に失礼な話だな」

気分を変えようとして、アレンは言った。

「彼女、俺を見てほっとした顔をしたよ。勝ったと思ったんだろうな」

己れの美醜に頓着《とんちゃく》しないアレンには、それが滑稽《こっけい》なことのように思えた。まあ、絶世の美女と目されているかのネフェルティティをやきもきさせたとあれば、それはそれで愉快な話だったが。

「王妃さまは美しいだけじゃ足りないんだな。誰よりも美しくなければ嫌なんだ」

「おそらくな。しかし、私はそなたの顔の方が好ましい」

ネフェルの言葉に、アレンは身を堅くした。

あからさまな緊張を感じとったのだろう。ネフェルがからかうように言う。

「案ずるな。そなたが望まぬかぎり、無理に抱いたりはせぬ」

「望んだりなんて、絶対しない」

アレンは素早く言い返した。

「だから、指一本触れるなよ」

「ふん」

ネフェルは鼻で笑い飛ばした。

「相変わらず、口が減らぬ。私を挑発しているのか？」

「違う」

アレンは後ずさり、間合いを取りながら言った。

「でも、今度は俺も易々《やすやす》とやられるもんか」

ネフェルは首を傾《かし》げた。

「腰が引けているぞ」

「うるさい！」

余裕たっぷりにからかう仕草に、アレンはむかっ腹を立てた。

「古今東西、油断した将が辿るのは敗北の道なんだからな」

「確かに」

ネフェルはくすり、と笑った。

「私もせいぜい気をつけるとしよう」

「そんなこと、微塵《みじん》も思っていないくせに」

「思っているとも」

ネフェルは姿勢を正した。

「また忘れたらしいな。そなたを危険に思う心に変化はない。まあ、当面、そなたよりも注視しなければならない人物がいるが」

誰のことを言っているのか、もはやアレンにも見当がついた。

「王妃のこと？」

ネフェルは頷いた。

「共に王家をもり立てたいというのは建前だ。本当はマナを叩き出したくてたまらないのだろう。自分の血を引く子供以外が次代の王になるなど、決して認められぬはずだ」

そこでネフェルは思い出したらしい。

「そなたの予言……いや、予言らしきものによれば、妃達は王女しか産まず、スメンクカラーが陛下の後継者になるという話だが……」

アレンは首肯《しゅこう》する。そして、躊躇《ためら》いがちに口を切った。

「スメンクカラー殿下は身体が弱い……？」

ツタンカーメン王と同じく、この王子は若くして亡くなったことで知られている。

不意の死。それはアレンに暗殺を想像させた。

「なぜ、そんなことを聞く？」

ネフェルはじっとアレンを見つめた。例の相手を焼き尽くそうとするような強い眼差しだ。

四六判ソフトカバーシリーズ!!
3/27(木)頃発売!!
ごとうしのぶが満を持して贈る
とびっきりのラブファンタジー!♥
ごとうしのぶ
イラスト◆笠井あゆみ
「ぼくたちは、本に巣喰う悪魔と恋をする(仮)」
本から聞こえてくるのは、騒音のような無数の声──。そんな能力を持つ高校生の悦一《こういち》。訪れた田舎の屋敷で、膨大な蔵書を管理する美貌の男・仰倉《おおくら》と、義理の弟に出会い!?
定価:本体1,400円+税

お試し読みアンソロジー

[Chara Comics Collection]

無料配信中!!

WEBマガジン「Char@」の創刊1周年を記念して、eBookJapanにてCharaコミックスの大人気作、全12作品の第1話を掲載したアンソロジー「Chara Comics Collection」を無料配信中! この機会にぜひ読んでみてくださいね。

「Char@」創刊1周年記念♥

Chara Comics Collection
¥0 無料
全12作品の第1話が読めるお試し読み最強アンソロジー!!
秋月こお&唯月一
今市子
円陣闇丸
鹿住槇&穂波ゆきね
菅野彰&二宮悦巳
鈴木ツタ
高久尚子
ぢゅん子
宮本佳野
山田まりお
やまねあやの
ユキムラ

収録作品

「王朝春宵ロマンセ①」秋月こお&唯月一
「幻月楼奇譚」今 市子
「Voice or Noise①」円陣闇丸
「ヤバイ気持ち」鹿住 槇&穂波ゆきね
「毎日晴天!」菅野 彰&二宮悦巳
「3軒隣の遠い人」鈴木ツタ
「僕はすべてを知っている」高久尚子
「コンビニくん。」ぢゅん子
「RULES①」宮本佳野
「シラフでいても意味がない」山田まりお
「クリムゾン・スペル①」やまねあやの
「人に言えない間柄」ユキムラ

ックス 2/25(火) 発売！ ●基本定価：本体 570 円+税／B6 判 ●本屋さんで注文すると確実に手に入るよ。

海賊船の航海士・鳥谷《トリヤ》は、実は同性愛が重罪な国の神父。年下のヒドラと寝てしまった罪悪感から、国を出奔したのだ。ところが、鳥谷を追ってヒドラが目の前に現れて!?

●好評既刊「DEEP THROAT 華麗な海賊たち①」

らしの大学生・裕貴《ユウキ》。そ
美形王子様・ジュリから
！　昔、結婚の約束をし
ってくるジュリだけど!?
ツ」他

ゲイであることをひた隠し、ネットで知り合った男を抱く高校教師の神田《かんだ》。そんなある日、出会った好青年に逆に抱かれてしまった!?　しかも彼は神田の高校の生徒で…!?

●好評既刊「いじめてくれとは言ってない」

子、でも学校では普通
保護者同士の同居で、
生になった勇太《ゆうた》。次第
目が離せなくなり!?
新装版」他

「FLESH&BLOOD」の原点登場!!
古代エジプトへタイムスリップ!?

松岡なつき イラスト✦彩

[流沙の記憶]

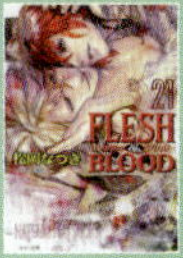

将来有望な新米考古学者のアレンは、エジプトでの遺跡発掘中、事故で意識を失ってしまう。目覚めた先は、なんと古代エジプト王朝!! 王弟のネフェルに捕らえられてしまい!?

●好評既刊「FLESH&BLOOD㉑」他

愁堂れな

[月夜の晩
気をつけ

世間を騒がす
して、盗みを繰
海《かい》。失踪した父
ある日、義賊事
と出会い、惹か

●好評既刊「猫耳探

★このイラストはカバーと異なります

大人気作、待望の続編が登場!!

遠野春日 イラスト✦円陣闇丸

[砂楼の花嫁2(仮)]

砂漠の王の花嫁になった秋成
ところが事故に巻き込まれ!?

キャラ文庫初登場!!

鬼の王×人間の人外ロマンス♥

★このイラストはカバーと異なります

高尾理一 イラスト✦石田 要

[鬼の王と契れ]

契約相手は40センチの小鬼――
けれど鬼には秘密があって!?

★このイラストはカバーと異なります

Charaレーベルのドラマ CD

キャラ文庫

『恋愛前夜』

幼い恋が愛に変わる――
煌めく青春の日々♥

3/28(金)発売!!

原作 凪良ゆう

イラスト◆穂波ゆきね

CAST ナツメ…寺島拓篤　トキオ…小野友樹
ヤコ先生…木村良平　他

●価格：〈2枚組〉3,800円+税

Charaコミックス

『幻月楼奇譚』

若旦那×幇間
昭和浪漫お座敷事件簿!!

今夏発売予定

原作 今 市子

CAST 鶴来升一郎…小西克幸
与三郎…谷山紀章　他

●価格：未定

●発売元・販売元：アルパカレコード　問 FARM RECORDS：☎03-6805-1485(月～金／11:00～17:00)

3巻連続隔月リリース!!

キャラ文庫

購入者特典あり♥

『FLESH《フレッシュ》&BLOOD《ブラッド》⑯～⑱』

原作 松岡なつき　イラスト◆彩

CAST 海斗…福山 潤　ジェフリー…諏訪部順一
ナイジェル…小西克幸　ビセンテ…大川 透
和哉…岸尾だいすけ　他

●価格：⑯⑰〈2枚組〉4,800円+税
⑱3,000円+税

⑰巻 2/26(水)発売!!

FLESH
BLOOD

Charaコミックス

『ブラザー★シャッフル!』

絶賛発売中!!

原作 三島一彦

CAST 桜井ハルキ…寺島拓篤
桜井マフユ…下野 紘
秋山…羽多野渉
ハジメ…松岡禎丞　他

●価格：3,000円+税

●発売元・販売元：株式会社マリン・エンタテインメント／販売協力：ジェネオン・ユニバーサル・エンターテイメント
問 株式会社マリン・エンタテインメント：　03-3972-2271(月～金／10:00～17:00／祝祭日を除く)

息苦しくなるから苦手なのに、どうしても視線を逸《そ》らすことができない。

「気をつけてあげた方がいいと思う。食物とか……」

あえて毒殺の恐れがあるからとは言わなかった。忌々《いまいま》しい限りだが、ネフェルは聡明《そうめい》な男だ。仄《ほの》めかしただけでも、結論に辿り着くことができるだろう。

そして、その判断は正しかった。

「彼の側には信用のできる侍女だけを置くことにしよう」

「うん」

アレンが安堵の表情を浮かべると、ネフェルは目を細めた。

「奇妙な話だ。外国人のそなたが王家の行く末を案ずる。それも何の見返りもなく……なぜかは判らぬが」

「俺は古代の王様が好きなんだよ」

アレンの眼がそっと神殿の太い柱や壁の上を撫でる。彫刻や彩色画で飾られたそれは、この時代にだけ存在した特異な美的感覚の持ち主が生み出したものだ。特にアレンが気に入っているのは、黄や紅などの鮮やかな色使いで写実的に描かれた木々や花の絵だった。

「古代芸術を見るのは、それよりも好きだ。原初的でどっしりと存在感のあるものもいいが、ここにあるような繊細な美にも惹《ひ》かれる。眺めているだけで、胸がときめくよ」

だから、アレンは美術考古学を専攻したのだ。

「それほど気に入っているのなら、陛下お抱えの絵師に会わせてやろうか?」

ネフェルの申し出にアレンは瞳を輝かせた。

「会わせてくれるのか?」

「ああ。明日にでも引き合わせよう」

たぶん、罪滅ぼしのつもりなのだろう。アレンはほんの少しだけ、ネフェルのことを見直した。傲慢なのは疑いようもないが、自らの過ちを認める度量はあるようだ。

「そなたがいたという世界……未来の国」

ふいにネフェルが質問を発した。

「そこにはどんな王がいる?」

アレンは少し考えてから、ネフェルにも理解しやすいように説明を始めた。

「陛下みたいに絶対的な権力をもった国王はもうほとんどいない。重要な問題を解決するときも、王からこうしろと命令されるのではなく多数決——ええと、国民を代表する大臣の一人、一人がいくつかある解決方法の中から正しいと思うものを選ぶんだ。そして、一番多く支持されたものを試す。異なる意見を持った人も、決定には従わなくてはいけない。こうした方法を、我々は『民主主義』と呼んでいる」

ネフェルは眉を寄せた。

「大臣らに等しく選択の機会を与えるというのは悪くない……だが、王の権威が失われるというのは承服できぬ」

「だろうね」

　いかにもネフェルらしい意見に、アレンは微笑んだ。

「等しく、といえば、俺の生まれた国アメリカでも、神の前では皆平等だということを信じている宗教が勢力を持っているよ。ただし、神の名はアテンじゃないけど」

「なんと、陛下と同じことを考える者がいたとは……」

　さらに不服そうな顔をするネフェルを見て、アレンは吹き出しそうになった。敬愛する兄王のお株を取られたような気分なのだろう。

「その神の名は何という？」

「ジーザス・クライスト。人の子にして、神の意を伝える者であり、神自身でもある」

「まさに陛下のようだ。その者も王だったのか？」

「大工の息子だよ」

　ネフェルは目を見開いた。

「大工だと？」

「いや、ユダヤの王ではあるか。しかし、それは精神的なことだし」

「何を申しているか、さっぱり判らぬ」

「気にすることはないよ」

困惑しているネフェルに、アレンは言った。

「彼が現れるのは今から千年も後のことだ。つまり、我らが陛下はそれだけ時代を先取りしていた。素晴らしいことじゃないか」

アレンは返事を待たず、いつもとは逆にネフェルの先に立って歩き始めた。

そこかしこに緑が溢《あふ》れる王宮は、ここが灼熱《しゃくねつ》の地だということを忘れさせてくれる。特に今のような夕方には、ナイル河から吹いてくる風が快く頬を撫でて暑気を払ってくれた。

「そなたは未来では何をしていた？」

ややして、再びネフェルが問いを口にした。どうやら、彼も好奇心を抑えられないタイプのようだ。

「学者だよ。神様の代わりに学問を信じる神官みたいなもの、と言えば判るかな。俺はその中で『考古学』というものを専門にしている」

アレンは個人的なもので、特に差し障りのないことは教えることにした。全く正体が判らぬのでは、ネフェルの不安も消えないだろうと考えてのことだ。四六時中、疑いの目で見られるというのは、精神的に疲れる。

「考古……学？」

「いつの時代にどんな事件が起こって、というようなことを調べ上げて、記録する。長い時を経てきた古代文明の遺跡を調査し、ほじくり返したりしてね」

「それで王のことも知っていたのか」

「うん」

「遺跡というのは？」

「例えばこの王宮だ。ここは俺の生まれた時代にも存在している。そうした建造物を遺跡と呼ぶ」

アレンはそこで苦笑を閃かせた。

「今まさにここに住んでいるあんたには、過去の建物と言われてもぴんと来ないだろうとは思うけどね」

「王宮には誰も住んでいないのか？」

「残っているのは微かな痕跡《こんせき》さ。仕方ないよ。何千年も後なんだからね」

「つまり、そなたは学者とやらで、アケトアテンにある遺跡を調べに来た」

「そう。こちらの世界に飛ばされたのも、その調査が原因だったんだ。境界碑を見学していたら、ふいに頭の上に岩が落ちてきて、危うく潰されそうになった。そして、次に気がついたときには秘儀の間にいて……」

「私に出会った」

「仰《おっしゃ》る通り」

ネフェルは溜息をついた。

「神罰が下ったのだ。下々の者が聖なる神殿に足を踏み入れることなど、許されぬ」

「下賤《げせん》で悪うございましたね」

「そこまで卑下せずともよい」

少しも悪びれぬネフェルの態度に、アレンはつくづく思い知らされる。この時代のファラオと言えば現人神《あらひとがみ》、その血に連なる王族も神聖な存在だ。実際そうした人々から見れば、アレンなどは取るに足らない存在だろう。

（社会情勢が違えば、そこに生きる者のメンタリティも違ってくる。いちいち腹を立てるのも疲れるから、適当に受け流そう）

そう心に定め、顔を正面に戻したアレンは、ふと前方にある木の枝が不自然に揺れるのを目にした。

（鳥でもいるのかな？）

ぼんやり思った次の瞬間、アレンはネフェルに突き飛ばされる。

「危ない……！」

ネフェルもまた枝の奇妙な動きを察知したらしい。

「いっ……てえ……」

転んだ拍子に擦《す》りむいてしまったのだろうか。酷く右足が痛い。だが、ネフェルの手に頭を押さえられていたため、傷を確かめることはできなかった。

「ここにいろ！」

アレンに囁いたネフェルはサッと立ち上がり、剣を抜いた。

「な、なに？」

ぎょっとしたアレンの問いを黙殺し、木陰を見据えていたネフェルが、やゃして舌を打った。

「逃げたか……」

「だ、誰が？」

「判らぬ。ただ殺気を感じた」

言いながらネフェルは、アレンに手を差し伸べる。

「……あれ」

アレンは助けを借りて立ち上がろうとした。だが、足に力が入らない。不審に思っていると、今度は視界がぐにゃりと歪んだ。

（なん……だ？）

足を見下ろしたアレンは、痛みを覚えていた右の脹《ふく》ら脛《はぎ》に、短い矢のようなものが刺さっていることに気づく。

「アレン……！」

ほぼ時を同じくしてそれに目を留めたネフェルが、ぎょっとしたように叫んだ。

「くそっ！　毒矢か！」

もはや声を発することもできなくなったアレンを見て、ネフェルは素早く矢を抜き、手にしたままの剣先を脹ら脛に突き刺す。

「ひ……」

激しい痛みにアレンは悲鳴を上げた。だが、喉《のど》から洩れたのは空気の抜ける音だけだ。

「我慢してくれ！」

素早く肉を切り開き、傷口に口を当てたネフェルは、どっと溢れ出る血ごと毒を吸い取っては吐き出す。

「しっかりしろ！　すぐに医師を呼んでやる！」

応急手当を済ませ、アレンを抱き上げたネフェルが言った。その声が次第に遠くなっていく。

「そなたを死なせはせぬ……気をしっかり持って……」

アレンはあんなにも怖れたネフェルの体温を、快く感じている自分に気づいた。失血のために冷えていく一方の肌に、それはとても温かい。

（もっと強く……抱きしめてくれ）

アレンは動かない手を、ネフェルの背に回した。しっかり抱き留めてもらえれば、何も恐れることはないような気がする。彼は強い。そして、約束を守る人間だ。ネフェルならばきっと死神からも守ってくれるだろう。

8 幕間

「首尾は？」

かつての勢いこそ失われたが、王母であるティイ皇太后という後ろ楯を持ち、いまだ国政への発言権を失っていないアメン神殿の長、ベカンコス大神官は、窓に近寄って低く囁《ささや》いた。

「一矢……」

姿は見えないが、いずこからともなく密《ひそ》やかな声が上がる。

ベカンコスは眉《まゆ》を寄せた。

「とどめは刺せなんだのか？」

「将軍がお離れになりませんでしたので……」

「ふん……またあやつか」

ベカンコスは苦々しく呟《つぶや》いた。

「まあよい。下がれ」

「は……」

微《かす》かに空気が揺らぎ、それきり人の気配は失われた。

溜息《ためいき》をついたベカンコスは、静まり返った自室に視線を彷徨《さまよ》わせる。

かつては眩《まばゆ》い黄金に彩られていた部屋――馬鹿げた考えにとりつかれた王がアテン神に帰依《きえ》する前は、人々が争うようにして貢物を持ち込み、ここを飾り立てようとしたものだ。

（今や細々とそれらを売り払い、その日暮らしをせねばならぬ。偉大なるアメンの大神官が、だぞ）

耐えがたい屈辱に、ベカンコスは唇を嚙《か》み締める。

「何とかせねば……」

その呟きは彼の口癖になっていた。

（何とかして、過日の栄光を取り戻すのだ。もはや手段は選ばぬ）

アクナーテンを暗殺することが一番の早道だということは、ベカンコスも知っている。今夜、アレンを襲撃したような者らを使い、実行に移したこともあった。だが、

（いつも、いつも、あの若僧のせいでしくじるのだ！）

ベカンコスは憎んでも憎みきれない敵――ネフェル・ウェプワウェトの端正な顔を思い浮かべた。

兄王にのみ忠誠を誓うこの将軍は、片時も油断することなくアクナーテンの周辺に気を配っている。

送り込んだ刺客はことごとく撃退され、その度重なる失敗によって、今では簡単に手を下すこともできなくなってしまった。黒幕の見当をつけたネフェルが、ベカンコスの周囲に間諜《かんちょう》をばらまき、厳しく監視するようになったからだ。

（軽々しく動くことはできぬ……だが、私の我慢にも限界はある）

露見する危険を冒してまで、ベカンコスがアレンへ刺客を差し向けたのは、もちろん理由があってのことだった。

（聖なる神託はアメン神官にのみ許されるものだ。それをあの愚王めが、どこの馬の骨とも知れぬ男の言葉を予言として取り上げおって！　いや、そればかりではない。どんな甘言を耳にしたのかは知らぬが、ただのまぐれ当たりを重んじて、その余所者《よそもの》を王宮に留め置こうとは……！）

ベカンコスも王弟の動向を知るために、王宮に間諜を放っている。その者から奇妙な異邦人の話を聞いた瞬間、怒りが迸《ほとばし》った。アレンの暗殺が必然となったのだ。

「とどめを刺せなかったのは、返す返すも無念……」

ベカンコスは陰鬱《いんうつ》な表情で呟いた。

（あの異邦人がこれ以上、予言者として王宮で重んじられるようになれば、同じく予言を司《つかさど》る私の立場はさらに危ういものになる。そうなれば、忌々《いまいま》しい王弟の思うつぼだ）

ベカンコスは断固として首を振った。だめだ。決してそんな事態を招いてはならない。

POSTCARD

必要な金額
の切手を
貼ってね!

105-8055

東京都港区芝大門2−2−1

㈱徳間書店

Chara キャラ文庫 愛読者 係

徳間書店Charaレーベルをお買い上げいただき、ありがとうございました。このアンケートにお答えいただいた方から抽選で、Chara特製オリジナル図書カードをプレゼントいたします。締切は2014年4月30日(当日消印有効)です。ふるってご応募下さい。なお、当選者の発表は発送をもってかえさせていただきます。

ご購入書籍タイトル	

《いつも購入している小説誌をお教え下さい。》

①小説Chara ②小説Wings ③小説ショコラ ④小説Dear+
⑤小説花丸 ⑥小説b-Boy ⑦リンクス
⑧その他(　　　　　)

住所	〒□□□-□□□□ 都道府県		
フリガナ 氏名		年齢　　歳	女・男
職業	①小学生 ②中学生 ③高校生 ④大学生 ⑤専門学校生 ⑥会社員 ⑦公務員 ⑧主婦 ⑨アルバイト ⑩その他(　　　　)		

※このハガキのアンケートは今後の企画の参考にさせていただきます。ご記入いただいた個人情報は当選した賞品の発送以外では利用しません。

キャラ文庫 愛読者アンケート

◆この本を最初に何でお知りになりましたか。
①書店で見て ②雑誌広告(誌名)
③紹介記事(誌名)
④Charaのホームページで ⑤Charaのメールマガジンで
⑥その他( )

◆この本をお買いになった理由をお教え下さい。
①著者のファンだった ②イラストレーターのファンだった ③タイトルを見て
④カバー・装丁を見て ⑤雑誌掲載時から好きだった ⑥内容紹介を見て
⑦帯を見て ⑧広告を見て ⑨前巻が面白かったから ⑩インターネットを見て
⑪ツイッターを見て ⑫その他( )

◆あなたが必ず買うと決めている小説家は誰ですか？
[ ]

◆あなたがお好きなイラストレーター、マンガ家をお教え下さい。
[ ]

◆キャラ文庫で今後読みたいジャンルをお教え下さい。
[ ]

◆カバー・装丁の感想をお教え下さい。
①良かった ②普通 ③あまり良くなかった
理由[ ]

◆この本をお読みになってのご意見、ご感想をお聞かせ下さい。
①良かった ②普通 ③あまり面白くなかった
理由[ ]

ご協力ありがとうございました。

（何か手を……手を打たねば……）

ベカンコスはうろうろと部屋の中を歩き回った。アレンとやらが命永らえ、元気になる前に、次の方策を立てておかねばならない。

（あの毒矢を受ければ、しばらくは起きあがることもできぬ。もしかしたら、そのまま死んでくれるやもしれぬが……まあ、あまり期待はするまい。となれば、やはりあの計画を……）

ぴたりと足を止めた大神官は、かねてより検討を重ねていた計画を実行に移す時期が訪れたことに思い至った。

（荒療治だが……現状を打開するにはそれしかない）

ベカンコスは禍々《まがまが》しい笑みを浮かべる。

有無を言わさぬアテンへの改宗は、エジプト各地に混乱を巻き起こしていた。

国民はいきなり現れたアテンよりも、代々信仰し続けてきたアメンに愛着を感じていたのだ。だから、改宗を強制されることに不満を持っている者も少なくなかった。アクナーテンによる徹底的な神殿やアメン像の破壊も、それに拍車をかけた。

王の平和政策のために働くことができず、蔑ろ《ないがし》にされていると感じている軍人達にも反感が渦巻いている。

またエジプトが腰抜けになったと考える国々の侵略を受けるようになった地域の民も、ただアテンに祈るだけで軍を送ろうとしない王に、激しい失望と怒りを感じていた。

（こうした不満分子を利用して、王が最も嫌うところの武力事件を起こしてやろう）

ベカンコスはほくそ笑む。

（最も火をつけやすいのは、やはりシリアだろうな）

戦となれば、アクナーテンの信望篤《あつ》いネフェルが真っ先に派遣されるだろう。

（彼が側を離れれば、それだけ王を暗殺しやすくなる。それに、戦場ほど刺客が潜り込むことが容易《たやす》い場所はない）

王と王弟を別々の場所で屠《ほふ》る。その後で後ろ盾のなくなった異邦人の予言者を亡き者にすることなど、赤子の手を捻《ひね》るより簡単なことだ。

（アメン・ラーを重んじぬ王などいらぬ……我が神殿を栄えさせる王こそが、真実のペル・アアなのだ）

それがベカンコスにとっての真実、そして決して揺るがぬ信念だった。次代の王を誰にすべきかは、まだ考えていない。だが、後ろ盾であるティイ皇太后と相談の上、決めれば良い。

「レクミラ！　レクミラはおらぬか？」

そうしてベカンコスは計画を実行すべく、腹心の部下を呼んだのだった。

9　二つの夢

巨大な岩が落ちてくる――――。

アレンはそれを見上げながら、凍りついたように動かない自分の足を狂ったように拳《こぶし》で叩《たた》き続けていた。

(動け！　早く！　早く！　はやく！)

今すぐ逃げ出さなければ死んでしまう。

「ああああ！」

だが、彼が半狂乱になって叫んでも、足が言うことを聞いてくれないのだ。

大音響と共にアレンは闇《やみ》に呑《の》み込まれ、彼の身体は岩に押し潰《つぶ》される。骨が砕かれるおぞましい感覚にアレンは再び絶叫した。

「誰か……助けてくれ……っ！」

だが、その声は届かない。

ここにいるのは自分だけ――――他には誰もいないのだ。

「ネフェル！　どこにいるんだよ？」

激痛に苛《さいな》まれながら、アレンは啜《すす》り泣いた。

「殺させはしないって言っただろ……守ってくれるんじゃないのかよ……」

そこまで言って、思い出す。ネフェルが守るのは、アクナーテン王だけだということを。兄以外の人間を、その心に棲《す》まわせることはないのだと。

（こんな……こんな風に死んでいくなんて……たった一人で……）

孤独の刃に心を切り裂かれたアレンは、闇の中でうちひしがれる――。


「どうした、アレン……苦しいのか？」

ネフェルは寝返りを打ったアレンの額に浮かんだ汗を、乾いた布で拭《ふ》いてやった。それから薬師《くすし》が調合した毒消しの入った碗を、浅い息をつく口元にあてがう。

「う……ん」

だが、アレンはそれを無意識のうちに厭《いと》い、顔を背けてしまった。

「だめか……」

ネフェルはそんな彼を見つめると、薬を含んで口移しに飲ませてやる。

「……っ」

アレンが軽くむせながらも薬を飲み込むのを見届けて、ネフェルは安心したように溜息《ためいき》をついた。

「いい子だ。良く飲んだ。これで良くなるぞ……」

毒矢を受けてから、すでに三日目の夜が過ぎようとしていた。アレンの熱は下がらず、意識も戻っていない。それでも薬を飲み込む力は残っているのだと思うと、僅《わず》かにネフェルの不安は薄らいだ。

「必ず助けてやる」

ネフェルは額に張りついているアレンの髪を、優しい手つきでかきあげてやった。そのまま掌《てのひら》を滑らせて、そっと頭を撫《な》で続ける。

「おまえは死なない……大丈夫だ」

もう一度、アレンの美しい瞳を見たい――ネフェルは堅く閉じられた瞼《まぶた》の上に口づけた。いや、見ずにはおかぬ。このままアレンが死ぬなど、あってはならないことだ。想像しただけで、胸が破れそうになる。

（アレンの笑顔を見たい。へらず口を聞きたい）

物言わぬ唇をネフェルの長い指が辿った。

（もう一度ここに口づけて、思うさま抱き締めたい）

目覚めていたなら、決してアレンは許可してくれないだろう。だから、ネフェルはこっそり盗むことにした。熱のために乾いてしまった唇に、自分のそれを押し当てる。

「ん……」

アレンが苦しそうに溜息をついたので、ネフェルは素早く顔を上げた。

目覚めたのかと思ったが、やはり瞼は開かない。

「頼むから起きてくれ、アレン。独りで逝《い》ってしまわないでくれ」

ふと彼の名を呼ぶ声の切なさに気づいて、ネフェルは瞠目《どうもく》した。

(こんな風に誰かの名を呼んだことはない。こんな思いで見つめたのも初めてだ)

しばらくアレンの顔を見つめていたネフェルは、ついに観念した。ずっと目を背け続けてきた真実を受け入れたのだ。すなわち、自分がこの異邦人に強く魅《ひ》かれていることを。

(いつから私は……)

ネフェルには見当がつかなかった。アレンを抱いたときからだろうか。

(いや、そうではない。気になり始めたのはその前からだった。おそらく初めて会ったときにはもう……)

自分に王以外の人間を愛することができるとは、思ってもみなかった。ネフェルはそうすることを自分に禁じていた。他の者に気を取られ、よそ見をしているうちに、王の命が危険に晒《さら》されるようなことがあってはならないからだ。しかし、

「アレン……」

ネフェルは禁忌を破ってしまった。いつの間にか忍び込んでいた青年を、心から追い出すことができなくなっていた。

（アレンが好きだ。自分のものにしたい。叶《かな》うことなら、彼にも好きになってもらいたい）

だが、それは不可能だということも判っていた。ネフェルは彼に酷《ひど》いことをしたのだ。彼の誇りを打ち砕き、屈辱を味わわせた。

（そのような相手を愛することなど、できようか）

深い絶望がネフェルの心を蝕《むしば》んだ。

（ああ……胸が痛い……見えない剣で貫かれたように）

初めて味わう苦しみに、ネフェルは顔を歪《ゆが》める。この痛みはいつ治まるのだろう。もしかしたら、永久に消えないのだろうか。実際に傷つけられたわけではないから、医師や薬師らでは治すことができない。

（これが報いというものか）

眠り続けるアレンを見下ろして、ネフェルは愕然《がくぜん》とした。

愛してはいけない者を愛し、決して愛してはくれない者を愛し続ける責め苦。

アレンを苦しめたことに対する代償。

（やはり、そなたは危険な存在だ）

もしかしたら、ネフェルは呪《のろ》いをかけられたのかもしれない。どれほど苦しくても、辛《つら》くても、決してアレンを嫌いになれないという呪詛《じゅそ》を。

（なぜ、私の前に現れた？　なぜ、おまえを見つけるのが私でなければならなかった？）

それでも、出会わなければ良かったとは思わない。どうしても、思えない。

「狂気の沙汰《さた》だ……」

どんな敵を前にしても怯《ひる》んだことのないネフェルの手が、今、滑稽《こっけい》なほど震えている。そう、誰かに心を奪われるというのは、何と恐ろしいことだろう。そして、何と甘美なことか。

「ネフェ……ル」

アレンの唇が自分の名を紡いだことに気づいてネフェルは顔を上げた。

「や……いやだ……ネフェル……」

どうやら夢を見ているらしい。溜息のような彼の言葉は快楽の喘《あえ》ぎ声のようで、ネフェルの官能に訴えかけてくる。

「い……や」

アレンは否定の言葉を呟《つぶや》き続け、やがてその頬《ほお》を涙で濡《ぬ》らした。嫌々をするように首を振ったりもする。

「アレン……」

夢の中で自分が彼に何をしているかは判らなかったが、それはアレンを苦しめることでしかないらしい。ネフェルはそれが辛かった。

「や……めて……くれ……たのむ……から……っ」

囁《ささや》き続けるアレンの額に、ネフェルはそっと唇を押しつけた。

「もう何もしない。だから、目覚めてくれ」

一度は知った身体だった。だが、それゆえに二度と触れることの叶わない身体でもあった。狂おしいまでの欲望を宥《なだ》めながら、ネフェルは囁く。

「私を残して、どこにも行くな。側にいてくれるだけでいい。それ以上のことは望まぬ」

ふと、ネフェルは思った。別の出会い方をしていたら、こんな苦しみを味わわずに済んだのだろうか。

(今さらだ)

後悔の苦い味を噛《か》み締めて、ネフェルは目を閉じる。そう、何もかも遅すぎたのだ。アレンへの想いに気づくのも、放たれた毒矢から彼を守れなかったことも。


誰かが優しく髪を撫でてくれていた。

喉《のど》が渇いたと思ったときにも現れて、自分の口に水をそそぎ込んでくれる。

「大丈夫だ。すぐに良くなる」

熱にうかされる自分の耳元で、力づけるようにそう囁き続けてくれた人の声に、アレンは聞き覚えがあった。

(ネフェルに似ている……)

彼のはずがない。そんなこと、あるわけはないのに――アレンは苦く笑った。ネフェルはアレンを危険人物だと思っている。死んでくれた方が好都合というものだろう。

(だったら、あれは誰……? 俺を優しく看病してくれたのは……?)

窓から差し込む朝の強い光が、アレンの覚醒《かくせい》を促す。

「う……ん」

そろそろと溜息をつき、長い眠りから浮上したアレンは、重い瞼を上げるのに苦労する。

そして、何とかそれに成功すると、辺りを見渡した。

見慣れた部屋――ネフェルに与えられた部屋だ。

(そうだ……俺は王宮の庭で矢を射かけられて……)

そのまま意識を失った自分を、ネフェルが運んでくれたのだろう。ということは、アレンの死を願っているわけでもないらしい。

(ま、王様の仕事も残っているしな。秘儀の間が完成していたら、放置されていたかもしれないけど)

アクナーテンの都合を第一に考えるネフェルならありえることだと思う一方、それほど冷たい男ではないと思いたい自分がいることに、アレンは気づいていた。そう、死なせはしないと叫んでいた声が、あの真剣さが偽りだったとは思いたくない。

「ふ……」

アレンは震える息をつきながら、そろそろと身を起こそうとして、自分の胸の上に何か重いものが乗っていることに気づいた。

(いったい……？)

首だけを持ち上げたアレンは、そこに思わぬ人の姿を見つけて声を失う。

朝日に煌《きら》めく黄金色の髪をした青年だ。

(では、あれはやっぱりネフェルだったんだ……！)

アレンは驚きに打たれたまま、自分にのし掛かるようにして眠るネフェルを見つめた。

(髪を撫でてくれたのも、水を与えてくれたのも、ずっと側にいて、優しく力づけてくれたのも……)

アレンは困惑する。ネフェルは冷血漢ではなかったか。力ずくで自らの望みを叶えようとする卑劣漢ではなかったのか。

(どんな風の吹きまわしで……)

アレンはおそるおそる手を伸ばし、二、三日眠っていないかのように疲労し、消耗しきったネフェルの顔に触れた。続いて細い金糸のような髪も撫でてみる。

「……っ」

その途端、ネフェルはびくりと頭を上げた。

素早い反応に驚いたアレンも、慌てて手を引く。だが、ネフェルの顔から目を離すことはできなかった。視線の先では、花が綻《ほころ》びるようにネフェルの瞼が開こうとしている。

（綺麗《きれい》な眼……）

アレンはこんな風に穏やかな心持ちで、ネフェルの瞳を覗《のぞ》き込むのは初めてだった。

青紫色の瞳がアレンの目覚めを認めて大きく見開かれる。

「気づいたのか……」

起きたばかりのネフェルの声は掠《かす》れていて、凛《りん》と張ったいつもの彼の声よりも優しげに聞こえる。彼はアレンの額に手をあて熱を計ると、ほっとしたような表情を浮かべた。

「もう大丈夫だな。毒は抜けたらしい」

「ずっと……」

「え？」

「ずっと、ついていてくれたのか？」

ネフェルは答えようとしなかった。

「俺に付き添ってくれていたのは、あんたなんだろう？」

さらにアレンが問いつめると、ネフェルはゆっくりと首を振った。

「私は多忙の身だ。昨日はたまたまここへ来て……そのまま疲れて眠ってしまったのだろう」

嘘《うそ》だ。アレンには判っていた。だが、なぜ嘘をつかねばならないのだろうか。

(俺なんかに優しくしたことを後悔しているのか……思い上がるなって言いたいのか?)

そう思った途端、ずきん、とアレンの胸を痛みが走った。

(どうして、俺はそのことで傷つけられたような気分になるんだろう?)

だが、いくら心を探ってみても、その理由を見つけることはできなかった。

「医師によれば、少し傷が残るらしい」

ネフェルはアレンに手を貸して彼を起こすと、包帯の巻かれた足を示した。

「すまなかった。毒を吸い出すためとはいえ、急に切られて驚いただろう」

アレンは首を振った。

「謝らないでくれ。助けてくれて……ありがとう」

ネフェルが素早く対処してくれたおかげで、アレンは命を取り留めた。それは判っていたので、素直に礼を口にする。

「だいぶ体力も落ちている。しばらくは静養するといい。陛下には流行病だと伝えておく」

「判った。それで、犯人の見当は?」

アレンは心にかかっていたことを聞いた。

「ついている。だが、証拠がない」

ネフェルは苦々しそうに言う。

「誰?」

「ベカンコス――アメンの大神官だ。暗殺はあの男のお家芸でな。やはり尻尾《しっぽ》を摑《つか》ませなかったが、陛下にも刺客を差し向けたことがある」

「なぜ俺を?」

「これは私の予測だが、彼はおまえが予言者として王に重んじられるかもしれないと恐れたのだと思う。ベカンコスは商売敵を消したかったのだ」

アレンは驚いた。

「それだけ……たった、それだけの理由で人殺しを?」

「理由としては充分だろう。ああいう輩《やから》は権威の失墜をなにより恐れるものだ」

「冗談じゃない……あ!」

大声を上げた途端、アレンは眩暈《めまい》に襲われた。

「興奮するからだ」

ネフェルは倒れかかったアレンの肩を受け止めると、そっと寝台に横たえてくれる。

「眠れはしないだろうが、大人しくしていろ。あとでイサラに軽い食事でも運ばせる。栄養をつけないことには、体力も戻らぬ」

そういって立ち上がったネフェルに、アレンは咄嗟《とっさ》に声をかけた。

「ど、どこへ?」

「私も休む。出仕の刻限までは、まだ間があるゆえ」

「そう……」

「おまえも早く良くなって、王の仕事に戻れ」

アレンは眼を伏せ、肩を落とした。自分を介抱したのは、やはりそれが理由だったのだ。

「そうだよな……王のため、なんだ」

小さな囁きを、ネフェルは聞き損なったようだ。

「何だって？」

アレンは苦笑を浮かべる。

「何でもない」

「そうか？」

「うん」

思いやるような顔はしないで欲しいと、アレンは思った。

（また勘違いしそうになる。王のためだとしても、あんたは俺に優しかった。優しくしてくれたのが憎らしいあんたでも、俺は嬉《うれ》しかった。だけど、それも終わった話だ。俺はもう大丈夫。あんたを頼ったりしない）

命を救ってもらったことで、アレンのネフェルに対する恨みは薄らいだ。けれど、それを口にすることはできない。

（ネフェルは油断できない。心を許せば付け込まれて、またどんな目に遭わされるか知れたもんじゃない）

言い訳のようにアレンは思う。

そのとき、ネフェルが部屋を出て行く気配がした。

（ネフェル……！）

特に挨拶《あいさつ》もなく、入口にかかった亜麻布をさっとかきわけて、ネフェルは堂々と歩み去ってゆく。

（そうやって、いつも俺を置いていくんだな）

夢うつつの中で感じた圧倒的な孤独が、再び襲いかかってきた。アレンは寝台の上で身体を丸め、軋《きし》むような胸の痛みをこらえる。

（俺はひとり……三千年前の古代エジプトで独りぼっちだ……！）

泣き喚《わめ》きたくなったアレンは、ぎゅっと唇を噛み締める。

（誰か……誰か、ここへ来て俺を抱き締めてくれ。誰でもいいから……！）

だが、アレンの脳裏に浮かび上がってきたのは、たった今、姿を消したばかりの男の姿だ。

「なっさけねー……」

アレンは自嘲《じちょう》の笑みを浮かべた。そう、『誰か』などではない。アレンはネフェルに戻ってきて欲しかったのだ。

（ネフェル……ネフェル……ッ！）

寝台に顔を埋め、アレンは啜り泣いた。もう一度、優しく頭を撫でてほしい。大丈夫だ、何も心配することはないと言ってもらいたい。

（今こそ……こんな時だから）

夢だ。アレンは思った。それも愚かな夢だ。声にならない願いなど、ネフェルに届くはずもない。

（判ってる）

それでも、アレンは夢を見続けた。

出入口の亜麻布が大きく揺れて、金色の髪を持った男が帰ってくる瞬間を、待ち望まずにはいられなかった。

10　陰謀

脹《ふく》ら脛《はぎ》の傷は順調に治癒した。

仕事に戻ったアレンは、秘儀の間の完成を急ぐ王と共に、朝から晩まで神殿に詰めている。

代わりばえのしない毎日——だが、そのまま静かに時が流れていくかに思えたある日、いつものようにアレンを迎えに来たネフェルの前に、一人の兵士が走り寄ってきた。

「殿下！」

息を乱しながら、兵士は言った。

「シリアから急使が参りましたっ！」

ネフェルの顔がさっと引き締まる。この時代、シリアはエジプトの属領となっていた。

「用向きは？」

「各地で掠奪《りゃくだつ》が起こっています」

兵士は蒼白《そうはく》な顔でネフェルを見上げた。

「このままでは暴動になります。それも大規模な……」

アレンはネフェルが拳を握り締めたのを見た。

「陛下はすでにご存じか？」

「はっ」

「で、何と？」

「アテンの加護があろうほどに、援軍の必要はなし、と」

「……そうか」

「しかし、殿下、それでは掠奪を受けた民が納得致しませぬ」

丘士の顔にはあからさまな不安が浮かんでいた。

「賊も討伐されぬと知れば、いよいよ図に乗ると思われます」

ネフェルが迷ったのは一瞬だった。兵士の指摘はもっともだったからだ。

「陛下にはもう一度、私からも出兵をお許しくださるよう、お願い申し上げる」

「ありがとうございますっ！」

兵士の顔に喜色が迸った。彼もみすみす同国人の危機を見過ごすことが嫌だったのだろう。

「どうするんだ？　王は派兵を許さない……だろう？」

兵士が去るのを待って、アレンは聞いた。アクナーテンが頑《かたく》なまでに平和政策に固執していることは、宮廷の誰もが知っている。

「ああ。私が申し上げたところで、納得はしてくださるまい。だから、アレン」

ネフェルはアレンの腕を摑《つか》むと歩き出した。

「そなたが私の代わりに奏上してくれぬか？」

「何て？」

すでに敵を前にしているかのごとく、厳しいネフェルの表情を見つめて、アレンはごくりと唾《つば》を飲み込んだ。

「視察のために私をシリアにやるようにと。ただ視察とはいえ、将軍が訪れるのだから、ある程度の兵士もつけてやるべきでしょう、と」

「嘘をつけって言うのか？　それに軍隊を連れていけば、争いは避けられな……」

「全ての責任は私が取る」

抗議しようとしたアレンを、ネフェルは遮《さえぎ》った。

「暴動が拡大すれば、内乱を招くかもしれぬ。ベカンコスらアメン神殿の者にとっては、騒ぎに乗じて権力を取り戻す良い機会だ。だが、そのような真似《まね》を許しては、王の権威に傷がつく。断じて許してはならぬことだ」

ネフェルの指摘ももっともだ。それでもアレンは言わずにはいられなかった。

「俺を鞭打《むちう》っただけで、あれだけ叱《しか》ったんだぞ？　勝手に軍を動かしたりすれば、いくら王弟のあんたでも、ただでは済まないだろう」

「それも覚悟の上だ」

「でも……！」

「ことは急を要する」

ネフェルはふいに立ち止まってアレンに向き直ると、両手で肩を摑んだ。

「そなたに言うのは筋違いだということは判っている。それでも頼む」

「ネフェル……」

アレンは目を見開いた。

「陛下の改革はまだ始まったばかりだ。アテンへの信仰はまだ根付いてはおらず、陛下のお考えに同調せぬ者も表立っていないだけで、決して少なくはない。ベカンコスのように、王の命を奪おうとする不逞《ふてい》の輩さえいるのだ。陛下に忠誠を誓った軍人として、私はそやつらを討伐せねばならぬ」

ネフェルは微《かす》かに苦笑を滲《にじ》ませた。

「陛下はどこまでも理想を追われれば良い。しかし、理想ばかりでは解決できぬこともある。そのために私がいるのだ」

アレンはネフェルの真摯《しんし》な思いに打たれる。だが、その一方で彼がシリアで戦うことで歴史が変わってしまうかもしれないという危惧《きぐ》も捨て切れなかった。

「判ったよ」

迷いに迷った末、アレンは言った。ネフェルの熱意に押しきられたのだ。

「言うだけは言ってみる」

「かたじけない」

ネフェルは安堵《あんど》の溜息をつくと、アレンの肩を掴んでいた手を放した。

「では、参ろうか。さっきも言ったが、一刻を争う事態だからな」


「シリアで暴動が起こったと伺いました」

ネフェルの言葉にアクナーテンは神経質そうに眉《まゆ》をひそめる。

「息せききってやって来たかと思えば……その話か」

「陛下、お願いがございます」

「援軍を、とでも言いだすつもりであろう。しかし、聞かぬぞ。アテンの神がおいでになるのに、何を心配することがある。余はシリアの人々を解放してやったのだ。感謝されこそすれ、恨まれる筋合いなどはない」

ネフェルの後ろに控えていたアレンは、玉座の間に集っている人々を見渡した。

アクナーテンの隣に座り、物憂げに扇を動かしているのは王妃ネフェルティティ。

そこから一段低いところに立っている頭髪のない老人はアイ――先のアメンホテプ三世の頃から大臣を務めている重鎮であり、王妃と手を組んでいる。

おそらく、少し離れた椅子《いす》に腰を下ろしている老婦人は王の母親、ティイ皇太后だろう。そして、彼女につき従っている、でっぷりと太った男こそ相談役のアメン大神官、すなわちネフェルが最大の敵と目するべカンコスに違いない。

（いけしゃあしゃあと……）

王を説得できないネフェルにあからさまな冷笑を向けているべカンコスに、アレンは怒りと嫌悪を覚えた。いや、彼だけではない。無関心さを隠そうともしない、全ての人々に苛立《いらだ》った。

（ここにいるのは敵ばかり……それも一筋縄ではゆかぬ連中だ）

アレンは目の前にある広い背中を見つめた。孤独なのは自分だけではない。ネフェルもそうだったのだ。

「奏上したいことというのは、それだけか？　ならば、下がれ。将来、母上がお使いになる葬祭殿を建築する件について、アイの意見を聞かねばならぬ」

ひらひらと手を振って退出を促したアクナーテンに、ネフェルが食い下がった。

「お願いでございます、陛下。かの地に植民した者の不安をお考えください。どう言い繕おうと、我々エジプト人には『シリアは属国』という驕《おご》った意識があります。そして、そう思っているエジプト人がいるかぎり、シリア人も誇りにかけて我々に弓を引かずにはおれないのです」

アクナーテンは吐き捨てるように言った。

「そのように賤《いや》しくも、心の狭いエジプト人など、滅ぶに任せるが良いわ！　彼らはアテンの、そして余の国にふさわしくない者どもだ」

「それでも同胞でございます……！」

ネフェルの声に必死の色が滲む。

「あの……」

もはや王弟の説得は限界と見て取ったアレンが、遠慮がちに手を上げた。

「おお、アレンもいたのか」

気づいたアクナーテンが、それまでとはうって変わって上機嫌な声で聞いてくる。

「そうじゃ。そなたの意見も聞かせよ」

息子が見覚えのない男に声をかけたことに不審の表情を浮かべたティイ皇太后が、じろりとアレンを睨《ね》めつける。

（嫌なムードだな……）

ネフェルティティがアイに屈《かが》み込んでひそひそ話をしているのは、アレンのことを説明しているのだろう。どんな風に言われているのか、あまり考えたくはないが。

（ベカンコスはどうだ？）

全てを拒絶するかのように腕を組み、ずっと冷笑を浮かべている大神官は、アレンの視線に気づいても、全く表情を変えなかった。つまりは黙殺だ。

「陛下に申し上げます」

　アレンは覚悟を決めると、大きな息を吐いてから話し始めた。

「シリアにいるのは賤しいエジプト人だけではないでしょう。彼らの巻き添えをくってしまった善人もいるはずです。騒ぎにうんざりした彼らは、祖国に帰りたいと思うに違いありません。しかし、シリアは遠方の地。自分達だけで逃げ出すのは難しいはずです。その手助けをするのは慈悲深いアテン、そして国の父たる陛下の意にも適うこと。ともあれ、保護を求める者がどのぐらいいるのか、視察するというのはどうでしょうか？」

「ふむ……視察か」

「はい。陛下の目となるのは、やはりネフェ……じゃなかった、ウェプワウェト将軍が適任だと思います。まあ、危険地域ですから、それなりに護衛もつけて」

　王は目を眇《すが》めた。

「それなりとはどのぐらいじゃ？」

「多ければ多いほどいいと思います」

「なぜ？」

「勇猛果敢で知られた王弟殿下が大軍と共にやってきた、となれば、シリア人も恐れをなして掠奪を控えるようになるからです」

　実際にそうなるかどうかは判らない。だが、アレンは言い切った。いかにも確信があるというように。

「しかし、やはりそれでは『力に頼った解決』との誹《そし》りを免《まぬが》れ得ぬであろう」

「陛下の慈悲を讃《たた》える声は、遥《はる》かにそれを上回ります」

アレンは辛抱強く言った。

「陛下は祖国の礎であり、象徴です。祖国の後ろ楯があると信じて遠い外国に渡り、仕事をしてきた人々は、何かあった場合、必ず陛下が助けてくれると思っています。そのような信頼を裏切れば、王道が成り立ちません。民意を無視する王は、至高の座を追われます。なぜなら、陛下の信じるアテンの神の前では、全ての人間が平等だからです。神に愛された者達を軽んじることは不信心の極みです」

「む……」

アレンの言葉に考え込んだアクナーテンに、ふと王妃が囁いた。

「ネフェルを行かせてやったらよろしゅうございます」

王妃はそっとアイと目を見交わした。

「心配ございませぬ。有能な彼のこと、きっと無血で暴動を抑えてくれるでしょう」

アレンはそっと唇を噛み締めた。

(できなかった時は、おそらくネフェルに詰め腹を切らせようという魂胆だな)

王妃とアイの非情な思惑——二人にとって、王にのみ忠実なネフェルは煙たいだけの存在なのだ。だが、ネフェルはそれも承知しているに違いない。

「妃殿下の仰《おつしゃ》るとおりです」

ベカンコスも賛同の声を上げた。

「不敗の将軍の名はシリアにも轟《とどろ》いておりましょう。不届きな奴ばらも恐怖におののき、それ以上の大それたことは考えないやもしれませぬ」

反対意見はなかった。それでアクナーテンも折れた。

「わかった。ネフェル、そなたに視察を命ずる」

アクナーテンはそこで念を押すことを忘れなかった。

「くれぐれも申しつけるが、流血はならぬぞ、ネフェル」

「ありがたき幸せ……！」

ネフェルは即座に玉座の間を辞した。許しが出たからには、一刻も早く兵を編成し、出発しなければならないからだ。

「お、俺、様子を見てきますね」

アレンは一応断って、慌てて後を追いかけた。その背中に鋭い視線が突き刺さる。

(なんて所だよ……！)

今さらながら、アレンは王宮で暮らすことの難しさを思い知らされた。そう、権力の輝きが強ければ強いほど、その下に拡がる闇は深くなる。

（よく耐えられるな、ネフェル。俺には無理だ）

アレンは大股で歩いていくネフェルに叫んだ。

「あんたがシリアに行っちゃったら、俺はどうなる？」

「何も変わらぬ」

金髪の青年は振り返りもせずに言った。

「我が宮で寝起きし、仕事を進めよ」

「秘儀の間にはどうやって入ったらいい？」

「すでに道筋は覚えているだろう」

「うっかり間違えたらと思うと不安なんだよ」

「ならば、外の通路で陛下のおいでをお待ち申し上げれば良い」

「へ、陛下が先に入っちゃっていたら？」

「愚にもつかぬことを……」

ネフェルは呆《あき》れた顔でアレンを振り返った。

「先を急いでいると申したであろう？　それぐらい、自分で考えられぬのか？」

「う……」

アレンは狼狽《うろた》えた。愚にもつかないことを言ってまで、なんとかネフェルを引き止めたいと思っている自分がいることに気づいたからだ。

（ネフェルが憎かった。永遠に憎み続けると思っていた。なのに、どうだ？　今はネフェルの身が心配でたまらない）

シリアは荒れている。おそらく、流血は避けられまい。しかもその戦いに勝ち、無事帰ってきたとしても、ネフェルは戦功を労《ねぎら》われるどころか、シリア人と戦った責任を取らされるのだ。もしかしたら、不服従に怒り狂ったアクナーテンによって、死を賜《たま》わることさえあるかもしれなかった。そう考えると、アレンはいても立ってもいられなくなる。

「ネフェル……！」

再び歩き出そうとしていたネフェルが、大きな溜息をつく。

「今度は何だ？」

判らない。言葉が見つからなかった。だから、アレンは自分の身をもって、ネフェルを引き止めることにする。

「アレン……？」

驚いたように自分を見下ろすネフェルをきつく抱き締めることで、アレンは彼から自分の顔を隠した。

「シリアなんかに行くな！　行ったら、おまえは……っ！」

「……心配してくれるのか」

「そうだよ！　悪いかよ！」

「とんでもない」

温かい手がぽん、ぽんとアレンの背を叩く。

「案ずるな。私は必ず勝って帰ってくる」

「だめだ！」

アレンは必死に訴えた。

「戦えば王命に背くことになる。勝ったとしても王妃やアイ、それにベカンコスは、あんたに責任を取らせようとするに違いない。みんな、おかしいんだ！　狂っているよ！　こんな……絶対、衝突は避けられない事態なのに……！」

ネフェルは怒鳴ることで力がこもったアレンの身体を抱き締める。

「アレン……」

「王も王だ！　ただアテンの救いを待つだなんて馬鹿げてる！」

「しーっ、それ以上は申すな」

「なんでだよ！」

「不敬だ」

ネフェルはぐい、とアレンの身体を引き離すと、顔を覗き込んできた。

「許し難い無礼だし、いつもならば厳しい罰を与えるところだが、今はその気になれぬ。私を思いやってのことと判るゆえ」

「……っ」

アレンは慌てて顔を伏せ、ネフェルの視線を避ける。自分が酷く興奮していたことに、ようやく気づいたのだ。

「嬉しい、と申しているのだ。なぜ、うつむく？」

「やめろ……触るな！」

抵抗虚《むな》しく顎《あご》を摑まれ、向き直らされたアレンは、顔から火が出る思いだった。自分を見つめるネフェルの瞳はあまりにも優しく、そして溢《あふ》れるほどの情熱を湛《たた》えている。すっかり和らいだ心が、さらにぐずぐずに融かされてしまいそうだ。

「そなたの好意をありがたく思う」

微笑《ほほえ》みを浮かべて、ネフェルは言った。

「私の所業を思えば、信じられぬほどの温情だ」

長い指――――節の目立つ指がアレンの頬を辿《たど》る。

「そなたは優しい。生まれてこの方、これほど深い情けを感じたことはない」

「行かないでくれ……」

アレンは恥ずかしさをこらえて、ネフェルの瞳を直視した。

「でなきゃ、俺も連れて行け」

「だめだ」

ネフェルは首を振る。

「そなたには仕事が……」

「俺にはあんたの方が大事なんだよ！」

どこまで恥ずかしい思いをさせるのだろう。アレンは恨めしく思った。ここまで言わせるなんて、本当に酷い男だ。

「その言葉には喜べぬ。責任を放棄する者を尊ぶ気にはなれぬからな」

「尊ぶ？」

「あるいは愛する、だ」

ネフェルは身を屈め、アレンの頬に口づけた。

「あ……い？」

「好きだ、アレン……誰よりも」

ネフェルが耳元で囁く。

「いつからかは判らない。だが、気づいたのは、そなたに狼藉《ろうぜき》を働いたあとだった。それゆえ、想いを伝えることは生涯叶うまいと思っていた。だから、今は嬉しい。私がこのような幸せを味わえるとは、ついぞ思ったことがなかった」

「ネフェル……」

俺もと言いかけた唇を、ネフェルの指が押さえる。

「だが、判ってくれ。この身は陛下のもの。陛下と国のために戦うのが私の職分であり、何が起ころうと職責を全うすることが私の本望なのだ」

　アレンは厚い胸板を拳で叩いた。

「嘘つき！」

「聞き捨てならぬ。いつ、私が……」

「誰よりも好きって言ったくせに……結局、一番大事なのは王様なんだろう！」

　ネフェルは眉を寄せた。

「私の心は間違いなく、そなたのものだ。けれど、立場を忘れることはできぬ」

「王弟殿下の身分？　それとも将軍の地位？　人を想う心より、自分の面目が大事かよ？」

「そうではない」

　ネフェルは根気よく説明しようとした。

「そなたも知っている通り、陛下は身分の低い母から生まれ、一族からも無視されていた私を引き取り、弟として遇してくれた。誰からも顧みられぬ人間は、存在していないのと同じでな。生まれてはみたものの、抜け落ちた鳥の羽根のように世を漂うだけだった魂を拾い上げ、こうして一軍を率いる男へ生まれ変わらせてくれた陛下こそ、私の創造主というべきお方なのだ。育ての親であり、神でもあられる陛下を捨てることは、私という存在を塵芥《じんかい》に返すことに等しい。陛下から与えられた立場を、そして任務を放棄するような私は、私ではなくなってしまう。

そのことを判って欲しい」

アレンはもう一度、胸を叩いた。

「あんたは勝手だ……！」

「判っている」

「だったら、好きだなんて言うな」

「すまない」

「謝るなよ！」

ネフェルは困ったように笑う。

「気持ちを抑えられなかった。生まれて初めてのことだ。陛下にのみ捧《ささ》げるはずだった心を、そなたが奪い去った。背信だ。それもまた初めてだった。後悔はしていないが、陛下には申し訳が立たぬ」

忠実という言葉を体現したようなネフェルにとって、それは足元が崩れさるような衝撃だったに違いない。アレンはそっと苦笑する。

(仕方ない。好きになったのは、そういう奴だ)

当人が言うように、アクナーテンを裏切るような男はネフェルではないし、我が身可愛《かわい》さでシリア行きを取りやめるような男もネフェルではない。

「……絶対、ぜったい、帰って来い」

その言葉を聞いた途端、ネフェルはきつくアレンを抱き締め、唇にキスをした。

「約束しよう」

「いざとなったら、また俺が予言をする」

顎を引いて、僅かに開いた隙間《すきま》で、アレンは囁く。

「誰も手を出せないように……俺が護《まも》る」

「私のことは心配するな。それより、頼みたいことがある」

ネフェルは嵌《は》められたままのアレンの首輪に触れた。

「私が留守の間、王を見守っていてくれ。これはそなたにしか頼めぬことだ。私の心を持っているそなたにしか」

首輪を外したネフェルは、金属に擦られ赤くなった肌に気づくと、そっとその上に唇を押し当てた。

「あ……っ」

くすぐったさに続いて走った電流のような快感に、アレンは身を竦《すく》める。

「もう怖くはないか?」

ネフェルは労《いたわ》るように幾度か唇を滑らせてから、顔を上げた。

アレンは頷《うなず》く。

「怖くなんてない。ただ……」

「ただ……？」

「俺は本当に墓穴掘りなんだな、と思って」

「どういう意味だ？」

「何でもない。ごめん。縁起の悪い言葉を口にするなんて、考えなしだった」

「気にするな」

ネフェルはもう一度、アレンを抱き締めた。そうせずにはいられないというように。

「出立は明日だ」

アレンはパッと顔を上げた。

「そんなに早く？」

「早く行けば、早く戻ってこれるかもしれない」

そのとき、ヴェルディが作曲した『アイーダ』の有名な旋律が、アレンの脳裏をよぎった。

ネフェルには彼の勝利を祈願してくれるエジプトの王女アムネリスはいない。だから、かわりにアレンが祈ってやることにする。勝ちて帰れ、と。

「帰ったら……」

じっとアレンの瞳を見つめていたネフェルが、ゆっくりと顔を近づけてくる。口づけをするために。

「帰ったら、なに？」

だ。


「そなたを抱く」

抱きたい、ではない。ネフェルの中では決定事項なのだ。アレンは勝手なことをと呆れたが、異論を唱えるつもりはない。同じ望みを抱いていたから
「いいよ。可愛がってやる」

「抱くのは私だ」

「愛し合おうってことさ」

ネフェルはその言葉を聞いて、うっとりするような笑みを閃《ひらめ》かせた。

「いいな、それは……とてもいい」

そうして、彼は再びアレンの口を塞《ふさ》いだ。

(もしかしたら、これが最後になるのかもしれない……)

湧《わ》き上がる不安を呑み込んで、アレンは温かい唇、そして熱い舌を味わう。

背中に回した腕から想いが伝わったのだろうか。

ネフェルがぎゅうっとアレンを抱き返してきた。

「軍の編成をせねばならん。そなたは先に帰るように」

潔いネフェルは身を離した途端、武人の顔になる。

アレンは足早に去っていく彼の後ろ姿を、いつまでも目で追いかけた。

（未練だ……執着だ）

情けない。そして、みっともない。だが、それも愛の一面だ。

（あんたから奪ったっていう心は、俺のどこにあるのかな？）

それを取り出したいと、アレンは思った。ネフェルが戻ってくるまで、ずっと抱いていられるように。

11　信仰と犠牲

「ようやく終わりが見えてきたな」

詩を朗読することに疲れ、麦酒《ビール》でひと休みを取っていたアクナーテンは、粘土板の整理をしているアレンに言った。

「秘儀の間の完成も近い。喜ばしいことじゃ」

「でも、壁画を描くのに、また時間がかかるのでは？」

「ああ」

王は微笑んだ。

「待ちきれぬと申したら、職人頭が良い案を出してくれての。タラタートと申す砂岩の石版を使い、工房にいる絵描きが手分けして、そなたが清書してくれたアテン賛歌を描き写す。そして、それらの石版をここに運び、順に貼《は》りつけるのじゃ」

アレンはにっこりした。

「それだったら、だいぶ工期が短縮できますね」

「うむ。すでに作業に入っておる」

　今さらだが、アレンはずっと気にかかっていたことを聞いてみた。

「ここで行う秘儀って、どういうものなんですか？」

　王はまだ装飾されていない壁を見やった。

「アテンは太陽の神。にも拘《かか》わらず、余は地下に神を祀《まつ》る部屋を設けようとしている。さぞや、不思議に思うであろうな」

「神殿にあるものが、いわゆる主祭壇ですよね？」

「然《しか》り。空から降り注ぐ陽光が宿る場じゃ」

「それなら、この部屋は……」

「やはり、陽光の憩《いこ》う場じゃ。余の治世が日没を迎え、再び闇に包まれた後にも、アテン神を守り参らせるためのな」

　アクナーテンは静かに顔を戻すと、アレンを見つめた。

「アテンを信仰する余は、この国に存在する全ての神殿から、アメン・ラーの名を削り取らせた。大神官のベカンコスは神罰が下ると喚き散らしたものだが、余は頓着《とんちゃく》しなかった。なぜなら、偽神にそのような力がないことは判っていたからじゃ」

　いつもは穏和なアクナーテンの顔に冷笑が浮かぶ。

「人間は飽きやすい生き物だが、同時に習慣に縛られることを好む性質がある。それゆえ人心をアテンのみに集めようと思ったとき、まず古きもの、慣れ親しんだものを取り上げ、この世から消し去らねばならなかった」

「徹底的に……」

アレンの呟きに、王は頷いた。

「微塵《みじん》の躊躇《ちゅうちょ》もなく、な。その結果、民は唯一残った神に縋《すが》るようになった。余の目論見《もくろみ》通りじゃ。しかし、ある夜、恐ろしいことに気づいた」

「な、なんですか？」

「余がアメンを破壊しつくしたように、いつか我が子が同じことをするやもしれぬ。最初から存在しなかったように、アテンを消し去るかもしれぬという可能性に気づいたのじゃ」

杯を握る手に力がこもるのを、アレンはぞっとするような想いで見つめた。

「権力を持てば、使ってみたくなる。若いときは特にな。しかも、権力というものは浮気な女と同じで、持ち主がぼんやりしていると、より強くそれを求める者の方に靡《なび》いてしまう。ゆえに力を誇示する機会は逃せぬのじゃ。中でも『旧弊をうち破り、よりよい世を作るため』という理由は聞こえがいい。まあ、実際はずっと頭を押さえつけていた、鬱陶《うっとう》しい父親の影響力から逃れるため、というのがほとんどだろうよ」

アレンは聞いた。

「では、今までの王はずっと……」

「そうじゃ。我らの戦いは、生まれ落ちたその日から始まる。ときには玉座へ至っても、まだ終わらぬ。親だからといって安心してはならぬ。子供だからと油断するのは愚かじゃ。ましてや、兄弟など心底信じられようか」

アレンは言い返した。

「ネフェルは違います！　彼は本当に、心の底からあなたに尽くしている！」

アクナーテンは決まり悪げに頷いた。

「そうであった。そうであった。無論、何事にも例外はある。余もネフェルの誠を疑ってはおらぬ。自らの手で喉を切り裂けと命じたら、一瞬の後には床一面に血が拡がっているであろう」

思わずその様子を想像して、アレンは青ざめた。冗談なんかではない。ネフェルならやる。

アレンの動揺に気づかなかった王は、話を元に戻した。

「そう、我が子に裏切られ、余が心血を注いで造った神殿から、アテンの名を削りとるような事態は起こりうる。その場合、痛手はアメンのときより大きいだろう。認めるのは口惜しいがアテンは新しい神、アメン・ラーのように人々の記憶に刻まれておらぬ。ゆえに忘れ去られるのも早いはずだ」

アクナーテンは自分に言い聞かせるように呟く。

「だが、そのようなことがあってはならぬ。アテンの教えを伝える者として、それだけは何としてでも阻止せねばならぬのじゃ。この神が存在したことを、必ず後の世に伝えたい」

「それと同時に、旧弊を打破した陛下の精神も、ですか?」

アレンの指摘に、アクナーテンは悪戯《いたずら》っぽい表情を浮かべた。

「無論じゃ。余にも欲というものがある」

王の顔にはすぐに真摯さが戻った。

「王妃の信心も偽りじゃ。余の寵《ちょう》を失うことを怖れて、信じる振りをしておるだけ。そして、母上は余の黙認に甘え、決してアメン信仰を捨てようとはせぬ。父上の代から使っている大臣のアイとて、元はアメンの神官じゃ。失脚を怖れてアテンに帰依《きえ》しているが、やはり信じてはおらぬ。ああ、アレンよ、本当に余と心を同じくしているのはネフェルだけ。かわいい弟だけなのじゃ」

王は再び天井を見上げた。

「ゆえに、この部屋の存在を知るのは、余の他にはネフェルしか、ウェプワウェトしかおらぬ。王妃は腹心のアイに、母上はベカンコスに秘密を洩《も》らす恐れがあった。だが、忠実なネフェルは余との約束を守るだろう。命を賭《か》けて、この部屋を守れという余の命令をな。王が代わり、再びアメン信仰が盛んになるような事態が起ころうと、秘儀の間がある限り、アテンは滅びぬ。密かにだが、永遠に生き続ける……」

王は溜息をついた。

「……のう、アレン、余の考えは行きすぎているのであろうか？　あまりにも信仰に囚《とら》われすぎていると？」

アレンは首を振った。結局、アクナーテンの考えは正しかったのだ。王の死と共にベカンコス大神官は巻き返しを計り、あっけなくそれに成功した。そして復活したアメン神殿が最初に着手したことこそ、アテンを信仰する者への弾圧と排斥《はいせき》だったのだから。

（陛下もその手から逃れることはできなかった）

死後、あらゆる神殿や王宮から、アクナーテン王のカルトゥーシュは削り取られ、存在しないかのように扱われた。まさに今、王が危惧しているとおりに、である。

（陛下の用心は報われた）

アレンはその事実を王に伝えることにした。疲れ切った人間不信の王を、少しでも慰めたくなったのだ。教えるのは本に書かれていることだけならば、歴史も変わるまい。

「この部屋は見つかりません。アテンは秘儀の間で守られ、生き延びます。アテンを祀る者の手を逃れてね」

アテン神殿の屋根のない部分は風化してしまったが、地中に隠されたこの部屋は手つかずのままのはずだ。

「守られておるか」

王は嬉しそうに目を輝かせた。

「いや、それ以上は言わずともよい。未来の話は聞かぬと決めた心が揺らぐ」

すでに完成している床のレリーフを掌で愛おしむように撫でながら、ふと思い出したようにアクナーテンは言った。アレンの冷静さを奪い去る、ただ一つの名を。

「ネフェルは無事であろうか」

もしかしたら、とアレンは思った。ネフェルがシリアで軍事行動をするつもりだということを、王も知っているのではないだろうか。アクナーテンは決して愚鈍ではないし、大雑把でもない。視察という名目があるとはいえ、シリアにただ行って帰ってくるだけのために、ネフェルが軍を動かしたと本気で信じているとは思えないのだ。

(でも……もし、本当にそうなら、アクナーテンが出兵を渋ったことの意味が大きく変わってくる)

真意を探りたくて、アレンは王の表情を窺《うかが》った。戦争をすると判っていながら兵を出さないのは、ネフェルの身に迫る危険を見過ごすことに等しい。

「とにかく救いの手は差し伸べたんだから、現地にいるエジプト人からの非難は抑えられますね。それに、陛下があくまで反対したにも拘わらず、周囲の者が視察という名目をつけて強引に軍を派遣したのですから、平和を重んじるというアテンの教義も守られました。ネフェルが勝利を収めれば陛下は称賛されるでしょうし、よしんば制圧に失敗しても責任を問われることはない……」

アレンはそう言うことで、アクナーテンの本心を確かめてみたかった。

「お見事な政治的手腕です」

「そのようなことは知らぬ」

アクナーテンの目は澄み切って、何の揺らぎも感じられなかった。怒ったり、悦に入ったりもしていない。

「ただ、余は用心を怠《おこた》ることはできぬのじゃ。アテンを守り抜くために」

侍女のラーナの話が、アレンの脳裏に蘇《よみがえ》った。男の心に棲み続ける幼い子供。その一途さ、純粋さを失うことがなかった王は、信念にのみ忠実に生きている。

（やはり、彼は王であるより前に宗教家なんだ。それも狂信的な……）

アレンの背中を悪寒が駆け抜けた。

「ネフェルはどうなります？」

王はレリーフを撫で続けながら答えた。

「さあ……したが、どのような結果になるにせよ、余の決定に不満は申すまい。そなたが言うように、あの者は誰よりも余を愛している。余がアテンを愛するがごとくにな。信仰とはまことに強いものじゃ、アレン。そうは思わぬか？」

自分を見上げ、邪気のない笑みを浮かべた王に、アレンは呆然《ぼうぜん》と頷くことしかできなかった。

（もしものときの用心、か）

その日の夕べ、仕事を終えて秘儀の間を出るときに、アレンは用意しておいた小石で隠し扉のある壁に目印を刻んだ。

(陛下と同じで、俺にも守らなければならないものがあるからな)

アレンは印の上に手を置いて、愛する者の無事を祈った。何事も起こらないようにと願った。だが、膨《ふく》れ上がる一方の不安に対し、希望は手にした石と同じぐらいささやかだ。

(とりあえず、戻ってきてくれるだけでもいい)

アクナーテンの出方が判らない以上、ここで悩んでいてもしょうがない。いざ問題が起こったら、ネフェルと共に対策を考えればいいのだ。生来の大らかさを思いだしたアレンは、通路を歩き出す。いつも自分の先を歩いていた男の幻を追いかけながら。

「勝った! 勝った! 完膚《かんぷ》無きまでにやっつけましたぜ!」

暴動鎮圧の報と共に王弟将軍が帰還したという知らせを届けてくれたのは、ネフェルの給士、イサラだった。

「さすがはうちのご主人様だ。本当に負け知らずですからね」

アレンは速まる動悸《どうき》を持て余しながら聞いた。

「そ、それでネフェルは?」

「まだ王宮だって話です」

「なんで？」

「ご褒美《ほうび》でも頂けるんじゃないっすか……って、アレンの旦那！　どちらに行かれるんで？」

いきなり立ち上がったアレンに、イサラが驚く。

だが、アレンは構わず王宮へと走り出した。

（ご褒美だって？）

とんでもない。アレンは唇を噛み締める。イサラは『やっつけた』と言った。つまり、軍事行動があったという意味だ。となれば、今頃王宮はネフェルを糾弾《きゅうだん》する場となっているに違いない。そして、

（その急先鋒《きゅうせんぽう》となっているのはアクナーテンだろう。彼の立場を無視し、戦うなという命令に背いた弟を、激しく叱咤《しった》しているはずだ）

悪い予感が的中してしまった。こうなったら、自分にできる限りのことをしなくてはならない。アレンは心を決め、足を速めた。

「やあ、陛下のお召しでね」

「お疲れさまです」

王の計らいで、『個人秘書』の身分で王宮の出入りを許されていたアレンは、顔見知りになった衛兵に笑いかけると、見上げるほど高い天井を持つ大広間を一気に駆け抜ける。

「は……っ……はあ……っ」

そうして謁見《えつけん》の間に辿り着いたアレンは、近くの柱に寄りかかり、乱れた息を整えた。

「……王のご意思を無視したのじゃ！」

荒々しい呼吸音に交じって、王妃のヒステリックな声が耳に届く。

アレンは素早く顔を上げた。

（ネフェル、そこにいるんだな）

優雅に出入口を覆う紗布《さつぷ》の陰から、アレンは中の様子を窺った。

探していた人の姿は、すぐに見つかる。アレンに背を向け、玉座の前に立ちすくんでいる。

過日と変わらぬ、その堂々とした姿で。

（良かった。どこも怪我《けが》してない）

アレンは震える息を吐き出す。だが、そのささやかな安堵も、すぐに糾弾の声に破られてしまった。

「視察をするだけと、あれだけ陛下が念を押されたのに、そなたどれだけの血を流した？」

王妃の声に、アイの言葉が被《かぶ》さる。

「実に由々しき問題ですぞ、将軍閣下。あなたのなさったことはアテンに背く行いです」

「判っている。弁解するつもりもない。私の処分は王にお任せする」

「おお、潔いお覚悟です」

ネフェルの落ち着き払った声に、アレンは胸を刺し貫かれるような気がした。

（彼は知っていたんだ。アクナーテンがどんな考えを持って、自分をシリアに差し向けたのか）

アレンは歯噛みしたくなる。なぜ、ネフェルのように忠実極まりない者を失うという事態を、王自らが招くのだろう。それが信じられなかった。しかし、その一方で『仕方がない』と諦《あきら》める気持ちもある。

（後継者がアテン信仰を捨てるのではという強迫観念にかられて、秘密の部屋を造るほどだ。結局、アクナーテンは誰も信用することができないんだろう。あるいは唯一無二の神を、本当に自分だけのものにしたいのかもしれない。秘儀の間にしてもそうだ。自分以外にあの場所を知る者が存在することが、我慢ならないとしたら？）

だとすれば、存在を抹消しなければならない者がもう一人いる――その想像はアレンにとって、決して楽しいものではなかった。

「まずは謹慎せよ」

アレンが到着したとき、すでに審問は終盤に差しかかっていたらしい。まもなく王の裁断が下った。

「平和を乱した罪を悔い、神に許しを請うのじゃ。後のことは、それから考えよう」

王の声は落ち着いていた。心はもはや決まっているのだ。

「いずれにせよ、王よ」

ベカンコスの声が、その場をまとめるように流れた。

「あくまでアテンの教えを貫かれるのならば、ご一族とは申せ、厳しい態度で臨まれることが肝要かと存じます。畏《おそ》れ多くもネフェル殿下は尊き王命に従わなかっただけではなく、神聖な信仰の道からも逸脱なさるという二重の悪行をお働きになったのですから」

大神官は勝ち誇り、上機嫌だった。見なくても、その声を聞くだけでアレンには判る。目の上の瘤《こぶ》だった王弟の失脚を、誰よりも望んでいたのは彼なのだから。

「陛下、それで殿下のご処分については……」

アイの質問を、アクナーテンは不機嫌に払い落とした。

「くどい。あとで考えると申したであろう」

「は……」

恐縮した重臣からネフェルに視線を移した王は、穏やかな声音を取り戻して告げた。

「下がってよい、ネフェルよ」

「はっ」

その瞬間、ネフェルの部下と思《おぼ》しき軍人が叫んだ。証人として呼ばれた者だろう。

「納得できません！　エジプト人の生命を守った将軍閣下が、何故罪に問われなければならないのですか？」

ネフェルは手を上げ、彼を遮った。

「止せ」

「しかし、閣下……！」

「いいのだ。王のご意思ぞ。軍人たるもの、忠誠を誓うはただひとり。自分の奉じる王のみということを忘れたか」

絶句した軍人が、がくりと肩を落とす。

アレンも同じ気持ちだった。確かにネフェルの言葉は正しい。だが、戦功を立てて罪を受けるのでは誰も、たとえ忠誠を誓ったはずの軍人とて、王のために戦おうとはしなくなってしまうだろうに。

「ご容赦ください、陛下。どうぞ、この者の退出もお許しくださいますように」

ネフェルが言うと、王は物憂げに頷いた。

「許す」

「ありがたき幸せ」

ネフェルは深く腰を折り、謁見の間から退出した。誰もいないかのように静まり返った部屋から。

(彼がシリアに出発する前の日もそうだった)

アレンは思い出す。そう、あのときもネフェルティティ王妃やティイ皇太后、そしてアイとベカンコスは無言のまま、冷ややかにネフェルを送り出したものだ。

だが、あの折りと違って、今回の沈黙にはどこか満足感のようなものが漂っていた。

あるいは宿敵の最後を目にしたときの高揚が。


「ネフェル……!」

謁見の間を出てきた彼に、アレンは声をかけた。だが、名を呼んだだけで、あとは言葉にならない。

ネフェルは判っているというように頷いた。

「宮に戻るぞ」

「だめだ。このままじゃ、おまえは……!」

「私は失脚した」

ネフェルは世間話をするような調子で言う。

「覚悟はしていたが、ベカンコスやアイらを喜ばせてやることだけは無念だ」

アレンはもどかしげに叫んだ。

「何が覚悟だよ! どうして自分の身を守ろうとしないんだ? おまえがどんなに尽くしたって、王は何もしてくれないじゃないか! 助けてもくれないんだぞ!」

ネフェルは静かに言った。

「少なくとも、恥ずべき公開処刑は免れることができる」

「処……刑？」

あまりの衝撃に立ち止まってしまったアレンの耳元で、ネフェルは囁いた。

「謹慎してアテンに罪を告白せよ、というのは秘儀の間に行けということだ。私は一切を捨て
て、あの部屋の守となる」

アレンはネフェルの腕を強く摑んだ。そうでもしないと、今すぐ消えてしまいそうな気がし
たからだ。

「それじゃ、同じじゃないか……おまえはまたひとりぼっちになってしまう」

「陛下は覚えていてくれるだろう」

ネフェルは綺麗な微笑を口元に刻む。

「もしかしたら、そなたも……」

アレンは爆発した。

「馬鹿野郎！　ふざけたことを言っている場合かよ！」

「そのようなつもりはないが……」

「なあ、おかしいとは思わないのか？」

ネフェルの気を変えさせたくて、アレンは必死に訴えた。

「残酷すぎるよ。生きたまま、地下に閉じ込めるなんて……そもそも、なんでおまえが犠牲にならなきゃならな……」

そこまで言って、アレンはハッとした。

「まさか……」

アレンはネフェルを見つめ、彼が微苦笑を浮かべたことで確信した。

「最初から陛下はおまえを……アテンの犠牲に？」

ネフェルは静かに頷いた。

「あの部屋が『本当に』完成するのは、壁画を描き終わったときではない。王の確固たる信仰の証《あかし》として、私が捧げられたときだ」

「そんな……っ」

「陛下と私しか知らない秘密の儀式……ゆえに『秘儀の間』とお名づけになったのだろう」

ネフェルは淡々と告げる。

「宗教に犠牲はつきものだ。王はあの部屋に一番大事なものを捧げると仰《おつしや》った。私はその言葉だけで報われる」

アレンは思い出した。愛おしそうにレリーフを撫でながら、アクナーテンが言った言葉を。

そう、あのとき、彼は言ったのだ。ネフェルは無事だろうか、と。

（アクナーテンは本当に心配だったに違いない。ネフェルが戻ってこなければ、儀式は完了し

ない。あの部屋が完成を見ないかもしれなかったのだから）

アレンは押し殺すように呟く。

「そこまでしなきゃ、いけないのか？　自分を押し殺してまで……」

ネフェルは平然と頷いた。

「陛下は追いつめられておいでだ。アメン神殿の巻き返しもある。国も乱れて久しい。本当に神に縋ることでしか、御心の平安を得られないのだろう」

アレンは彼を見つめた。

「ならば、俺はどうなる？　陛下があの部屋の存在を知る者をそのままにしておくとは思えない。おまえがいなくなったら……」

ネフェルの端正な顔に、初めて動揺が走った。

「すまぬと思っている……」

「ふざけるな！」

アレンの声は囁きに近かったが、怒鳴るような気迫がこもっていた。

「アクナーテンは狂信的すぎる。もちろん何を信じるのも構わないが、それに人を巻き込むのは間違っている！　信仰の自由は守られるべきだ！」

人権問題を語っている場合ではなかったが、アレンは我慢ができなかった。

「そなたが正しいことは、私も判っている。だが……本当にすまない」

最後まで話を聞いたあとで、ネフェルが言った。

「信用できる部下に頼んで、そなたが逃げられるように手配をする。私にできるのはもうそれぐらいだ」

「本当に馬鹿だな！」

アレンは苛立って足を踏み鳴らした。

「自分から墓穴に入っていくのはおまえの方だ！　ああもういい！　勝手にしろ！　俺も勝手にさせてもらう！」

「アレン……！」

引き止めようとするネフェルの声を振り切って、アレンは走り出した。

「どこへ行く！　アレン！　アレン……」

自分の名を呼ぶ声が遠くなる。切なさがこみ上げて、アレンは泣きたくなった。

（追いかけても来ない……抱き締めもしなかった）

戻ってきたら、おまえを抱く——その約束も果たされぬまま、終わるのだろうか。

（嫌だ……！）

こんな終わり方など、冗談ではない。アレンは抵抗を決意した。死神の誘惑に屈しようとしている恋人の目を醒《さ》まさせ、もう一度振り返らせるのだ。

（おあいにくだったな、ネフェル）

アレンは勝ち気な笑みを浮かべる。そう、学者というのは辛抱強くなければ務まらない仕事なのだ。この程度のことでめげるような柔《やわ》な根性は持っていない。いずれネフェルもそのことを思い知るだろう。

12　約束

翌日からアテン賛歌の書き取りは、王の居室で行われることになった。

秘儀の間には、ネフェルが『謹慎』という名目で閉じ込められているからだ。

(どうしているんだろう……)

さりげなくアクナーテン王に確かめたところ、壁画が完成するまでは身の回りの世話をする者を遣わし、食事も差し入れるらしい。

(ちっ、お楽しみは後に取っておくってことか……)

犠牲を捧《ささ》げるのは、供犠のクライマックスだ。それゆえ、ネフェルも生かされている。

アレンは、すぐに殺されなくて良かったと思う反面、ひたひたと迫る己れの死を見つめながら毎日を過ごさなければならないネフェルの苦しみを思い、胸を痛めていた。

「大儀であった、アレン」

そして、ついに王との仕事が終わる日がやってきた。

「そなたの手跡は本当に美しい。次もまた頼むぞ」

「次、ですか?」

アレンは目を見開いた。てっきり、秘密保持のために消されるのだと思っていたから、王の言葉に驚いたのだ。

「うむ。母上の葬祭殿の壁画を手伝ってもらいたい。構わぬか?」

「はい」

アレンは考えた。これは自分を油断させる手だろうか。工房で制作している石版が完成して、どこにも訂正の必要がないと判ったら、そこで殺すつもりなのか。

(まあいい)

アレンは開き直った。

(すぐに殺されないんだったら、ネフェルに会いに行く時間もある)

しかし、いつ行くかが問題だった。ネフェルの世話役は、監視役も兼ねているに違いない。その厳しい目をかいくぐって、二人きりになれるだろうか。

(……ままよ)

アレンはとりあえず、様子を見に行くことにした。

「ご無沙汰《ぶさた》だったな。休みでももらってたのかい?」

神殿の衛士が声をかけてくる。どうやら、仕事場の変更は告げられていなかったらしい。

「うん。今日は忘れ物を取りに来た」

「忘れ物?」

「覚え書き用に使っていた粘土板だよ」

「ふーん。ま、俺はもう少しで交替だから、別れの挨拶《あいさつ》は今のうちに言っておくぜ」

「判った。じゃあね」

アレンは心の中で胸を撫《な》で下ろし、神殿の地下へ向かう。

「最初に目覚めたとき、墓みたいだって思ったけど、あながち間違いじゃなかったな……」

秘儀の間へと続く通路を歩きながら、アレンはぼやいた。アテン神に永遠の命を与えるための部屋は、同時にネフェルが永遠の眠りにつく場所でもあるのだから。

「あいつにも言ったけど、墓穴を掘るのじゃ、俺達は良い勝負みたいだな」

先日つけておいた目印を見つけて、アレンはホッとする。神経質な王にバレたら、消されてしまっただろう。そうならなくて、本当に良かった。

「なあ、ずっとそこにいるのか? 本当に出てこないつもりかよ?」

アレンは壁に額を押しつけた。潔いのも考えものだ。ネフェルとて未練がないわけではないだろうが、彼はそれを断ち切ることができる。断ち切ってしまう。

(俺なんか、どうなってもいいのかよ、くそっ)

ムカついたアレンは、腹立ち紛れに思いっきり壁を押した。いつものようにゴゴッという音と共に、それは口を開く。アレンはその中に首を突っ込み、気配を探った。

（少なくとも、通路には見張りを置いていないみたいだ）

アレンは壁の中に飛び込むと、再び秘密の扉を閉じた。

「……ですよ」

トラップを避け、秘儀の間に近づくと、聞き慣れない声が流れてきた。

（ネフェルの世話役だ）

アレンは足を止め、耳を澄ませる。

「いらぬと申したであろう。食欲がないのだ」

覚えがあるのに、もはや懐かしさすら感じてしまうネフェルの声に、アレンの胸は大きく波打った。

「今朝もそうおっしゃって、何も召し上がらなかったじゃないですか」

「欲しくないのだから、仕方がない」

「それではお身体が保ちませんよ」

この先、ネフェルが迎えるはずの運命を、世話係は知らないようだ。彼の声には本当に体調を気遣うような響きがあった。

「案ずるな。そなたとは鍛え方が違う」

それはネフェルも気づいていたのだろう。冗談混じりの返答に、アレンは切なくなった。

「だめですよ。今夜は召し上がるのを見るまで、ここを動きません」

「子供が熱を出しているのだろう？　私に構わず、帰ってやれ」

「仕事が終わったら、言われなくても帰ります」

その言葉を聞いたアレンは、慎重に気配を消したまま、来たばかりの道を引き返し始めた。世話係は通いなのだ。たぶん、四六時中、監視をしていなくても、ネフェルが逃げることはないからだろう。

(夜遅くに来ればいい。そのときは二人になれる)

アレンは微笑《ほほえ》んだ。様子を見に来て良かった。そう思ったとき、

「壁画もだいぶ、できて来ましたね」

世話係の言葉に、アレンはぎくりとした。

「本当に綺麗《きれい》だ。うちの子にも見せたいなあ」

「だめだ」

ふいにネフェルの声が厳しいものになる。

「約束しただろう？　そなたは壁画が完成する前に私の宮へ行き、報酬を受け取る。そして、すぐに子供を連れて、この町を出るのだ」

「へえ……でも、旦那、どうしてそんなに良くしてくれるんです？」

「そなたの気遣いが嬉《うれ》しかったから、とでも思っておけ。謹慎中だというのに、何の苦もなく日々を送れるのも、そなたのおかげだ」

秘儀の間の場所を知る者は、みな殺される。この世話役も用が済めば、容赦なく命を奪われてしまうだろう。そうして取り残される幼い子供を、ネフェルは哀れに思ったに違いない。

「へへへ、大したことはしてませんぜ。シリアにいる兄弟を助けてもらった恩を、ちょびっと返せたらいいんですが」

「充分だ。だから、礼を受け取れ。それを元手に店でも開けばいい。そうしたら、一日中可愛《かわい》い子供と一緒にいられるぞ」

世話役の返事は聞こえなかった。彼がネフェルの指示に素直に従うことを、アレンは祈らずにはいられない。

（それにしても……）

いつだって自分よりも他人の幸福を優先するネフェルこそ、真のアテン信者というべきだと、アレンは思った。彼に比べたら、アクナーテンの信仰は酷《ひど》く歪《ゆが》んでいる。平和を愛するアテンを守るために、王はあと何人の命を奪おうとするのか。それも『仕方がない』と良心の呵責《かしゃく》を感じることなく。

（本当にアクナーテンを愛しているなら、栄光と称賛に満ちた治世を送ってもらいたいのであれば、こんなこと続けさせてはいけない）

アレンはそうネフェルに説いてみることにした。そして、兄王を改心させることができれば、ネフェルも死なずに済むだろう。

主のいない宮の夜は早い。

ラーナを始め、召使い達もめっきり笑顔が少なくなった。

(みんな、あんたが戻るのを待っている。帰ってきて欲しいんだ)

静まり返った宮殿を抜け出したアレンは、先程とは別の衛兵に『王の命令で、今日は徹夜で仕事をすることになった』と嘘《うそ》をつき、再び神殿の地下へ舞い戻った。

(会える……ようやく、会えるんだ)

アレンの胸はときめいた。だが、ネフェルはどうだろう。アレンの訪れを喜んでくれるだろうか。あるいは、

(余計なことをして、と怒り出すか)

どんな反応が返ってくるか、判らない。判らないのが怖い。けれど、もう会わずにはいられなかった。

(ええい、一か八かだ)

アレンは自らを奮い立たせると、秘儀の間へ足を踏み入れた。

(ネフェル……)

目指す相手は部屋の真ん中に座り、目を閉じていた。眠っているかのような穏やかな顔で。

「ネフェル、本当に心残りはないのか？」

アレンが声をかけると、ネフェルは平手打ちをくらったようにパッと目を開けた。その顔が信じられないものを見たように歪む。

「アレン……逃げなかったのか！　そなたのところに差し向けた部下は……」

「丁重にお断り申し上げたよ。あんたの側を離れるつもりはない、ってね。それより、迎えに来てやったぜ」

アレンはネフェルの側に座り、怒ったように言った。

「いいかげん、片思いは止めたらどうなんだよ」

言葉を溢《あふ》れさせながら、アレンは途方に暮れる。冷静に話そうと思っていたのに、ネフェルの顔を見たら頭に血が上ってしまった。すっかり生きることを諦《あきら》めたような表情が許せなくて。

「陛下は勝手な人だ。あんたがあの人を思うようには、あんたのことを思ってはくれない！」

ネフェルは寂しそうな笑みを浮かべた。

「判っている」

「だったら、追いかけても振り向いてくれない人のために生きるなんて、時間の無駄だとは思わないのか？　そいつのために大事な命を捨てるのもだ！　あんたを必要としている人間は他にもいる。俺だってそうだ」

ネフェルは困ったように俯《うつむ》く。

「あんたが欲しい」

アレンは彼の前に膝をつき、ネフェルを抱き締める。痩せた。どのぐらい、食べていないのだろうか。

「必要なんだ。陛下が捨てるなら、俺が拾う。拾って、俺のものにする。そして、もう誰にも譲らない。俺の本当の仕事は古いものを見つけて保存し、とことん理解することだ。そして、あんたは俺が生まれる何千年も前に生きていた男だ。大事にしないわけがないだろう?」

ネフェルは顔を上げ、苦笑を洩《も》らした。

「そなたにとっては、私も『遺跡』のようなものか」

アレンは笑みの名残《なご》りが浮かんだ唇にキスをする。

「比べものにならない。二つとない宝物だ。遺跡はいわば美女のミイラのようなもの。栄華を偲《しの》ばせることはできても、盛時の華やかさとは比べものにならない」

ネフェルの手が、そっとアレンの頰《ほお》に触れた。

「温かいだろ?」

「ああ」

「生きているからだ。命――二つとない宝物。魂――人をその人たらしめるもの。心――他人と繫《つな》がり合えるもの。いらないなら、俺にくれ。誰よりも愛すると誓う」

感極まったアレンの眼に、じわりと涙が浮かび上がる。

「寂しいんだ、ネフェル。あんたが側にいないと、寂しくてたまらない。俺も独りぼっちだから……そのことがようやく判ったんだ」

ネフェルの両腕がアレンの身体を押し包む。

「置いていかないでくれ」

アレンはネフェルの耳元で囁《ささや》いた。

「独りじゃ生きていけないって、気づかせたのはあんただ。だから、置いていくなんて許さない。絶対、許さないからな」

ネフェルは溜息《ためいき》をつく。迷いが出てきたのかもしれない。そうであってくれとアレンは願う。

「そもそも、あんたが死ぬことはないんだ」

さらなる攻勢をかけるため、アレンは王を改心させるべきだという話をした。

「本当に陛下のためを思うなら……か」

「そう。アテンの名を永遠に保ちたいと思うあまり、陛下は神の本質を見失ってしまっている。それに真に偉大な神なら、どれほど弾圧されても信じ続ける人はいるんだ。こんな部屋なんて、必要ないんだよ」

ややして、再びネフェルは深く息を吐き出した。

（これでもだめか……）

だが、アレンが失望しかかったとき、ネフェルは言った。

「そなたの言うことは正しい。畏《おそ》れ多いことではあるが、陛下にも申し上げてみよう」

「ネフェル……！」

爆発する歓びに、アレンの胸が熱くなる。しかし、

「聞かぬぞ、ネフェル」

その瞬間、背後からふいに声がかかった。

ぎょっとして振り向いた二人の眼に映ったのは、部屋の出入口に立ち竦《すく》む細い影——微笑を浮かべたアクナーテンの姿だった。

「余はもう決めたのじゃ。何人もこの決意を揺るがすことはできぬ。そなたにはこの秘儀の間を守ってもらう。それが正しいとアテンが仰《おつしや》っている。余は神の子、そして神の代弁者じゃ。アテンの御声が届くのは、この耳だけじゃ」

「陛下……」

ネフェルはすっくと立ち上がり、自分の背中でアレンを庇《かば》った。

「いえ、兄上とお呼びすることをお許しください。血を分けた弟として、一度だけ申し上げるわがままです。どうかアレンをお見逃しください。彼がこの部屋のことを他に漏《も》らさないことは私が保証します」

「だめだ！　おまえも一緒に行くんだ！」

アレンも立ち上がり、アクナーテンに向き直った。

「弟をこんなところに閉じ込めると夢見が悪くなるぞ！　俺はあんたが好きだったんだから、あんまり失望させないでくれ」

「庇いあう姿の何と美しいこと……」

アクナーテンはくすくす笑って言った。

「そうか、ネフェル、初めて余以外の者を愛したか」

「はい」

「良い。愛は良いな。アテンの御心にも叶《かな》う。余もそなたの幸福を喜び、寿《ことほ》いでやらねばならぬ。そなたらを引き裂くような真似《まね》はするまい」

「陛下……」

ホッとしたネフェルが肩の力を抜いた瞬間、王は平然と言ってのけた。

「ならば、二人でこの部屋の守となるのじゃ。まことに美しい一対――アテンも満足されるに違いない。藍《あい》色の瞳を持つアレン。そして、黄金色の髪をしたネフェル。まるで得がたい碧き宝石《ほうぎょく》のようではないか」

この時代、碧き宝石といえばラピス・ラズリを指すはずだ――こんな切迫した瞬間にも、古代美術史家の本能が顔を出す。自分でも呆《あき》れるが、どうしようもない。学者バカという言葉があるけれど、間違いなく自分もそうだと、アレンは思う。

「動くでない！」

王はじりじりと後退《あとじさ》りながら叫んだ。

「封印は余自ら施してやろう。この手でそなたらをアテンに捧ぐのじゃ」

そこにいろと言われ、じっとしているのは本当の馬鹿だ。

まずはネフェルが、次いでアレンが、くるりと背を向けて走り出したアクナーテンを追う。

「彼は狂ってる！」

アレンが叫ぶと、ネフェルは痛恨を滲《にじ》ませた声で言った。

「肉親すら相食《は》む権力闘争は、陛下の繊細な心を傷つけるだけなのだ。兄上は素晴らしい方だが、王には向かぬ。私も心のどこかでは、そのことが判っていた。だからこそ、可能な限り私がお助け申し上げたかったのだ」

ネフェルの気持ちは、アレンも理解できる。だが、今にも命を奪われるような事態においては、同情をしているような余裕はない。

「壁画が完成しなかったのが残念じゃ。したが、アテンは許してくださるであろう」

先に走っていったアクナーテンが、例の把手《とって》のついた壁にたどり着いた。

「やめろっ！」

アレンが蒼白になって叫ぶと、王は高笑いを上げた。そして、二つあるうちの一つの把手に手をかける。

言うまでもなく罠《わな》の方だ。

「さあ、神も照覧あれ！」

「陛下……！」

ネフェルが突進し、アクナーテンを止めようとする。だが、一瞬遅く、王の手は把手を引いてしまった。

「アテンよ、永遠なれ……！」

ゴーという地を揺るがすような音がしたと思った瞬間、アレンは自分の足の下に小さな石片が降ってきたのを見た。続いてバラバラと碁石ぐらいの大きさの石が落ちてくる。

アレンはその石のシャワーの向こうに、壁を開いて外に忍び出ていった王の姿を見た。

壁はすぐに彼を飲み込み、そしてぴたりと口を閉じてしまう。

「もう一度、把手を引けば出られるんじゃないか？」

そう言うアレンに、ネフェルは絶望の表情で首を振った。

「一度罠の方を引いてしまったら、もう片方の把手もじきに動かなくなる細工なのだ」

アレンは舌を打つ。

「だったら、王宮への道は？」

「同時に埋まることになっている」

アレンは呆然《ほうぜん》とネフェルを見つめた。

「じゃあ、俺達は絶体絶命なんだな？」

悲しそうなネフェルの眼差しがそれを肯定していた。

「畜生……っ!」

アレンは頭を掻《か》き毟《むし》る。

「何でだよ? どうあっても俺は岩に押し潰《つぶ》されなきゃいけないのか?」

ネフェルが手を伸ばし、アレンを抱き締めた。

「秘儀の間に戻れば、圧死だけは避けられる」

「ああ。餓死はするけどな」

「すまない……私のせいで」

ネフェルは殊勝に詫《わ》びた。

「ようやく、心から謝ってもらったような気がするよ」

アレンは溜息をつき、天井を見上げる。段々と岩盤が自分達に迫ってくるのが見える。

「痛いのは嫌だけど、長く苦しむのはもっと嫌だな」

「アレン」

「なんだ?」

「私は今、初めて死を怖れる。そなたと共に居たいから」

アレンもネフェルの身体に腕を回した。

「言ったろ? 同じだよ。俺も離れたくない。もっと強く抱いてくれ」

ネフェルは望みを叶えてくれる。

「好きだ、アレン」

ネフェルが囁いて、アレンにキスをする。

「誰もそなたほどには愛せない」

「俺も……あんただけだ」

ネフェルの手はアレンの髪や、うなじを優しく撫で続ける。アレンはその感触に、うっとりと眼を閉じた。

「我らの亡骸《なきがら》を弔《とむら》ってくれる者はない。魂は再びこの身に戻ってくることができぬ。儚《はかな》く消えゆくのみだろう。それが無念だ」

アレンは瞼《まぶた》を上げ、ネフェルを見つめた。

「俺の母親の国には、肉体は滅んでも魂は死なず、また別の人間に生まれ変わる、という教えの宗教がある。それが本当なら、俺達ももう一度巡り逢えるはずだ」

ネフェルが呆然と呟《つぶや》く。

「生まれ変わり……巡り逢う」

「信じてみる?」

アレンは微笑んだ。

「また逢えたら……そうだな、一回ぐらい、抱かれてやってもいい」

ネフェルは柔らかく綻《ほころ》んだアレンの唇を指先でなぞった。

「一回だけ？」

長い指を口に含んで、アレンは上目遣いにネフェルを見つめた。

「努力次第、ということだな」

指を引いたネフェルは、うっすら開いたままのアレンの口に唇を重ね、舌を忍び込ませた。

そうして、より相手を近く感じる方法で二人は結びつく。熱く濡《ぬ》れて、絡み合い、縺《もつ》れ合い、ときに相手を奪い、あるいは進んで自らを与えながら。

「このままで……永遠に」

アレンが囁くと、ネフェルは頷《うなず》いた。そして、幸せそうに微笑む。

「ずっと一緒だ」

辺りが薄暗くなる。

二人は互いの身体に回した腕に力を込めた。

「アレン……！」

ネフェルが叫ぶ。

「なに？」

「信じるぞ！」

笑みを湛《たた》えたまま、ネフェルは誓う。

「必ず巡り逢い、もう一度そなたを抱き締める」

一瞬、虚を突かれたアレンも、すぐに笑い出した。

「俺も信じる。よそ見をするなよ！　約束だ！」

その言葉を最後に、アレンの意識は途絶えた。ネフェルがどんな返事をしたかは判らない。

だが、約束を破るような男ではないことは、アレンも判っていた。


ドオオオン、と地響きを上げて巨大な岩盤が落ちる。

神殿のすぐ外でそれを聞いたアクナーテンは、こみ上げる興奮に身を震わせた。

ついに秘儀の間が完成したのだ。

13 アマルナへ、再び

「ドクター・ハーシェル！」

次にアレンが目覚めたのは、カイロにある病院のベッドの上だった。

アマルナの事故で死んだと目されていたのだが、遺体を探すためにクレーンで巨大な石塊を持ち上げたところ、石と石の間にすっぽりと入り込む形で生きているのを発見されたという。

出鼻を挫《くじ》かれ、意気消沈していた調査隊の人々は、この知らせを聞くと狂喜し、「これぞ神の奇跡！」と口を揃《そろ》えたらしい。

（いったい、どこの神様やら……）

痛む身体をベッドに横たえながら、アレンは考えた。全ては幻だったのだろうか。

（狂ったアクナーテン。意地悪な王妃。冷ややかな皇太后。腹黒いアイ。危険なベカンコス。みんな、無意識が紡ぎだした幻影？　それに、ネフェル……あの男も夢だったと？）

違う――アレンは激しく首を振った。

（まだ手の感触がある。息もつけないほど抱き締めてくれた、あの腕を覚えている）

のろのろと起きあがったアレンは、身体にかかっていたブランケットを捲《めく》り上げる。そして、右の脹《ふく》ら脛《はぎ》を確かめた。

（あった……！）

暗殺者が放った小さな毒矢――その毒が全身に回らぬよう、ネフェルが剣で切り裂き、毒を吸い出したときの傷を見下ろして、アレンは唇を震わせる。

（現実だ）

心から愛した男は、間違いなく存在した。いや、今も存在しているはずだ。共に秘儀の間の崩壊に巻き込まれたアレンが命永らえているのだから、ネフェルも生き延びた可能性は高い。

（早く探さないと……でも、なんで一緒に発見されなかったんだ？　先に目覚めて、俺を探してるとか？）

アレンもタイムスリップしたばかりの頃は知り合いもなく、ろくろく言葉も話せなかったことで酷く苦労した。間違いなくネフェルも同じ思いを味わっているだろう。

（彼の家族や友人はすでに墓の下だ。こっちの世界で頼れる人間は、俺ひとりしかいない）

ネフェルが途方に暮れている姿を思い浮かべて、アレンは胸を痛めた。ささやかとはいえ、自分にはまだ古代エジプトに関する知識があったが、ネフェルにとって現代は全く未知の文明だ。ギャップを感じるのは、彼の方が遥《はる》かに大きいだろう。電化製品や自動車、そして飛行機などを目の当たりにした彼がどれほど驚くか、想像にかたくない。

（まずはアマルナへ戻ろう。俺達が出会った場所――秘儀の間があったアテンの神殿跡へ。きっとネフェルもそうするはずだ）

過去へ遡《さかのぼ》る。あるいは未来へ向かう。どうすればそんなことが可能になるのか、アレンにも理屈は判らない。我が身を振り返れば、どちらも落石事故が絡んでいた。もしかしたら、アマルナには時空の穴みたいなものがあって、何かそれを刺激する事態が起こるとタイムスリップが起こるのかもしれない。まあ、真相が判明する日が来るとも思えなかったが。

（そうだ。この際、どんなからくりだったとしても構わない）

アレンにとって重要なのは、ネフェルと再び巡り逢うということだけだった。

「待っていてくれ、ネフェル」

生まれ変わったわけではない。

だが、再び巡り逢って、抱き締め合うという約束は果たされなければならない。

喜びに輝く瞳を見交わし、もう一度お互いの温《ぬく》もりを確かめるのだ。

（そうして、二人で新しい人生に足を踏み出していく）

アレンは足に残った傷を撫でながら、そっと微笑んだ。ネフェル・ウェプワウェト――美しき道を切り開く人。本当にその名ほど、彼という人間を表しているものはないだろう。

「ただし、ここじゃ剣は無用だからな」

アレンの言葉を聞いたなら、あの美貌《びぼう》の青年は不機嫌になるに違いない。そう、ネフェルはまず第一に武人なのだから。

「お茶の時間だよ、アレン」

いつものように大きなトレイを両手に掲げて、アーガイル教授が病室に入ってくる。

英国留学をしていたときに身につけた『ティータイム』という習慣を、彼は心の底から愛していた。おかげで同僚からは『ちょっと気障《きざ》な人』と思われている。紅茶を飲むなんて女々しい、やはりアメリカ人の男にはコーヒーだろう、というわけだ。

「カイロ・ホテルでスコーンが売られていたんだ。まあ、私の妻が作ったものに及ぶべくもないが、試してみよう」

アーガイルはさりげなく自慢すると、ベッドに座っているアレンの膝にトレイを置いた。

「お茶はアールグレイにしてみたんだが、構わないかい？」

「もちろんです」

「葉が充分に開くまで、もう少しだけ待ってくれ」

いそいそと支度をするアーガイル教授の姿から、アレンは手元の新聞に眼を戻した。

「アマルナでまた落石事故があったとか」

教授は湯気の立つカップを手に頷いた。

「そうなんだよ。全く学者も命懸けだな。幸い、今回は君のように負傷した人間はいなかったけれどね。さあ、どうぞ」

「ありがとうございます」

アレンが紅茶の香りを楽しんでいる間に、アーガイル教授はスコーンに手を伸ばし、クリームとラズベリーのジャムをこれでもかと塗《ぬ》りたくっていた。

(物資の大量消費……そこはアメリカ人のままなんだな)

くすっと笑って飲んだアールグレイは爽快《そうかい》な味がした。

「香料の入ったお茶なんて、と思っていましたが、暑い国では悪くないですね。何だか口の中がさっぱりする」

むしゃ、むしゃとスコーンを味わいながら、教授が賛同する。

「インドではクローブやジンジャーなんかを入れるらしい。ここエジプトで人気があるのは、ミントのお茶だそうだね。普通は食後に愉しむんだが、食べ過ぎやむかつきを感じたときも薬代わりに飲む。私もどこぞの発掘現場に行って、手荒い運転で車酔いになってしまったとき、ガイドに飲ませてもらったことがある。効果覿面《てきめん》だったよ」

「覚えておきます」

教授を真似てジャムを山盛りにしたスコーンをたしなみながら、アレンは話を戻した。

「ところで、リチャード」

「なんだい、アレン」

『奇跡の生還』以来、アレンは何かと世話を焼いてくれる教授と、親しくファーストネームで呼びあう仲になっていた。

「今度の崩落も、やっぱり事故だったんですか？」

「人為的な痕跡《こんせき》があったという話は聞かないが……何か気になることでもあるのかね？」

「いえ……ただ、こうも立て続けに、それもアマルナばかりで事故が起こるなんて不思議だな、って思って」

「例のミステリーめいた説を、まだ捨てていないのかね？」

アーガイルは二杯目の茶を淹《い》れながら苦笑した。

「古代エジプトの遺跡を外国人の搾取《さくしゅ》の手から守る秘密組織、かい？　だがね、アレン、我々は墓泥棒ではなく、遺跡を保存に来た人間だ。襲撃される謂《い》われはない」

「彼らにはその区別がつかないんですよ。だから取りあえず襲ってみる」

「その口調……まさか、君は本気で信じているのか？　ツタンカーメンの墓を発掘した人々の連続死も、彼らの仕業だと？」

アレンは平然とアーガイルを見返した。

「いけませんか？」

「突拍子がなさすぎる話だ」

「ならば、『亡霊がやってきた』と口走って死んだ人は、いったい誰に逢ったんでしょう？　本当に亡霊に逢ったとでも？　それもまた突拍子もない話ですよね」

アーガイルは溜息をついた。

「判った。百歩譲って、君が言うような組織が存在しているとしよう。私がまず疑問に思うのは、彼らの偏向だ」

アレンは眉《まゆ》を寄せる。

「偏向？」

「なぜ、彼らがツタンカーメンとアマルナに執着するのか、ということだよ。遺跡を調査する人間は少なくないが、命に関わるような目に遭った者はごく少数――そして、ほとんどが第十八王朝の遺跡を発掘する現場で被害を受けている。その時代が組織の連中のお気に入りだとでもいうように」

アレンは頷いた。まさしくその通りなのだと思う。もし、第十八王朝の遺跡を守っているのが、あの男であれば。

だが、彼のことを知らないアーガイル教授は、自信たっぷりに自説を主張した。

「ツタンカーメンが着けていた黄金のマスク……あの発見はセンセーショナルだった。世界中の人々にロマンを感じさせてくれたよ。そして、その成功体験が、ツタンカーメンと関わりの深い第十八王朝の王達に対する興味を煽《あお》ったんだ。我々人間は面白いもの、人気のあるものに群がる傾向がある。人が沢山集まったら、中には奇妙な輩《やから》も交じっているだろう。おそらく、そういう連中が、もっともらしく『亡霊が』などと口にするのさ。アマルナで事故が多発しているという件も、そこが観光客の集まる場所ゆえに、ニュースとして取り上げられるというのが真相だろう」

「なるほど、一理ありますね」

「だろうとも」

「でも、リチャード、あそこに……アマルナにまだ誰にも知られていない遺跡があるとしたら、どうですか？」

「それこそ途方もない夢というものだ」

　アーガイルは容赦なく言い捨てた。

「英国隊が我々に発掘権を譲ったのは、『もう重要なものは掘り尽くした』と思ったからだろう。まあ、そうではないことを祈るばかりだが、アマルナは古代エジプト人からも捨てられた都市だからね。小さなものならいざ知らず、新たに重要な遺跡を発掘できるとは、私自身、あまり期待していないんだ」

「弱気ですね」

「ふふ、事前調査の結果がここまではかばかしくないと、さすがの私でも弱気になってくるさ。わざわざ大量の機材も運んできたというのに……」

「無駄にはなりませんよ」

アレンはしょんぼりしている教授に微笑みかけた。

「アテン神殿の下……地下にあるんです。規模は大したことはない。でも、ツタンカーメンの墓室と同じぐらい、センセーショナルを起こすでしょう」

「ずいぶんと確信があるようだが、根拠は？」

「今は俺を信じてくださいとしか言えません」

アーガイルはソーサーを盆の上に戻すと、じっとアレンの顔を凝視した。

「もしかして、事故の後遺症で幻覚を……」

「見てません」

アレンは吹き出した。

「そして、あなたを騙《だま》そうとしているわけでもありません」

しばらく考えて、教授は諦めたように肩を竦めた。

「これは事前調査だしね。試掘に失敗したところで、学会で笑い物にされるわけじゃない」

説得に成功したことが判って、アレンは内心ぐっと拳《こぶし》を握り締める。

「明後日ここを退院したら、すぐにアマルナへ向かうつもりです。その時にあなたの力を貸して頂きたい」

「具体的には？」

「あなたの権限で、俺が開発に関わった測定器などの機材を自由に使わせてください」

「いいだろう。他には？」

「先輩方には『地盤の調査』だと言って欲しいんです。若造の思いつきだということがバレると、反対の声も上がるでしょうしね。これほど落石事故が続くのは地盤に問題があるからかもしれない、本格的な発掘を始める前に一応調べておきたいと、あなたが仰ってくだされば、誰からも文句は出ない」

「了解した。それで」

アーガイルは手を組み、にっこりする。

「本当に遺跡があった場合、私は……」

アレンもにっこりと笑い返した。

「最も完全に近く、そしてクォリティも高い壁画……アテン神を描いた壁画で四方を彩られた『秘儀の間』の第一発見者です。ただし、アレン・ハーシェルと連名の、という条件はつきますが」

新たな遺跡を発見するということは、考古学者であれば誰しもが夢見ることだ。だが、その幸運を摑《つか》めるのは世界広しといえど、ほんのひとにぎりの人間しかいない。

「たとえ見つからなかったとしても、名前に傷はつきません」

アレンは言った。

「でも、見つかれば世界的な名声を得られます。一緒に人生を変えてみませんか、リチャード。それも一夜にして」

「まったく……誘惑するのが上手すぎるよ、君は」

アーガイルは感心したように言って、アレンに握手を求めた。

「協力しよう。まずは地盤調査——君はその主任だ。忙しい先輩方に雑用はさせられないからね」

「ありがとうございます」

アレンはふっくらとした教授の手を握り返した。商談成立だ。

「遺跡が見つかった後なら、その場所を知っていた理由を教えてくれるのかね？」

三杯目の茶を口に運びながら、アーガイルは尋ねた。

「たぶん」

アレンは曖昧《あいまい》に答えておく。話してもいいが、きっと教授は信じることができない。

「もしかして、あの事故の時か？　瓦礫《がれき》の下にいたときに、何か気づいたことがあったとか？」

「水を向けても無駄ですよ」

アーガイルは簡単にはめげなかった。

「そういえば、君を掘り出した作業員が言っていたんだが、発見当時、君は落石事故に遭ったときに着ていた洋服ではなく、麻の作業着を身につけていたそうじゃないか」

「しかも、裸足《はだし》でね」

アレンはくすくす笑う。

「実のところ、洋服と靴は古代エジプト人に取られちまったんですよ」

本当のことだったが、やはりアーガイルは信じなかった。

「また、馬鹿げたことを……」

「正直、助け出された時のことは覚えていないんです」

「無理もない」

アーガイルは同情の思いを込めて、アレンを見た。

「それに、その方が良かったよ。岩の間に挟《はさ》まれているときに、うっかり正気づいてしまったら、恐怖のあまりおかしくなっていたかもしれないしね」

「ええ」

頷きながら、アレンは思った。ネフェルが一緒なら、それほど怖さは感じなかったに違いない。愛し、愛される者。いついかなるときも味方でいてくれる者。そうした人が存在するというのは心強いものなのだ。

「さて、そうと決まれば、私も根回しを始めなくては」

アーガイルは意気揚々と立ち上がり、トレイに手を伸ばした。そして、ふと思いついたようにアレンを振り返る。

「しまった、大事な問題を忘れていた」

「何です?」

「その部屋を見つけてしまったら、秘密結社の連中が私達を脅《おど》しに来るのではないかね?」

アレンはにこりとする。アーガイルは冗談のつもりだろうが、

「実はそれも目的の一つです。この手で捕まえてやろうと思って」

「やれやれ、君の貪欲《どんよく》さには呆れるよ」

本気にしていない教授は高らかに笑い飛ばし、病室を出ていった。

そして、静まり返った病室で、アレンは溜息をつく。

(確かに、俺も最初はふざけて口にした)

だが、今やアレンは『結社』の実在を、半ば信じている。

ピラミッドを調査しても、ハトシェプスト葬祭神殿を調査しても、何の事故も起こらない。

だが、第十八王朝に関わる遺跡になると、ふいに病気や事故が急増する。

(それが鍵《かぎ》だ)

ツタンカーメンの調査に参加し、変死を遂げた人々は『王家の呪い』を訴え、亡霊の出現を訴えたと言われている。だが、実体を持たない霊魂が、人間の身体に直接的な害を及ぼすことなど、可能なのだろうか。

（彼らは亡霊と思い込んだだけで、本当は人間だった。そして、その人物こそ、彼だったとすれば……）

そこまで考えて、アレンは苦笑を浮かべた。

（ネフェルには理由がある。第十八王朝の遺跡を発掘されることは、彼の家族の墓を荒らされるに等しい。絶対に許せないことだ。そして武人の彼ならば、妨害に荒々しい手段を使うこともさもありなんと思われる。しかし……）

この説を完全に信じることができないのは、やはり問題があるからだ。

（時間が合わない。俺と一緒にやってきたネフェルが、ツタンカーメンの発掘に携わった人々を襲うことは不可能だ。まあ、そっちは俺達の他にタイム・トラベルをした人物がいて、やはり義憤にかられてしでかした、ということも考えられるけど……）

ただ一つ、確かなこともあった。アクナーテンに忠実なネフェルはあの部屋を――秘儀の間を何をおいても守ろうとするということだ。

（俺が教授に部屋のことを教えたと知ったら、怒り狂うんだろうな）

アレンは少し気が重くなった。だが、誠意を尽くして、発掘の意味を説明するつもりだ。神を冒瀆《ぼうとく》し、王の意思を踏みにじる気は全くないのだから。

（発掘したら、劣化しないように保存するし、傷んだところは修復する。そして、施設として整備ができたら、一般に公開するんだ。そうすれば、世界中の人がアテンを知る。その名前が永遠のものになることを、アクナーテン王も望んでいた。だったら、ネフェルも反対する理由はないはずだ。あそこは墓ではないんだし）

とにかく、アマルナに行かなければ。何をするにも、まずはネフェルに会う必要がある。

（いや、違うな）

待ち遠しさに心を疼《うず》かせて、アレンは唇を緩ませた。正しくはネフェルに会わなければ、何も始まらない、だ。それが愛の恐ろしさだろう。離れて暮らすことに何の不都合も感じていなかった相手なのに、好きになった途端、その不在に耐えられなくなってしまうのだから。

14　エニグマ

「ネフェル、夕食だそうだ」

驚かすまいとして静かに声をかけると、夕日が射し込む中庭に座り、悪戯《いたずら》盛りの子猫と戯《たわむ》れていた金髪の青年――ネフェルが顔を上げた。

「もう、そんな時間か」

彼は立ち上がろうとしてふと気づき、抱いていた子猫をそっと地面に放してやる。しかし、子猫の方はまだ甘え足りないようで、ネフェルの足に身をすり寄せた。

「その子も腹が減っているんじゃないかな」

その光景に目尻を下げている自分に気づいたハッサン・ブン・ハリドは、自慢の口髭《くちひげ》を弄《いじ》っているフリをして表情を整えた。立派なイスラムの男は軽々しく笑うものではない。特に人の上に立つ者は――幼い頃に実業家の父親から叩《たた》き込まれた教えが、今もハッサンを縛っている。笑顔を見られたところで、目の前にいる青年が自分を軽んじたりしないことは判っているのに。

「……なるほど」

ハッサンの言葉に一理あると認めたのだろう。ネフェルは再び子猫を胸元に抱き寄せると、いつものきびきびとした歩調で屋内へ向かう。普段の動作はいっそ物憂げと言ってもいいほどのんびりしているが、なぜか歩くのだけは軍人のように颯爽《さっそう》としている。色々と不思議なところのある男だが、これもその一つだ。

「食堂に入れるつもりか?」

「いけないのか?」

ハッサンを振り返って、ネフェルは眉を寄せる。

「いけなくはないが、テーブルには乗せないこと。癖になるからね」

「わかった」

あまり変わらない表情が僅《わず》かに明るくなる。そういえば、ネフェルは滅多に笑顔を見せなかった。機嫌の良さを示すのは、僅かに上がる唇の端のみという徹底ぶりだ。おそらく、彼の父も厳格な人物だったのだろう。

「そんなに猫が好きだとは思わなかった」

ハッサンの言葉に、ネフェルは首を傾《かし》げる。

「君は嫌いか?」

「犬の方が好きかな。猫と違って、役に立つし」

珍しくネフェルはムキになった。

「猫とて病をまき散らす鼠《ねずみ》を退治する。聖なる生き物だ。大事にせねば」

「はい、はい、判ったよ。余計なことを言った僕が悪かった」

ハッサンは彼を宥《なだ》めながら、心の中で苦笑する。そうだった。つい、ネフェルの出自を忘れてしまう。

(今もまだ信じ切れずにいる出自だけど……)

ネフェルの後を歩きながら、ハッサンは初めて彼と出会った日のことを思い出していた。


「おい、誰か!」

ナイルの岸辺に倒れ伏しているネフェルを見つけたのは、遊び仲間の一人だった。ハッサンが所有しているヨットで、気ままな午後のクルーズを愉しんでいたときのことである。

「あそこを見ろ! 男が倒れている! もしかして、死んでるんじゃないか?」

オックスフォードに留学していたときに知り合った英国の友人が、ぜひ観光をしてみたいということで立ち寄ったアマルナ——だが、ヨットを接岸させた途端、騒ぎが起こってしまい、観光どころではなくなった。

「死体だと?」

そう聞けば、穏やかな気分ではいられない。管轄の警察か軍に連絡するにも、まずは状況を把握する必要がある。そこで船長とハッサンが皆を代表して、男の生死を確かめに行った。

（金髪……肌は浅黒いが……どこの国の人間だろう？）

その青年はほとんど何も身につけていない状態だった。俯《うつぶ》せになっていたために砂だらけになっていた顔を拭《ぬぐ》ってやると、思いがけず端正な面立ちをしていることが判って、ハッサンは瞠目《どうもく》する。

（観光客が強盗にでも襲われたのだろうか）

最初、ハッサンはそう考えた。

だが、彼の首にはそのトロリとした輝きから、ほぼ純金であることが推測される首飾りが、無傷のままで光っていたのだ。それで盗みの線は消えた。

（それにしても見事だな）

古代史には明るくないので判らないが、おそらくはファラオの一人がつけていたものの忠実なレプリカだろうと、ハッサンは推測した。惜しげもなく使われた黄金、そしてエキゾティックなデザインが目を引く。

（製作したのは腕のいい宝石職人だ）

これほどの品を身に付けているのだから、かなり裕福な男だろう。首飾りから辿《たど》れば、すぐに身元も判明するに違いない。

（しかし、なぜ一人でこんなところに……）

成功した父親のおかげで何不自由のない暮らしをしているハッサンは、物心がつくと同時にある事実に気づいた。金持ちは決して一人になれない、という事実だ。

（屋敷だったら執事やメイド。料理人に庭師。子供には家庭教師と誘拐防止のための護衛。母には専属の美容師とネイリスト。事業をしていたら従業員。不遇を託《かこ》っている遠い親戚。玉の輿《こし》を狙《ねら》う女達。とにかく、ほっといてもらえない）

それは、この美しくて裕福そうな身元不明者も同じはずだった。普通なら、姿が見えなくなった時点で騒ぎになり、警察の威信を懸けた捜査が行われているに違いない。しかし、まだ新聞もテレビのニュースでも、それらしき事件は取り上げられていなかった。

（なにがあった？　誰が君をこんな目に？）

そのとき、胸の上に当てたハッサンの耳が、弱々しいものの確かに脈打つ心臓の音を捉《とら》えた。

「生きている！」

ハッサンは叫んだ。

「みんな、手を貸してくれ。ヨットに運ぶんだ」

デッキからおそるおそる眺めていた友人達は、その言葉に顔を見合わせた。

「どこの馬の骨とも知れない人間を乗せるのか？」

「犯罪に巻き込まれたら……」

ハッサンは苛立《いらだ》った。英国の友人はともかく、『貧しい者には施せ。旅人はもてなせ』というイスラムの教えを、皆は忘れてしまったのだろうか。

「船主がいいと言っているんだ。責任は僕が取る。死にかかっている人間を見捨てておけるか！」

ハッサンの剣幕に押された友人達も、渋々ではあるが手を貸す気になった。そして、くだんの美しい若者はヨットに収容され、ハッサンの家が多額の寄付をしている病院へ運ばれていったというわけだ。

医師が下した診断は軽い打撲と脱水症というもので、ハッサンをほっとさせた。だが、すぐに快復すると思われた青年には別の問題が――それも深刻な問題があることが判った。

「彼は自分をネフェル・ウワプフェトだか、ウプアウトだかと名乗りました」

見舞いに来たハッサンに、主治医は困ったように告げた。

また、奇妙な名前だ。ハッサンは苦笑する。

「僕も正確に呼べるか、自信がない。ネフェルと呼ばせてもらうことにするよ」

「アラブ語も理解できないようです。名前のときもそうだったのですが、お互い身振り手振りを使って、かろうじて意思を通わせているといった状態で」

「彼は話せるのかい？」

「はい。目覚めてすぐに何事かを叫びましたが、何語なのかは判りません。担当の看護師は人の名のようだったと言っていました。確かアランだか、アレンだか……」

「アランならフランス語か……試してみたかい？　君は話せたよね？」

医師は頷いた。

「ええ。でも、だめでした。すると全く話が通じないことに、彼も恐慌を来《きた》してしまったようで、窓から飛び出そうとしました。病室があるのは十階なのに」

ハッサンは驚愕《きょうがく》を面に出さないよう努めながら聞いた。

「それで？　今はどうしている？」

「鎮静剤を打って、安静にさせています」

主治医は遠慮がちに言った。

「もしかしたら、自殺願望があるのかもしれません。川辺で倒れていたのも、船からナイルに身投げをしたとか……とにかく、早いうちに専門の病院に入院させることをお勧めします」

「そうか……」

品性卑しからぬ人間のようなのに——ハッサンは気の毒に思う心を抑えることができなかった。よりにもよって、心を病んでいたとは。

「しかし、まだ身許も明らかではない人物を、こちらの独断で入院させるわけにもいくまい」

ハッサンは溜息まじりに言う。すでに警察やマスコミに手を回し、家出人や行方不明者の中に該当する人物がいないかどうかを確かめたのだが、無駄骨に終わっていた。

「とにかく、僕も一度会ってくるよ」

　ハッサンはそう言って医師の元を去ると、ネフェルという青年の病室へ向かった。そして、目覚めのときを待ったのである。

「ん……」

　瞼がゆっくりと上がり、その下から青味がかった紫色の瞳が現れた瞬間のことは、決して忘れることはできないだろう。

「……っ！」

　見ず知らずの男の姿を認めるなり、ネフェルの瞳孔がきゅっと引き絞られる。

（僕を用心しているんだ）

　生気を取り戻したネフェルの表情に、ハッサンの目は奪われた。整った顔立ちを持っているという認識はあったが、眠っている時は人形のそれに過ぎなかったのだということを思い知らされる。

「×××××……！」

　青年の形の良い唇が、聞き慣れない言葉を紡いだ。たぶん、誰何《すいか》をしているのであろう。

　ハッサンは何といったら良いものか迷った。

（君の命の恩人だと自分から言うのは何となく気が引けるし……やはり、ここはまず自己紹介からいくのが筋というものだろうな）

ハッサンは明るい笑みを浮かべ、穏やかさを心がけた声を上げた。

「僕の名はハッサン・ブン・ハリド。長年カイロを根城にしているファハミール家の一員だ」

「ハッサン？　ハリド？　ファハミール？」

畳みかけるように青年は言った。何と呼ぶべきか、聞いているのだろう。

「ハッサンでいい。君はネフェルというのだろう？」

菫《すみれ》色の瞳をした青年は、こくりと頷いた。心を病んでいるのかもしれないが、会話における反応は至極まともだ。

「何も心配しなくていい。身体の調子が良くなるまで、僕が責任を持って君のことを引き受けるからね」

ネフェルはハッサンのいっていることを理解できないまでも、大人しく聞こうという姿勢を崩さなかった。

「なにをそんなに悲観しているのか知らないけど、死んでしまっては何にもならないよ。もう馬鹿なことは考えないでくれたまえ」

ネフェルは五歳ほど、年下であろうと思われた。まだ二十代の前半だ。命を捨てるには早すぎる。

「君はどこから来たのかな？　地図を持ってくれば、指を差してもらえるだろうか？」

ネフェルはじっとハッサンを見つめていたが、やがて心を決めたように呟《つぶや》いた。

「アレン……」

　看護師が聞いたという言葉だろう。確かに名前のようだ。それもアングロ・サクソン系の。

「アレン？　君の家族の名前かい？」

　ネフェルはまた口を開いた。

「アクナーテン」

　今度はハッサンにもはっきり判った。歴史の時間に習ったことがある。自分で考えた宗教を広めることに熱心で、そのために繁栄していたテーベから辺鄙《へんぴ》なアマルナに遷都をしたことで有名なファラオだ。

「アクナーテン……もしかして、アマルナに君の謎を解く鍵があるのかい？」

　ハッサンの問いに、ネフェルは頷くように一度瞬きをする。

「判ったよ。元気になったら、一緒にアマルナへ行こう。だから今は身体を休めるんだ」

　ハッサンはそう言い、ネフェルの肩を押して彼をベッドに横たわらせた。

　ネフェルは素直にそれに従い、枕の上から澄んだ瞳でハッサンを見つめる。

「では、また後で」

「ハッサン」

「なんだい？」

「×××××」

おそらく礼だろう。ハッサンは彼に微笑みかけ、静かに病室を後にした。そして、扉を閉めるなり、溜息をつく。

(確かに聞き慣れない言語だ。これは難儀するな)

ネフェルの言葉には、聞いたことのないような響きがあった。それでいて、どこか懐かしいような律動を持っている。

「……アブドゥルに連絡してみるか」

ハッサンは幼なじみの顔を思い浮かべた。アブドゥルは外務省に勤めており、世界中を飛び回っている。ネフェルの言葉がどこの国のものなのか、彼ならばぴんと来るかもしれなかった。

「電話を貸してもらえる?」

ナースステーションに立ち寄ったハッサンは、電話のダイヤルを回しながら苦笑を滲ませる。

(どうも浮かれているようだ)

ハッサンも気づいていた。ネフェルの登場を歓迎こそすれ、面倒だなどとは微塵《みじん》も感じていない自分に。そう、友人達はきっと酔狂だと呆れるだろうが、構うものか。

(ネフェルは存在自体がミステリーだ。謎を解き明かしていくのは、きっと面白いだろう)

平穏だが退屈しきった毎日を送っていたハッサンにとって、ネフェルとの出会いはこの上ない刺激だった。

(それにしても、本当に自殺なんかを試みるような人だろうか)

ハッサンは思い出す。ネフェルは凜《りん》とした表情をしていた。自分を見つめるその瞳には困惑の色こそあったけれど、恐怖は少しも滲んでいなかったことを。

（言葉も通じないし、見知らぬ人間の間でどんなにか心細いだろうに……）

改めてハッサンは決意した。ネフェルの面倒は、最後まで自分が責任を持って見る。今の彼にはハッサン以外、頼れる者はいないのだ。これを見捨てては男がすたるというものだろう。

全快したネフェルを自宅に迎えたハッサンは、その晩餐《ばんさん》にアブドゥルも招待した。彼の判断を仰ぐためだ。

「おまえがブロンドの美人を囲いはじめたってもっぱらの評判だぞ」

幼なじみの遠慮のなさでズバリと切り出したアブドゥルに、ハッサンは吹き出した。

「今夜会えるよ。その噂《うわさ》の人物にね」

「なに、本当だったのか？」

アブドゥルは身を乗り出す。

「どこで見つけた？」

「サリムから何も聞いていないのか？　アマルナで拾ったんだよ」

「観光客か！」

「そうかもしれないし、そうじゃないかもしれない。日射病にかかって、川岸で倒れていたんだ。それを僕が助けた」

「ロマンティックだな！」

アブドゥルはうらやましげに叫んだ。

「命を助けてくれたおまえに、彼女は感謝の念と共に麗しい身も投げ出したというわけか」

「だったら、良かったんだがね」

「何だ。まだ手を出していないのか？」

ハッサンは居間にアブドゥルを導くと、長椅子《ながいす》に座っているネフェルに声をかけた。

「ネフェル、面子《メンツ》が揃ったよ。紹介しよう、アブドゥル、こちらがネフェル。ネフェル、彼がアブドゥル。僕の友人だ」

くるりと自分の方を振り向いた顔に、アブドゥルがあんぐりと口を開けた。

「確かに眩《まばゆ》いほどのブロンドだが……男だ」

「女だ、と僕は言ったかい？」

ハッサンはからかう。

「いや……しかし」

アブドゥルはハッサンを振り返り、小声で囁いた。

「あまり他人の私生活に口を挟みたくはないが……おまえ、オマル・ハイヤームと同じ趣味に走ったのか？」

　オマル・ハイヤームはアラブの著名な詩人で、同性の美しい青年達を寵愛《ちょうあい》したことでも有名だった。つまり、ハッサンが男に走ったのではないかと心配しているのである。

「心配はご無用。アラーに誓って、僕が追いかけるのは女性の尻《しり》だ」

「良かった」

　アブドゥルは安堵の溜息をつく。

「君が同性愛者になったとしても、我々の友情に何の変化もないが、やはり今までと同じとはいかないだろうし……まあ、それはともかく、誤解は解いておくに越したことはない」

　きれいにまとめたアブドゥルは、ネフェルに手を差し伸べた。

「よろしく、ネフェル。俺のこともアブドゥルと呼んでくれ」

　だが、ネフェルはさっと身を引き、用心深くアブドゥルを見つめているだけで手を取ろうとはしなかった。

「ネフェル、これは挨拶だ」

　ハッサンはアブドゥルの手を取って握手をして見せた。

「こうする。わかったか？」

　ネフェルは頷く。そうしてアブドゥルの手をさっと握った。

　その物慣れない様子にアブドゥルは不審そうな顔を浮かべる。

「アラブ語は話せないのか？」

「ああ。今、判ったが、彼の国には握手の習慣もないらしい」

幼なじみは当然の質問をした。

「どこの国の人間だ？」

「判らない」

ハッサンは肩を竦めた。

「それを推理してもらいたくて、おまえを呼んだんだよ」

「役に立てるかどうかは判らんぞ」

アブドゥルは眉を寄せた。

「確かに俺は多言語取得者だが、得意なのはメジャーな国のものばかりだ。まあ、挨拶程度だったら、多少は範囲が拡がるが」

「構わないよ。とにかく試して欲しい。だが、まずは食事だ」

ハッサンはネフェルに合図して彼を立ち上がらせると、贅《ぜい》を尽くした退院祝いの料理が並ぶ食堂へと向かった。


「さて……」

食事を終えて自室に戻っていくネフェルの後ろ姿を見つめながら、ハッサンは幼なじみを振り返った。

「判ったか?」

アブドゥルは即座に首を振る。

「さっぱりだ。自信をなくすよ。系統すら判らない」

覚悟はしていたつもりだが、ハッサンはがっかりした。

「そうか……」

「悪いな。役に立てなくて」

アブドゥルが恐縮する。

「それにしても、一体どんな育ちをした青年なんだろうな。握手もしない。ナイフとフォークの使い方もぎこちない。それでいて、物腰には気品のようなものすらある……」

アブドゥルの疑問は、ハッサンも抱き続けているものだった。

「ちょっと来てくれ」

ハッサンは友人を書斎に招き入れると、金庫の中から例の見事な首飾りを取りだした。

燦々《さんさん》と輝く黄金に、アブドゥルが目を剝《む》く。

「こ、これは……?」

「ネフェルのものだ。発見したとき、彼はこれを着けていた」

「ああ。レプリカだろうが、細工の緻密《ちみつ》さからして最近のものではないだろう」

アブドゥルはそっと首飾りに指先を触れた。

「普通の青年が手に入れられるようなものじゃない……もしかして彼はどこかの国の王子様なのでは？　まあ、それにしてはプロトコルを知らなすぎるが」

ハッサンは肩を竦める。

「本当にそうであれば、今ごろは大騒ぎになっているはずだ。ところが、捜索願いが出された形跡もないいんだよ」

アブドゥルはじっとハッサンを見つめた。

「それで……彼をどうするつもりなんだ？」

「乗りかかった船だからね。この屋敷で世話をしながら、アラブ語を教えてみようと思っている。そうすれば、彼の口から正体を明かしてもらえるだろう？」

アブドゥルは苦笑した。

「おまえは昔から物好きな男だったよ」

「反対しないのか？」

「したところで止めるとは思えないからな。俺も嘴《くちばし》を突っ込んだからには協力する。うちの省のルートを使って、ネフェルのことを調べてみよう」


「凄《すご》いな……年代物だ」

「助かるよ」

ハッサンはネフェルの首飾りを丁重に金庫にしまった。

それを見ていたアブドゥルが言う。

「ネフェルは運がいいな。おまえが高潔な人間でなかったら、その首飾りだけ奪われてそのままアマルナの川岸に打ち捨てられていたかもしれない。いや、最初に見つけたのが他の奴らなら、首飾りごと売り飛ばされた可能性だってある」

ハッサンは微笑んだ。

「父さんがいつも言うのさ。おまえは商売に向いていない、ってね。自分でもそう思うよ。まだまだ父さんも元気だろうし、跡を継ぐのはもっと人生の修業を積んでからになるだろうね」

アブドゥルは首を竦める。

「事業に成功する人は、さすがに人を見る目を持っているということだな」

二人は陽気に笑いあって、書斎を後にした。

(気の置けない友人というのはいいものだ)

ハッサンはそのとき思った。独りぼっちのネフェルにとって、自分がそうした存在になれればいい、と。

アブドゥルに宣言したように、アラブ語のレッスンは翌日から始めた。

ネフェルの飲み込みは非常に良くて、ハッサンも舌を巻くスピードで上達していく。

(もともと、頭はいいんだろうな)

基本的な会話ができるようになったことを見て取ったハッサンは、続いて日常生活に求められるマナーを教えることにした。

これもミステリーとしか言いようがないのだが、ネフェルには電化製品に対する知識が一切欠けていた。最初にテレビや冷蔵庫を見たときの驚きと興奮ぶりは、尋常なものではなかったのである。その一方で、屋敷の広さだとか、庭に設けられたプール、あるいはサラブレッドの厩舎《きゅうしゃ》をみても感心するどころか、眉ひとつ動かさない。たぶん資産価値という概念がないのだろう。

(人里離れた山奥か、ジャングルで暮らしていたとでもいうのか? そういえば、あのナイフへの偏愛……あれは自分で食物を調達していたからだとか?)

予想外の反応、あるいは反応のなさに、ハッサンは苦悩の溜息をつくこともしばしばだった。

それでも根気よく付き合った結果、どこか奇妙な印象は残るものの、ネフェルは他人との会話を楽しめるようになり、立ち居振る舞いも普通になった。

(もともと優雅さはあったけれどね。今ならば、本当に『某国の王子様』で通りそうだ)

自慢の弟子だった。いけないと思っていても、ハッサンの目尻は下がりっぱなしになってしまう。だが、全ての問題が解決したわけではなかった。ネフェルは言葉を話せるようになったにも拘《かか》わらず、自分の正体については固く口を閉ざしたままだったのだ。

(言いたくないほど悲惨《ひさん》な過去があるのだろうか？　それとも今はまだ説明したくないだけなのか？)

いずれにせよ、無理強いをするつもりはなかった。ネフェルには自殺を試みたのではという疑いがある。下手に刺激をして、最悪の事態を招くのはまずい。

(となれば、するべきことは一つだ)

ハッサンにできるのは待つことだけだった。ネフェルがその気になるまでひたすらに。彼との付き合いは、いつだって根気がいるのだ。


「どうした？」

ふいに声をかけられ、追想から引き戻されたハッサンは驚いたように顔を上げた。

「ぼんやりしていたな」

ネフェルが自分を覗《のぞ》き込むようにしている。

「何でもないよ。ちょっと、僕達が会った時のことを思い出していた」

「そうか」

ネフェルはしばらく腕の中でまどろんでいる子猫に目を落としていたが、やがて思い切ったように聞いた。

「アケトアテンには、いつ連れていってもらえるのだろうか？」

彼にはおもしろい癖があって、エル・アマルナを必ず古《いにしえ》の名で呼ぶ。何かこだわりがあるに違いない。

「明日あたり行ってみようか。クルーズ日和《びより》になりそうだし」

ハッサンがそう言うと、ネフェルは珍しく喜色を露《あら》わにした。

「ありがとう」

そんな顔をすると判っていたら、もっと早く連れていってやるのだったと、ハッサンは思った。だが、その一方で、『やっぱり、止めた』と言を翻《ひるがえ》したくなる。行けば、何かが変わってしまいそうで。

「そこまでアケトアテンに拘《こだわ》る理由を、まだ教えてはもらえないのかな？」

ハッサンの言葉に、ネフェルは僅かに逡《しゅんじゅん》巡する様子を見せた。

「教えるのは構わない。だが、おまえは信じないだろう」

ハッサンは眉を寄せた。

「言ってもみないで判るのかい？」

「私ですら信じられない話だ。この世にはあと一人だけ、私の言うことを理解してくれる人間が存在するが、その彼はどこにいるのか……」

　ハッサンは記憶の片隅からその名を引っ張り出してきた。

「もしかして、アレンという人かい？」

　ネフェルは目を見開いた。

「覚えていたのか？」

「君の口から一番最初に出た名前だからね」

　ネフェルは頷いた。

「そうだ。アレン……彼ならば、今の私の状態を判ってくれる。かつて彼も私と同じような目に遭ったからだ」

「だから、いったいどんな目なんだ？」

　だが、ネフェルは顔を曇らせると、再び唇を結んでしまった。

　どうあっても、自分は彼の理解者たりえないのか——そんな彼を見ているハッサンの胸にも、次第に悲しみがこみ上げてくる。だが、そのとき、

「明日……話す」

　ぽつりとネフェルが言った。

　慌てて見返したハッサンの目に映るネフェルの顔には、先程までの喜びが嘘だったかのように苦悩の色が濃かった。

「明日なら話せる、と思う」

「無理はしなくていいんだよ」

気の毒になったハッサンがそう取り成すのにも、ネフェルはきっぱりと首を振った。

「いつかは話さなければならないことだ」

ネフェルは独り言のように言い残すと、すっかり眠りこけた子猫をしっかと胸に抱えて食堂に入っていった。かよわいその動物だけが、自分を守ってくれる存在だとでも言うように。

(腕には子猫……そして、どのような思いを彼の胸は抱えているのか……)

ネフェルのたぐいまれな美貌が、時に深い哀しみで覆い尽くされることに、ハッサンは気づいていた。

(あれは大事なものを喪失したとき……あるいは突然もぎ取られたときの悲痛な表情だ)

ハッサンの心にまで痛みをもたらすような顔つき——一体何を失えば、人はあのような表情を浮かべるようになるのだろうか。

(ネフェルはそれをアマルナでなくしたのか? そこへ行けば、もう一度それが取り戻せると思っているとか?)

判らない。ハッサンには判らないことばかりだ。けれど明日になれば、少しは理解できることもあるだろう。

(君の話を聞くのが待ち遠しいよ、ネフェル)

自分の席に座って、子猫の喉を掻いている青年を見つめながら、ハッサンは思った。そう、今夜は眠れそうにない。こんなにも明日の訪れを心待ちにするのは、生まれて初めてのことかもしれなかった。

15　蜃気楼《しんきろう》の町

「アクナーテン王がどうなったか、ハッサンは知っているか？」

アマルナへ向かうヨットの甲板で、ナイルから吹く風に金髪をなぶらせながら、ネフェルは聞いた。

「どんなに小さなことでもいい。教えて欲しい」

「いいよ」

ハッサンはあまり歴史に詳しくはなかったが、それでも持てるだけの知識を披露《ひろう》する。

「アクナーテンの宗教改革は、結局、彼の死と共に潰《つい》えさった。あまりにも急に死んでしまったので、歴史学者の中には暗殺の可能性をほのめかす者もいるそうだ。アマルナ……つまり、アケトアテンも王が亡くなってまもなく捨てられ、廃都となった」

ネフェルの肩が大きく揺れるのをハッサンは見た。だが、彼は声を立てず、じっとハッサンの話に聞き耳を立てている。

「そして、次代の王はアテンを捨てて、アメン・ラーへの信仰へ戻った。都も以前の首都であて、まずまずの善政をしていたが、やはり二十一歳の時に……」

「死んだのか？」

ネフェルの問いにハッサンは頷《うなず》いた。

「ああ。これも自然死だったのか、事故死だったのかは不明だ。ただ左の頬《ほお》に矢傷のようなものがあるらしい。それが本当だったら、やっぱり暗殺されたのだろうね。アクナーテンを中心とする第十八王朝は、ちょうど古代エジプト王家の衰退期に当たっていた。やがて人々は神聖なる血よりも、他を圧倒するような力を求めていくようになる」

「ツタンカーメンの子は？」

「いない。アンケセナーメンとの間の子は二人とも死産だった」

「なんと……」

ネフェルは拳《こぶし》を握り締めた。

「成長した子は一人もいないのか？　女でも良い。再婚した相手との子供でも問題ない。アンケセナーメンは正妃ネフェルティティの娘、最も尊き血を引くとされる王女だ。その血統であれば、王家は続く」

古代エジプトの王家が母系相続であることをハッサンも知っていた。だからこそファラオ達は自分の妹達、娘達との婚姻《こんいん》を繰り返したということも。

「確かにアンケセナーメンは再婚した。驚くべきことに自分の祖父のような歳の男とね。確か重臣の中で最も勢力を誇っていた大臣だったとか」

ネフェルはカッと目を見開いた。

「アイか……！」

「そうだ。よく知っているじゃないか」

「信じられぬ……」

呆然《ぼうぜん》と呟《つぶや》くネフェルに、ハッサンも頷いた。

「アンケセナーメンもよく承知したと思うよ。まあ、ツタンカーメンの死によって危機に瀕《ひん》した自分の権力を守るためには、もうなりふり構っていられなかったのかもしれない。とにかくこのアイが結婚によって玉座を得た。しかし、歳が歳だけにアンケセナーメンに子供を産ませることはできず、自分も数年後には死んでしまった。第十八王朝の実質上の終焉《しゅうえん》だね」

「……っ」

ハッサンはネフェルの表情に驚き、彼の肩に手を置いた。

「おい、どうした？　大丈夫か？」

ネフェルは震える息を吐き出す。

「何でもない……」

「でも、酷《ひど》い顔色だよ」

「胸が悪くなるような話を聞いたからだろう」

自分の話のどこに激烈な反応を招くような部分があったのか、ハッサンには判らない。だが、ネフェルは本当に吐き気を覚えていたようだ。それからアマルナに着くまで、彼は一言も発しようとはしなかった。ひたすら、静かに流れるナイルを見つめたままで。


風が砂を攫《さら》って舞い上がる。

天気は良かったが、そのせいで辺りは霞《かす》んで見えた。

「何も……ない」

ネフェルの虚《うつ》ろな呟きが、ハッサンの耳に届いた。

「王宮も……神殿も……あの辺りには民の家々が密集していたはずなのに……」

ネフェルが見ている方角に、ハッサンも視線を向けてみた。確かに何もない。ハッサンの目に映るのは、ブルドーザーで均《なら》されたように平坦な大地だった。反対側には二つか三つ、往時の栄華を偲《しの》ばせる飾り柱などが残っているが、ルクソールにある遺跡などと比べると、哀れになるぐらいお粗末だ。

（風化寸前の廃墟《はいきょ》といったところか……王都だったとは、とても思えない凋落《ちょうらく》ぶりだな）

するとそんなハッサンの心を読んだように、ネフェルも言った。

「こんなものがアケトアテンのはずがない。シリアに向かう部隊が行進した大通りはどこだ？　美しい蓮《はす》のレリーフが埋め込まれた道は？　その先には王家の馬場があった。美しく手入れされた馬が、誇らしげな馬丁に引かれて……」

古代ギリシアの叙事詩を読んでいるかのように、ネフェルの低い声がありし日の王都を描写し続ける。もっとも、それは想像が生み出した幻の都なのだろうが。

「何もかも息絶えた……アテンよ、唯一にして絶対の神よ、なぜ御身を信じるものを見捨て、朽ち果てるに任せられたのか……」

あまりにも失望が激しかったのだろう。ネフェルはがくりと膝《ひざ》を落とすと、地面についた手で砂を掻《か》き寄せた。かつては柱であり、壁だったもの。強い風に削られ、雨に打たれて粉砕されたもの——そう、ネフェルが握り締めたものこそ、時の流れを具現化したものだった。

「アクナーテン王の墓は向こうにある」

丸まったネフェルの背に、ハッサンは声を掛けた。

「だが、王はそこに埋葬されていない。彼がどこに埋葬されているかは、誰も知らないんだ。ツタンカーメンの墓の方は、カーター博士という人物が王家の谷で発掘したけれど」

「発掘……？」

ネフェルはさっとハッサンを振り返った。

「王の墓をか！」

　怒りに燃え上がる瞳を見て、ハッサンは息を飲んだ。

「こ、考古学のためさ。もちろん、調査をした後、ファラオのミイラは墓に戻されたよ」

「亡骸《なきがら》まで冒瀆《ぼうとく》するとは……慮外者めら……！」

　ネフェルは吐き捨てるように言った。

「神聖なる墓を荒らし、穢《けが》す者は、王家の呪《のろ》いに触れることを知らぬのか……！」

　ハッサンは戸惑わずにはいられない。家族でもないのに、そこまでファラオに肩入れをする理由が判らなかった。

（もしかしたら、それが心の病……？　自分は数千年前の人間、それもアクナーテンに関係する者だという妄想を抱いているとか？）

　ハッサンはすっと青ざめる。ありそうなことだ。ネフェルの奇妙な言動も、妄想ゆえのことだったとすれば、すとんと胸に落ちる。

（だが、それを指摘したところで、ネフェルは認めないはずだ。自分は正常だと確信しているのが、この病にかかった人々の特徴だって聞くし）

　ハッサンは思案した。せっかく屋敷にも慣れてきたのに、また病院に送り返すのは気の毒だ。特に暴力的でもないし、妄想以外の言動に危ういところはない。全くないのかと念を押されると自信が揺らいでくるが、『変わり者』の範疇《はんちゅう》には収まるだろう。注意していれば、問題を起こすことはないはずだった。そうして、何よりもハッサン自身が、ネフェルと過ごす魅力的な毎日を手放したくない。

(よし、やはり入院はさせないことにしよう。その代わり、屋敷でカウンセリングを受けさせればいい。時間はかかるだろうが、必ず治してあげるからね、ネフェル)

先走るハッサンを咎《とが》めるように、ネフェルが一つ、足を踏みならした。

「起きたまま、夢でも見ているのか?」

「あ……ごめん……なんだい?」

ネフェルは苛立《いらだ》ったような溜息《ためいき》をつく。

「おまえ達は呪いを知らぬのかと、聞いた」

ハッサンは苦笑を浮かべる。

「墓を封印するときに、そうした文を注意書きとして残す、という話は聞いたことがあるよ。ツタンカーメンの墓の入口にもあったらしい。確か、『この墓を暴く者は王家の呪いを受けるべし』、だったかな。その呪いのせいかどうか知らないけれど、その発掘に関わった人間は変死することで有名だ。ついこの間も、調査に関わった博士が突然の心臓発作で死んでいる。ツタンカーメン王の呪いだ、と叫んで死んだという話だよ。まあ、どこまで本当の話かはわからないが」

ネフェルが食いしばった歯の隙間《すきま》から呟いた。

「良い。呪いの手など借りずとも、この私が息の根を止めてやる……」

ハッサンはぎょっとした。

「止めなさい、ネフェル。そんな恐ろしいことを言うものじゃない」

だが、ネフェルは黙って、見返してくるばかりだ。冷ややかに、そして厳然と。

「さっきも説明しただろう？　発掘するのは埋葬品を盗むためではなく、調査なんだ。昔の人はどんな風に死者を埋葬したのか、その方法を突き止めるために……」

「どのような理屈をつけようと、それは冒瀆だ。おまえは自分の血族の墓を他人に暴かれても平気でいられるのか？」

「いや、僕だって嫌だよ。だからといって、調査隊の人間を殺したい、なんて考えを抱くのは間違っている」

懸命になるあまり、ハッサンはつい妄想の核心に触れてしまった。

「そもそも、何の権利があって、という問題もあるだろう。君がアクナーテンの家族ならいざ知らず……」

ネフェルは哄笑《こうしょう》を迸《ほとばし》らせた。

「権利か！」

ハッサンは臍《ほぞ》を嚙《か》んだ。

「ネフェル……」

「私が親族だったらどうする？　復讐《ふくしゅう》の正当性を認めるのか？」

ハッサンは溜息を洩《も》らした。

「ああ、本当にそうならね」

「ゆうべの話を覚えているか？」

ネフェルは笑みを収めると、まじめな顔で言った。

「言ったところで、おまえは信じないだろうという話だ」

「ああ、覚えているよ」

「私はおまえ達の言う古代エジプト、すなわち三千年以上も時を遡《さかのぼ》った世界からやってきた男だ。アクナーテンの異母弟であり、栄光ある将軍職についていた」

予測通りの展開に、ハッサンは肩を落とした。

だが、ネフェルは構わず、言葉を継いだ。

「なぜ、この時代に来てしまったのかは判らない。悪い夢を見ているような気になることもある。だが、現実だ。ただ、自分も同じ憂き目に遭って、ようやくアレンが味わっていた苦しみを理解できるようになった」

うんざりしたような気分で、ハッサンは聞いた。

「アレンも過去から来た人間なのか？」

「いや、彼は未来からやってきた。私のいう未来とは、つまりここ――今、おまえと私が存在している現在だ」

「頼む。これ以上、僕を混乱させないでくれ」

ハッサンは頭を抱えたくなった。おそらく、アレンという人間は存在しない。彼もネフェルの妄想の産物なのだ。

「そうすることに何の益がある？」

ネフェルは冷笑を浮かべた。

「言った通りだったな。やはり、おまえは信じなかった」

ハッサンは慌てる。ネフェルの心がすうっと離れていくのが伝わってきたからだ。

「き、急にそんなこと言われたって……さっき、君自身も同じ境遇になって、ようやく理解できたと言っていたじゃないか」

「確かにそうだ。しかし、私はアレンの気がふれていると思ったことはない」

「ネフェル……」

ハッサンが息を呑《の》んだ。正気を疑ったことを、聡明《そうめい》なネフェルは見抜いていた。

「君を傷つけて、すまない」

ハッサンが頭を下げると、ネフェルは首を振った。

「気にするな。おまえには世話になった。これ以上、迷惑をかけるのも忍びない。この辺りで道を分かつのがいいだろう。預けておいた首飾りは、おまえのものだ。せめてもの礼として、受け取って欲しい」

恐れていた言葉が飛び出して、ハッサンは愕然《がくぜん》とした。だが、今にも踵《きびす》を返そうとしているネフェルに気づき、慌ててしがみつく。

「待ってくれ！　僕は迷惑だなんて思ったことは一度もない！」

「ありがたいことだ」

「だから、ずっと僕のところにいてくれていい……いや、君にいて欲しいんだ！　君のことが好きだから！」

だが、ネフェルはハッサンの手を引き剝《は》がそうとする。

「好意は嬉《うれ》しく思うが、私にはやらねばならないことがある。それを見つけたのだ。もしかしたら、私がこの時代に送り込まれたのも、それが理由かもしれない。私の血に連なる者の名誉を守るのだ」

「では、どうあっても復讐を？」

ハッサンは狼狽《ろうばい》する。

「し、しかし、方法は？　調査に関わっている人間は、世界中に散らばっている。どうやって彼らを見つけるというんだ？　そこに辿《たど》り着く手段は？　金というものがなければ、今の世は生きていけないんだぞ」

ネフェルは軽蔑《けいべつ》したようにハッサンを見た。

「必要なものを金で贖《あがな》うのは、私が生まれた世でも同じだ」

「でも、今の君は持っていない！」

「ならば、稼げばよい。先日テレビとやらで見たのだが、この世には『外人部隊』というものがあるらしいな。どこの生まれでも良いし、過去も問われないと言っていた。私には打ってつけの職業だ」

「君は近代兵器を扱ったことがないだろう！」

「習熟するまで訓練すればよい。身体を動かすことは苦にならぬ」

「訓練だけじゃない。死と隣り合わせの戦場に送り込まれるんだぞ」

「私は武人だ。そんなことは、いちいち言われるまでもない」

　ハッサンは途方に暮れた。

（どうにかして止めなければ……このままじゃ、本当に入隊しかねない！）

　ハッサンは心の中で嘲笑《ちょうしょう》を浮かべる。必死になっている自分が滑稽《こっけい》だった。関係を絶つのに少しも躊躇《ちゅうちょ》しないネフェルが恨めしい。それでも縋《すが》りつかずにはいられないのが惨《みじ》めだった。

（最初は親切心だった）

　模範的なイスラム教徒として、身許が判るまで世話をしてやろうと思ったのだ。ネフェルが正体を明かし、進んで立ち去る意思を見せた今、ハッサンがすべきなのは彼の幸運を祈りつつ、別れを告げることのはずだ。

(それが、できない)

ネフェルに去られるのは耐え難かった。もう会えないと思っただけで、ハッサンは目の前が暗くなってしまう。

(単なる好意じゃない。いつの間にか、彼に心を奪われてしまった。だから、離れられないんだ。ネフェルを行かせてしまったら、この胸は抜け殻になってしまうから)

突きつけられた真実に、ハッサンは立ち竦《すく》んだ。自分の心を明け渡した——それは誰よりも愛している人、という意味ではないのか。

(アブドゥル、僕が間違っていたようだ)

ハッサンは男に恋をしていた。そうと気づかないうちに、ネフェルを愛していたのだ。

「頼むから、軍隊に入るなんて言わないでくれ。金なら僕が……」

「施しは要らぬ」

ネフェルはぴしゃりと言った。

「私の生き方にも口出しは無用だ」

素っ気ないネフェルに、ハッサンは傷つく。やはりアマルナに連れて来たのは間違いだった。彼は変わってしまおうとしている。夕暮れの庭で子猫と戯《たわむ》れていた穏やかな青年は、いなくなってしまうのだ。

「ありがとう、ハッサン。恩は忘れない」

これ以上の話し合いは必要ないと思ったのだろう。ネフェルは背を向け、歩き出した。

「待て！」

ハッサンはこらえきれず、ネフェルに駆け寄った。やはり、行かせることはできない。

「待ってくれ！　力を貸すよ！」

自分がとんでもない申し出をしようとしていることは、ハッサンにも判っていた。しかし、ネフェルを引き止めるにはそれしか手立てが無い。

「施しは受けぬと……」

ネフェルの言葉を遮《さえぎ》って、ハッサンは続けた。

「一方的に助けるんじゃない。君の同志になる、と言っている。遺跡の発掘に関係しているのは誰か、どこに住んでいるのか、僕が調べる」

ネフェルは冷静に指摘した。

「私が何をしようとしているのかを知った上で、手を貸すと？」

ハッサンは頷いた。

「君の首飾りは高価すぎるよ。もらうのは気が引けるから、僕に譲ってくれ。その利益を君がどう使おうと、僕は一切関知しない。できれば脅迫程度にしておいて欲しいが……口出しはしないよ。だから、ネフェル……」

行かないでくれ、とハッサンは無言のうちに訴えた。彼のいない人生はあまりにも味気ない。

輝きを失った日常は、灰色にくすんで見えるに違いなかった。

「判った」

しばらくハッサンを見つめていたネフェルが、やがて静かに頷いた。

「私には一向に思い当たらぬのだが、私を引き止めることで何か得することでもあるのか」

安堵《あんど》の息を吐きながら、ハッサンは言った。

「べつに」

「損得勘定はなし……商人には向かないな」

ハッサンは苦笑を浮かべた。

「よく言われるよ」

ネフェルはもう一度振り返り、アケトアテンを見渡した。

「見るべきものは見た」

「そろそろカイロに戻ろうか」

停泊しているヨットに向かうネフェルの足取りに、もう迷いはなかった。

（強い男だ）

そして、孤独な男だ――ネフェルの背中を見つめ、ハッサンは思う。自分では彼の寂しさを癒《いや》すことはできないことも判っていた。ハッサンの心はネフェルに奪われているが、そのネフェルの心を預かっている者は別にいる。

(気づいた途端に失恋か……やれやれ)

ハッサンは苦笑した。ネフェルは一途な男でもある。そして、彼はアレンを愛していた。口にしたことはないが、それは伝わってくる。

(彼を忘れさせることなど、できそうにない。アレンより先に出会っていたら……いや、それも無理そうだ。僕は好みのタイプじゃないみたいだし)

からっぽの胸に冷たい風が吹き込んでくる。だが、ハッサンは耐えた。愛されなくても構わない。側にいられることの方が大事だった。

「ネフェル……」

彼はどうなのだろうか。このまま会えなくても、アレンを愛し続けるのか。割り切ったつもりでも、ハッサンの胸には未練の欠片《かけら》が残っていた。それが問いとなって口を突く。

「アレンの居場所も探すかい?」

微《かす》かにネフェルの肩が波立った。

儚《はかな》く消えていく希望を見つめながら、ハッサンは申し出る。愛されなくても構わない。ただ愛する人には幸せになってほしい。いつか、心からの笑顔を見ることができれば、それでいい。

「判った。僕もぜひ会いたいからね」

恋人にはなれなくても、良き友人にはなれる。ハッサンはそんな風にして、ネフェルの心に残ることにした。

「アレンはどこの国の人？」

ハッサンの問いに、ネフェルは眉《まゆ》を寄せる。

「祖国に戻ったと？」

「その可能性もあるだろう？」

「まだここに残っているはずだ。なぜなら……」

ネフェルはふいに声を途切れさせると、血の気を失った。

「どうした、ネフェル？」

ようやくハッサンに視線を合わせたネフェルは、絶望にまみれた声を上げた。

「彼は……アレンは学者だ。調査のためにアケトアテンに来たと言っていた」

ハッサンは目を見開く。

（運命というものは、ときにどこまでも残酷になるようだ）

ネフェルは永遠の孤独を強いられる定めなのだろうか。

よりにもよって、アレンは復讐の対象である考古学者だった。彼が発掘調査を続けるつもりなら、ネフェルは自らの手で傷つけなければならなくなるだろう。この世でただ一人、誰よりも自分を理解し、愛してくれる人間を。

16　再会

その日はアレンが落石事故に遭った時と同じく、強い風が吹いていた。

（アマルナ――アケトアテン。運命の地）

アレンは船から降り立ち、ぐるりと周囲を見渡した。

（どこかで彼が……ネフェルが見てるかもしれない）

けれど、祈りにも似たその思いは、いつものように裏切られる。ネフェルは姿を現さない。どこにいるのかも、判らない。

「無事を祈るよ」

アレンが立ち竦んでいると、アーガイル教授がぽん、と肩を叩《たた》いて擦《す》り抜けていった。

「結社の連中も見逃してくれると、ありがたいんだがね」

「ええ」

アレンは苦笑する。そして、神殿のあった方角を眺めた。

（俺のほかに秘儀の間のことを知っていて、生存している可能性のある者はたった一人。もし、

ネフェルが俺と一緒に時空を超えていたら、必ずここに来る)

アレンは彼をおびき出すために、餌《えさ》を撒《ま》くことすらした。担当官庁と地域を管轄している軍に事前調査を再開する旨を、わざわざ届けたのだ。

(発掘を妨害しようと思えば、まず調査区域を特定しなければならない。『結社』だって情報収集はしているはずだ)

どんな再会になるのだろう——アレンは想像してみた。これまでも何度となく、いや、数え切れないほど思い描いてきた瞬間を。

(俺の姿を見つけたネフェルは、きっと目を見開く。そして、今日の風みたいに突進してくるだろう。本物かどうかを確かめ、これまでの経緯を聞き出し、自分のそれも口にする。無事を喜び、抱き合って……その話になるんだ。秘儀の間のことは放っておけ、と)

それはできないと言ったとき、ネフェルはどんな顔をするのだろう。どんな気持ちになるのだろうか。

(笑顔は消え去り、落胆の表情が浮かぶ……いや、激怒か嫌悪かもしれないな)

自分を見つめるネフェルの瞳から温《ぬく》もりが消えていくさまを、アレンは冷静に受け止めることができるのか。生まれ変わっても愛し合おうと約束した人から、激しい憎しみをぶつけられることに耐えられるのだろうか。

(判らない……)

自信はなかった。想像しただけでも、喘《あえ》ぎたくなるほど胸が痛むのだから。

（それでも踏ん張るしかない。この道を選んだのは俺なんだから）

秘儀の間の存在を世間に公表する。

それは『命を賭《か》けて秘匿《ひとく》せよ』というアクナーテン王の意に反することだった。

（王にとってはアテンが全て――――秘儀の間は、唯一絶対である神の名を残すための部屋であるのと同時に、アクナーテンの魂を永遠に保存する場だった）

古代エジプト人は、魂の不死を信じていた。亡骸をミイラにしたのも、魂が舞い戻ってきたときに戻る場所が必要だったからだ。

（だが、アクナーテンは知っていた。名を失った者は蘇《よみがえ》りが許されないことを）

カルトゥーシュ――――王の名が楕円《だえん》で囲まれているのは、名前こそがものの本質であり、魂にも等しいという考え方があるからだった。楕円はふらふらと彷徨《さまよ》いがちな魂を捉《とら》え、固定させるためのものなのである。

（だからカルトゥーシュを削り取られ、名を失うこと以上に、王達を怯《おび》えさせることはなかった。功績を否定され、生きていたことすら否定され、『無』に返る――――最初から存在しなかったかのように扱われることが怖かったんだ）

アクナーテンは自分の身に、そのような悲劇が訪れることを予測していたのだろう。狂信的な一方、どこか物事を醒《さ》めた目で捉えていた。

（実際、地上にある彼のカルトゥーシュは全て消え去り、彼のミイラもどこにあるのか判らなくなっている）

だが、アクナーテンは秘儀の間を作ることで、敵を出し抜いたのだ。そう、アレンは何度、神と王の名を書き取っただろうか。

（あの部屋がある限り、そこに名前が残っている限り、あなたは死ぬことはない。勝ったのはあなただ、陛下。あなたに敵対していたベカンコスもアイも、もはやこの世にはいない。カルトゥーシュが削り取られる心配はありませんよ）

それどころか、何にもまして保存することに努めるだろうと、アレンは思った。秘儀の間に描かれている壁画は、現存するどの遺跡よりも鮮やかな色彩を残しているはずだ。それ以外の空間を埋め尽くす文字は、アクナーテンが詠《うた》ったアテン賛歌をほぼ完全に記録している。学術的にも、芸術的にも、トップクラスの貴重さを誇る遺跡になるのは間違いない。

（でも、ネフェルにはそんなこと関係ないんだろうな）

彼は決して理解しないだろう。自分の意思を踏みつけたアレンを憎み、その手にかけようとするかもしれない。

（だけど、そうと判っていても、俺は発掘を諦《あきら》めることができない）

それは考古学者としての使命であり、抑えきれない欲望だった。時の流れに隠された歴史を、すべからく明らかにすることが彼の生業《なりわい》なのであるから。

「ごめん、ネフェル……許してくれないと思うけど、本当にごめんな」

考古学者にならなければ良かった、とは口が裂けても言えない。それで自分が命を落とすとしてもだ。ただ愛する者を苦しめ、悲しませてしまうことだけは、生涯の悔いとなるだろう。

「もう少し右です」

アレンの指示に従って、X線探査機のスコープが右にずらされる。

「モニターはどうです？　岩盤らしきものは？」

アレンは背後でモニターを見つめている先輩の調査隊員ダニー・ホワイトに声をかけた。

「まだ、何の反応もないね」

「おかしいな……」

アレンは誰にも聞こえないようにぼやくと、親指の爪《つめ》を噛んだ。目印になる建物がなくなってしまっているのは何とも残念だ。しかし、記憶によれば、この辺りであるはずなのに。

（それとも、俺の記憶自体にずれがあるのかな……？）

だが、そのときモニターを見つめていたホワイトが声を上げた。

「おっ！　もしかして、これか？」

アレンは湧《わ》き上がる期待感を抑えながら、自分もモニターに視線を当てる。

「岩盤だ……それもかなり大きい」

「その隣に空洞のようなものはありませんか?」

「ちょっと待って……」

ホワイトはモニターに顔を戻す。

「ああ、あるよ。これは何だ?」

見つかった——アレンはぎゅっと握り締めた拳を振った。

「ダニー……」

「なんだい?」

「申し訳ありませんが、アーガイル教授を呼んで頂けますか? 俺はどこを発掘口にするか、モニターを見ながら検討します」

「発掘口?」

ホワイトは眉を寄せた。

「岩盤の強度を調べているんじゃなかったのか?」

「それについては、あとで説明します」

アレンが微笑《ほほえ》むと、ホワイトは肩を竦めた。もともと人の良い男なのだろう。嫌な顔はせず、立ち上がった。

「判った。ひとっ走りしてくるから、あとで煙草《たばこ》を寄越せよ」

「もちろん」

頷く間もアレンの視線はモニターに釘づけだった。興奮が身体の中を駆け巡る。

「見つかったのか？」

アーガイル教授はすぐに丸い腹を揺らしながら駆けつけてきた。

「ええ」

アレンは誇らしげにモニターを指し示す。

「ここです。ここに秘儀の間がある」

アーガイルの目が素早くそれを追った。

「間違いないな？　掘り返してみたらただの空洞だった、なんてことはないだろうね？」

「ありませんよ」

アレンは請け合った。アテン神殿に屋根がなかったのは、あまねくものに注がれる太陽神の恩寵《おんちょう》を感じるためだということは、当時の人々も知っている。陽光の届かない地下に作られた部屋があるとは、墓泥棒も思いつかないに違いない。

（あの時のまま、そのままの形で残っている）

アレンは目を閉じた。脳裏にはそこに辿り着くまでの道筋が、今も鮮やかに浮かび上がる。

それはそうだろう。アクナーテンによって、ネフェルと自分が秘儀の間に封じ込められたのは、まだ数週間前のことにすぎないのだから。

「では、皆にも報告しよう。地盤の調査中に不思議なものを見つけたと」

アーガイルの声は少し震えているようだった。

「最初に発見したのはアレンと私だ」

「どうも」

アレンは笑みを浮かべる。アーガイルは義理堅い人間だ。手柄を独り占めするつもりもないのだろう。彼を選んだのは正解だった。


神殿の地下に部屋のようなものがあるという発見は、近隣で調査をしている学者達をも興奮の坩堝《るつぼ》に叩き込まずにはおかないほどのインパクトを持っていた。

調査隊は修復を兼ねた調査を一旦中断し、翌日から地下室の発掘に取りかかることを緊急会議で決定する。

責任者はリチャード・アーガイル。

副責任者はアレン・イブキ・ハーシェル。

彼らは第一発見者のゆえをもって、その地位に任命された。

「天井をぶち抜いたりはしないから安心してくれ、アクナーテン」

その夜、アレンは宿舎がわりのテントから抜け出して神殿跡に来ていた。

彼は地下室があるであろう場所に跪《ひざまず》くと、小石の転がる地面を愛おしそうに撫《な》でる。かつて、アクナーテンがレリーフを撫でていたように。

「天井にはアテンの印がある。俺は完璧な姿であれを残したい。だから端の方に人ひとりが通り抜けられるほどの穴を掘らせる。多少不便だろうが、文句を言うやつはいないさ」

呟きながらアレンは夜空を見上げた。満天の星空だ。

「明日もいい天気だろう。あんまり気温があがらないように祈るよ」

そうして立ち上がろうとしたアレンの目の端にふと動くものがあって、彼はぎくりと足を竦ませた。

(誰か……いる)

アーガイル教授が寝つけずにやってきたのだろうか。あるいは他の隊員達か。

(いや、違う)

アレンは首を振った。

(覚えがある気配だ)

アレンは唾《つば》を飲み込むと、ゆっくり振り返った。今度こそ、そのときを迎えることができるのだろうか。

「ネフェル……」

アレンの声は掠《かす》れていた。ほとんど聞き取れないほどに。

「あんたなのか、ネフェル？」

返事はない。

アレンは息を潜めて辺りを窺《うかが》ったが、先程の気配も消えていた。

(気のせい、か……)

がっかりしたアレンは、思わず肩を落とす。だが、

「ひ……！」

いきなり羽交い絞めにされたアレンは、心臓が止まるほど驚いた。だが、仰天したのはふいを襲われたからだけではない。僅《わず》かに曲線を描くアラブ特有のナイフが、アレンの喉《のど》に押しつけられていたからだ。

(気のせいじゃなかった)

アレンはその事実に思い当たる。ナイフの持ち主は自ら気配を消していた。戦うことに慣れた者ならば、当然の心得だ。

「この場を立ち去れ。去らねば不幸が訪れる。ここはアクナーテンの眠る地。王の眠りを妨げる者は王家の呪いに触れるだろう……」

耳に流れ込んでくる豊かな響きを持つ声に、アレンは目をつぶった。間違いない。

「ネフェル……」

NEVER
BY

アレンは囁《ささや》いた。

「……っ」

ナイフの持ち主がぎょっとしたように身を遠ざけた。

アレンも素早く振り返る。

「ネフェル、俺だ」

夜目にも鮮やかな黄金色の髪。

信じられないというように見開かれた紫色の瞳。

「あ……」

だが、何かが違っていた。

（いったい……）

確認しようと目を凝らしたアレンは、ぽかんと口を開ける。

そこにいたのは、やはりネフェル・ウェプワウェトで間違いない。

だが、彼の容貌《ようぼう》はアレンの記憶に残るものと、微妙に趣を違えていた。あけすけに言えば、一回りぐらい歳を取っていたのだ。

（渋くなったなぁ……）

アレンは心の中で感嘆する。相変わらずの美貌に落ち着きが備わって、それはもううっとりするような男ぶりだ。

浮かんでいる。

「アレン……なのか?」

ネフェルはナイフを持つ手を降ろすと、再び近づいてきた。その顔には、やはり驚きの色が

「相変わらずハンサムだけど、なんで歳を取ってるんだ?」

「おまえは……変わらない」

ネフェルは嚙み締めるように言った。

「あの日から、全く歳を取っていない」

アレンは胡乱《うろん》げに彼を見つめた。

「歳って……こっちに戻ってきて、まだ三週間ぐらいしか経っていないんだから当然だろ」

ネフェルは叫んだ。

「たった三週間だと?」

それを聞いて、アレンは悟った。

(そうだったのか……!)

なぜ、そんなことになったのかは判らない。二人は同時にタイムスリップをしたはずなのに、到着の時間がずれてしまったのだ。

(ここで……俺に逢うまで……いったい、どうやって……)

彼が味わったであろう孤独や苦労を思って、アレンは切なくなる。ネフェルを抱き締めて、

もう二度とそんな思いはさせないと言ってやりたかった。

「あんたはどのくらい前に来たんだ?」

アレンの問いに、ネフェルはまだ呆然としたまま答える。

「とうに十年は経った」

「十年……」

「その間ずっとおまえを探していたのだが……見つからないのも無理はなかったのだな。三週間前とは……」

ネフェルは首を振りながら苦笑した。己れの愚かさを嗤《わら》うかのように。

「逢いたかった……!」

アレンは彼の首に飛びついた。

「ここに来れば、必ず逢えると思っていた」

「私もだ。調査隊が来ると聞けば、必ず様子を見に来た」

「生まれ変わる必要はなかったな」

アレンは両手でネフェルの顔を挟《はさ》み、引き寄せる。

「気持ちは変わっていないか、ネフェル? 俺は変わってない。あんたが好きだ。あんただけを愛している」

それはアレンの本心だった。今後、何が起きようとも、その気持ちは変わらない。

「私もだ、アレン。どれほど時が流れても、おまえのことを忘れることはできなかった。永遠におまえだけを思い続ける」

狂おしく囁いたネフェルの唇が、アレンのそれを激しく塞《ふさ》いだ。

「ん……っ」

「は……あっ」

口づけは深まり、舌が絡まる。唇から唾液《だえき》が伝い、ネフェルの手からナイフが滑り落ちた。息継ぎを忘れていたアレンは眩暈《めまい》に襲われる。ネフェルは僅かに顔を離し、河イルカのように素早く息継ぎをすると、再びアレンの唇を貪《むさぼ》った。互いの身体に腕を回し、溺《おぼ》れているかのごとくしがみつきながら。

「ネ……フ……エル……」

アレンは乱れる息の合間をついて、彼の名を呼んだ。ネフェルの気持ちは変わってはいない。それが嬉しくてたまらない。

「アレン……アレン……」

ネフェルも呼んでくれた。何度も、繰り返し——逢えなかった間の分も。

「寂しかった……私にはおまえしかいないのに、おまえはいつまで経っても姿を見せない。もしかしたら、生き残ったのは自分だけなのかと絶望しかかったこともある」

アレンの頭を優しく撫でながら、ネフェルが囁いた。

「だが、諦められなかった。我ながら、しつこいと思うが……」

アレンは微笑む。

「嬉しいよ。諦めないでいてくれて」

「おまえはここにいる。私の腕の中に……とても温かい」

ネフェルも微笑んでいた。だが、満天の星が照り輝く彼の瞳には、うっすら涙が滲《にじ》んでいる。

彼は人前で感情を露《あら》わにするような男ではなかった。だが、今夜は理性の鎧《よろい》をつけ続けることができないのだろう。それほどに孤独だったのだということが判って、アレンも涙を流した。

「もう一つの約束も果たすぞ」

ネフェルはアレンを地面に押し倒した。

「いっ……て……ぇ」

背中に石が当たって、その痛みにアレンが顔を顰《しか》める。

「ちょ……なあ、こんなところでするのか？　せめて、地面じゃないところで……」

「待てない」

性急なネフェルの指が衣服を毟《むし》り取っていくのを、アレンは困惑の眼差しで見守る。まずい。やはり、まずかった。アーガイル教授らが眠っているテントは、ここからさほど離れてはいないのだ。

「ネフェル、待ってくれ。誰かが神殿の様子を見に来るかもしれない」

そうアレンが告げた途端、ネフェルの手がはたと止まった。

（あ……！）

ネフェルの目に浮かんだ衝撃に、アレンは自らの失敗を悟った。今、自分は告白してしまったのだ。ネフェルの敬愛する兄、アクナーテンの神殿を荒らしに来た考古学者どもの一員だと。

「そうか……そうだったな」

ネフェルの目が地面に落ちたナイフを見つめる。

アレンは覚悟を決めて、小さく息を吐いた。

「最後にしてくれ」

ネフェルがさっと顔を上げる。

「アレン……！」

「復讐は俺で終わりに……最大の秘密を暴いた奴を罰して、あんたも自由になってくれ」

ネフェルは悲しそうな微笑を浮かべた。

「判っていて、逃げないのか？」

「ああ」

アレンはきっぱりと頷いた。

「逃げない。あの部屋を発掘する」

「だめだ！」

ネフェルは表情を強張《こわば》らせ、荒々しく立ち上がった。

「そんなことは許されない！」

アレンも慌てて身を起こす。

「アテンとアクナーテンの名は守られる。陛下の敵は皆、この世を去った。ベカンコスもアイも二度と手出しはできないんだよ。ならば、隠しておくことはないじゃないか。多くの人々に見せて、アクナーテンの偉業を知らしめればいいじゃないか！」

ネフェルは頑迷に言い張った。

「陛下はあの部屋を隠し通せと命じた。私はそれを守らねばならない」

予想通りの反応だ。だから、アレンも意志を貫くことにした。

「判っている。おまえはおまえが正しいと思うことをすればいい。俺も自分のしたいようにする」

アレンは地面に屈《かが》み込み、ネフェルのナイフを拾い上げた。そして、それをネフェルの手に握らせる。

「一撃で……」

それもまたアレンの一世一代の賭《か》けだった。

「やるなら一思いにやってくれ」

アレンは目を閉じると、間髪を入れずにナイフの上に身を投げ出す。

「馬鹿者……っ！」

ネフェルは慌ててナイフを放り出した。

アレンはネフェルの胸に倒れ込み、頬を心臓の上に押し当てる。激しく打ち鳴らされる鼓動――それを聞きながら、密《ひそ》かに溜息をついた。自分の勝ちだ。賭けに勝った。ネフェルにはアレンは殺せない。

「知能犯め……」

ネフェルが忌々《いまいま》しそうに呟く。

「私にどうしろというのだ？」

アレンは顔を上げ、彼を見つめた。

ネフェルもまた彼を凝視している。

「もっと早くに逢いたかった……ひとりになんてさせたくなかったよ」

アレンは鋭さを増したネフェルの頬のラインに手を当てた。

「アラブ語も喋《しゃべ》れるようになったんだね」

ネフェルは頷いた。

「ハッサンという男が拾ってくれた。私の復讐にも力を貸してくれたのだ」

「へえ……」

アレンはネフェルの服を握り締める。自分が不在の間、ネフェルと共にあった人間の存在に胸が妬《や》けた。

「そいつ……じゃなくて、その人とずっと一緒だったのか？」

「そうだ」

アレンは投げ出すように笑った。

「だったら、そんなに寂しくなかったんじゃ？」

ネフェルはアレンの身体を抱き寄せ、咎めるように顔を見下ろしてくる。

「本当にそう思うか？」

「何もなかった？」

アレンは聞かずにはいられなかった。

「その人はあんたを好きにならなかった？」

「仄《ほの》めかされたことはある」

ネフェルは静かに言った。

「恩義を感じていたから、私も応じるべきかと思った」

アレンは俯《うつむ》く。胸が引き絞るように痛んだ。

「……応じたのかよ？」

「いや、彼が躊躇《ためら》った。弱みにつけこむには紳士すぎたのだ。私とは違う」

ネフェルはアレンの首筋に唇を押し当てて囁く。

「私はおまえを手に入れるとき、手段を選ばなかった」

「俺もそうだよ」

アレンはネフェルの背をぎゅっと抱き締めた。

「さっき、ナイフを捨てたときさ、あんたを手に入れた。これからは心だけじゃなく、あんたの身体も俺のものだからな」

アレンの髪に唇を押し当てて、ネフェルは囁いた。

「好きにしろ、アレン・イブキ。私の心臓《イブー》」

心臓、心、そして魂――古代エジプト人にとって最も大事なもの、決して失えないものだと言われて、アレンは歓びの頂きに舞い上がった。こんな風に感じさせてくれるのは、感じさせることができるのはネフェルだけだ。

「もう離さない」

アレンは少し背伸びをして、ネフェルの唇にキスをした。

「二度と一人にはしない。アケトアテンでおまえが俺の側に居てくれたように、俺もずっと隣にいるよ」

父親との距離を感じて育ったアレン。慕っていた兄に殺されかけたネフェル。二人の心にはずっと埋められない穴があった。それをこれから埋めるのだ。体温を分け合い、言葉を交わし、笑顔の絶えない毎日を送る。そうして互いの居場所――新しい家族になればいい。

「夢のようだ」

耳元でネフェルが満足の溜息をつく。

「だが、そうではない。おまえはここにいる。朝日と共に消えてしまう幻などではない」

「うん」

「おまえに再会するまで、私は過去のためだけに生きてきた。ずっと兄上に縛られたままだったのだ。だが、これからは死者ではなく、おまえと生きることにしよう」

アレンから身を離したネフェルは、再び地面からナイフを取り上げた。

「これは嚇《おど》しのみに使われて、人の血を吸ったことはない」

アレンは驚く。

「そ、そうなの？」

「振り下ろそうとすると、相手は大抵失神してしまうのだ」

ネフェルは憮然《ぶぜん》としていた。

「意識のない者を殺すなどという卑怯《ひきょう》な真似《まね》は、誇りにかけてできぬ。だが、今となっては手を下さずに済んで幸いだったとも思う。同じ学者の血に染まった手で、おまえを抱くわけにはゆかぬゆえ」

アレンは微笑んだ。

「じゃあ、もうナイフはいらないね」

ネフェルも唇を綻《ほころ》ばせた。

「ああ。過去と共にナイルに還そう」

二人は肩を並べ、川岸へ向かった。

静かな夜。

聞こえるのは互いの足音、そして滔々《とうとう》と流れるナイルが立てる水音だけだ。

「ひとつ、約束してくれないか？」

船着き場に立ち、星を映した川面を見下ろしながら、ふとネフェルが言った。

「発掘が成功したら、もう一度、私にもあの部屋を見せて欲しいのだ。できれば、ハッサンにも……彼には私が守ってきたものを見せてやりたい」

アレンは快諾した。それぐらいお安いご用だ。

「判った。約束する」

ネフェルは彼の唇に、もう一度掠めるような口づけを与えると身体を引いた。

「今夜はこれで帰る。逢えて嬉しかった」

「え……」

ネフェルは悪戯《いたずら》っぽく微笑んだ。

「私と一緒にいるところを、誰かに見つかるのはまずい……だろう？　ここには調査に来ているのだし」

アレンは苦笑いを閃《ひらめ》かせた。

「恐縮するよ。立場を考えてくれて……そういう心遣いもハッサンに教わったのか？」

「案外、嫉妬《しっと》深い。だが、それも悪くはない」

「妬いてない！」

「彼だけではない。教師は他にもいた。十年も暮らしていれば、それなりに人間関係が築かれる。おのずと気づかされることもあった」

アレンは手を伸ばし、ネフェルの頰に触れた。

「それなりに苦労したんだな」

「結構、だ」

「そのわりにはやつれた風がない」

「気をしっかり持ち、身体も鍛えていた」

ネフェルはアレンの手に自分のそれを重ねる。

「おまえに逢ったとき、失望されるのは嫌だった」

「しないよ。むしろ、今の方が渋くて、ぐっとくる」

アレンはふざけて、流し目を送った。

「なあ、本当にしなくていいのか？」

ネフェルは肩を竦める。

「次に取っておこう。待てば待つだけ、手に入れた時の喜びは深くなる」

「いやらしい言い方だな」

「どこがだ？」

「判らなければいいよ」

アレンはくすくす笑って、一歩後ろに下がる。

「おやすみ。すぐにまた逢おう」

ネフェルは頷き、滑らかな動きで背を向けた。

「おまえも戻れ」

「うん」

そう告げたものの、アレンはその場を動かなかった。

遠ざかって行く背中が、闇の中へ溶け入るまで。

（あの背中を抱き締めたい。もう一度……一刻も早く）

別れたばかりで、もう恋しい。アレンはそっと溜息をついた。十年もの間、ネフェルは本当に良く耐えてくれたと思う。自分だったら、きっと孤独に押し潰《つぶ》されてしまったに違いない。

17　黄金の夜明け

「気をつけて……そっと降ろしてくれ」

アレンの言葉に従って、作業員が穴の中に梯子《はしご》を降ろす。

「下についたよ。旦那」

作業員がアレンを振り返った。

「よし、教授、降りますよ」

アーガイルは胴ぶるいをすると言った。

「了解だ、アレン。とうとう、その時がやってきたな」

アーガイルも深呼吸をすると、先に秘儀の間へと降りて行った。

アレンは視線を巡らせて、作業員達に紛れるようにして立っているネフェルの姿を見つける。

(側に居るあの口髭《くちひげ》の男がハッサンなんだろうな……)

アレンが軽く目礼をすると、ハッサンも同じ礼を返してきた。ネフェルの言うように、本当に紳士だ。

「下見のために作業員を降ろします」

アレンは周囲の教授達に断わると、ネフェル達を手招いた。

「先に降りたまえ」

ネフェルが眉を上げる。他人行儀なアレンの言葉が可笑《おか》しかったのだろう。

ネフェル、ハッサン、教授と続いて、最後にアレンが降りた。

小さな部屋は四人も入ると、結構いっぱいになってしまう。

「明かりを、アレン」

アーガイルが促した。アレンは手にしていたライトを点灯した。

ぽぉっと灯った明かりに周囲が照らし出される。

「神よ……」

思わずアーガイルが呟いた。

赤い塗料で描かれた古代エジプト人の姿が浮かび上がる。ひょろっと長い指先まできちんと描かれた、アマルナ特有の画法だ。

「リチャード、上を見て……そこにアテンの印があるんです」

アレンの言葉に、そこにいる全ての人間が宙を見上げた。

ハッサンが天井とネフェルの間に視線を行き来させながら感嘆したように呟く。

「すばらしい……！」

アーガイルはよく見えるように眼鏡《めがね》をかけ直す。

「これほど完璧なアテンの印を見たのは初めてだ。アテンに関するものは、アクナーテン王の死後、完膚《かんぷ》無きまで破壊されたからなぁ」

「ええ。たぶん、王もそれを用心して、この部屋を作ったんでしょう」

彼らの頭上からも感嘆の声が聞こえてきた。チームのメンバーが待ちきれずに覗《のぞ》き込んで、中の壁画を見たのだ。

「すばらしい遺産だ。これは世界中に発表しなければ……！」

アーガイルは頬を紅潮させた。

「完璧な保存が必要ですね」

アレンが言うのに、教授は大きく頷く。

「無論だよ。君。このように素晴らしいものが失われてなるものか！」

アレンはネフェルを見つめ、目顔で言った。ほら、大丈夫だろう、と。

「では、待ちきれない方々にこの席を譲りましょうか」

そう言ったアレンは、先程とは逆に先頭に立って地上へ戻っていく。

「まずは写真を撮らせよう。今夜の新聞に間に合うかな？」

アーガイルが聞いてきた。

「たぶん……きっと何が何でも間に合わせますよ」

そのときアレンの耳に、まだ地下に残っているハッサンとネフェルの会話が忍び込んできた。

「取材を許すのかい？」

「勝手に何でもするがいい。邪魔はしないと決めた」

ネフェルは静かに答えていた。

「手つかずのままの部屋を、おまえにも見せてやりたかった。とても美しいだろう？」

「ああ。凄《すご》いものだ」

「おまえがしてくれたことには到底及ぶまいが、私の感謝の気持ちだ。アテンも認めてくださるだろう」

「充分だよ、ネフェル」

今度はアレンも嫉妬はしなかった。その必要がないのは判っている。

「先に登れ、ハッサン」

ネフェルはハッサンを先に登らせると周囲を見渡した。

そんな彼の姿を、アレンは地上から見下ろす。

『陛下、あなたの努力は実りました』

やがて、ネフェルが古代エジプト語で静かに語り始める。文字ならば読める者は沢山いるが、話し言葉になると理解できるのはアレンだけだ。

『神の名は三千年たった今も、ここに記されております。しかしながら、それを寿《ことほ》ぐアテンの民はもうおりませぬ。皆、あなたと共に眠りについているのですから』

呟きながら梯子を昇り始めたネフェルは、ふいに途中で立ち止まると、長い腕を伸ばした。

そして、天井に描かれたアテンの印に指先をつける。

『俗世の者が紛れ込んでは、静かな祈りなど叶《かな》わない。ここを守れというご命令を完遂できず、申し訳のしようもございませぬ。ただ、隠しておけというご命令は、まだ守れると存じます』

アレンは彼が何をしようとしているのかを悟り、思わず叫んだ。二人にしか判らない言葉で。

それを聞いた人々が不審そうな顔になる。

『止めろ！　だめだ！』

ネフェルは目を閉じた。

『王よ……いや、兄上、死者の国でもお幸せに……お別れを申し上げます』

彼の手がアテンの印の中心を押し上げるようにする。

ゴッという石と石の擦《こす》れる音がして、天井の一部が僅かに引っ込むのを確かめて、ネフェルは手を引いた。

「あああああ……！」

アレンは咄嗟《とっさ》に手を伸ばす。知らなかった。気づきもしなかった。アクナーテン、そしてネフェルはどこまで用心深いのだろう。把手《とって》のトラップの他にも、二人しか知らない秘密のからくりが存在していたとは。

「カメラは用意したか？」

「もちろん！」

そのまま何事もなかったように地上へ上がったネフェルを、押《お》し退《の》けるようにして中に入ろうとした隊員達がふいに驚愕の声を上げた。

「て、天井が……天井が崩れていくっ！」

「うわあっ！」

自分たちの足場も危ないと知って、彼らは慌ててその場を逃げ出した。

「どうしたっ？」

騒ぎを聞きつけて、アーガイルも慌てて戻ってくる。

「天井が落下しつつあります。発掘で無理な力がかかったからかもしれない！」

逃げてきた隊員の一方が状況を説明した。

「何と……！」

アーガイルも顔色を失った。当然だろう。せっかく見つけたものが、今、この時にも失われようとしているのだ。

（よくも……）

地面に座り込みながら、アレンはネフェルを睨《にら》んだ。

（俺を油断させて……よくも……っ）

堂々とアレンの前に立って、ネフェルは悪びれずに言った。

「あれは兄上のもの。アテンは兄上だけのものなのだ。観光客相手の見せ物にはできぬ。これは弟として為《な》せる最後の孝行なのだ」

「知能犯め。そんなことを考えていたとは、少しも悟らせないで……」

唸《うな》るように告げたアレンを見下ろして、ネフェルは苦笑を閃かせる。

「気づかれたら、止められてしまうからな。おまえに甘えられると決意が揺らぐのは、この間の夜で思い知った」

アレンは地面に突っ伏す——完敗だ。してやられてしまった。だが、悔しく思う一方、ネフェルの想いも理解できないではなかった。

(アテンはアクナーテンだけのもの。そう、神の声を聞けるのも、その意思を伝えられるのも王だけだった)

彼らの間を裂こうとする者を、アクナーテンは決して許そうとしないだろう。アメン・ラーは血で血を洗う権力闘争に疲れた王を救ってはくれなかった。既存の神ではだめだった。だから、彼は新たな神、今度こそ自分を救ってくれる神、民よりもまず已れに慈悲をたれてくれる神を造るしかなかったのだ。

「壊れてしまったものは仕方がない……」

アレンは深い溜息をつき、のろのろと身を起こした。

「少なくとも俺の話は嘘じゃなかったって、教授達には信じてもらえたことで良しとするべきなんだろうな」

　ネフェルはいけしゃあしゃあと頷いた。

「私もハッサンに嘘つき呼ばわりされずに済む」

「あー、くそ！　世紀の有名人になるチャンスを逃したぜ」

　髪を掻き毟っていると、ハッサンがネフェルに耳打ちをした。

「そろそろ紹介して欲しいのだが……こちらがアレン？」

　ネフェルは微笑んだ。

「そうだ。アレン！」

「なんだよ？」

　アレンは手を止めた。

「彼がハッサンだ。行き倒れていた私を見つけ、介抱し、面倒を見てくれた親切な男だ」

「よろしく」

　ハッサンはアレンに手を差し出した。

「よく、こんな奴の面倒を見ていましたね」

　悔しそうに言いながら、思いきり手を握り返してくるアレンに、ハッサンは苦笑した。

「僕の前ではいい子でしたよ。それより、本当にあなたはアクナーテン王の治世に行ったことがあるんですか？」

アレンはちらりとネフェルを見やる。

「彼が説明したんですか？」

「ええ。でも、詳しいことは……」

アレンはハッサンに向き直ると、にっこり微笑んだ。

「ええ、本当の話です。信じられないかもしれませんが、この忌々しい男は、その時代の王の弟でね。その偉そうなことといったら、本当に鼻持ちなりませんでしたよ」

「はぁ……」

何と返事していいものか迷ったハッサンが、歯切れ悪く頷く。

アレンの言葉を聞きつけたネフェルが、アレンにしか聞こえないような声で囁く。

「そんな男が気にいったのだろうが……」

「思い上がるのもいいかげんにしろ、って言いたいところだけど」

アレンはネフェルを見て、ひょいと肩を竦めた。

「前にも言ったように、あんたは生きた遺跡のようなものだからな。秘儀の間の代わりに大事にしてやることにする」

ネフェルが心外そうな声をあげる。

「秘儀の間の方が大事だったような言い方をするな」

「拗《す》ねるな。判ったよ。あんたの方が可愛《かわい》い。無機物を愛したところで、うれしがったりしないからな」

「可愛いだと？　無礼な……！」

「まったく扱いづらい……ねえ、ハッサン、本当に鼻持ちならない男でしょう？」

二人のやり取りに目を白黒させていたハッサンは、ふいに水を向けられると、困ったように笑った。

「仲が良くて、うらやましいですよ。僕の屋敷では、滅多に笑顔を見せません。やはり、友人では恋人の代わりは務められないようですね」

彼の顔に傷心の色を認めたアレンは、自分の態度を反省した。嫉妬はしないといいながら、見せつけるような真似をする――そんな己れの小ささが恥ずかしい。

「助けてくださって、本当にありがとうございます」

姿勢を正し、礼を述べるアレンに、ハッサンは判っている、というように頷いた。

「僕も楽しかった。あなた方に対する友情は、生涯変わりません。困ったことがあったら、僕のことを思い出してください。力は惜しみません……といっても、僕はまだ父のすねかじりの身なのですが」

少し照れたように口髭を整えたハッサンを、ネフェルが抱き締める。

「おまえは頭も良いいし、交友関係も広く、実行力がある。足りないのは欲だ。欲を学べ。そうすれば、父上に負けない立派な商人になれる」

「やってみるよ、ネフェル。欲しいと思ったものを、今度こそ確実に手に入れられるように」

「その調子だ」

今度こそアレンは温かい気持ちで、そんな二人を眺めることができた。


後片付けは俺に任せてくださいと、すっかり意気消沈したアーガイル教授を始めとする調査隊の一行をアメリカに送り出したアレンは、自腹を切って小型のクルーザーを雇った。そして、ネフェルと共にアマルナを再訪する。

「ホテルの人に聞いたんだ」

アレンは金色の髪に指を潜り込ませながら言った。

「らんちき騒ぎをするんならチャーター船だって」

「ほう……らんちき騒ぎ」

「イスラム教徒は風紀の乱れに厳しいんだけど、取り締まりにあたっている警察の目の届かない船の上なら、羽目を外せるらしくてね」

ネフェルは僅かに首を傾《かし》げた。

「つまり、羽目を外して、らんちき騒ぎをしたい、という要求か？」

「それも面白そうだけど、答えはノーだ」

アレンは目を閉じて、涼やかな風を愉《たの》しむ。

「誰にも邪魔されないで、あんたと二人だけで過ごしたいって思ったんだ。ま、船のクルーは見ない振りでね。彼らも慣れているだろうから、目を瞑《つむ》ってくれるさ」

「おまえは頭がいい」

ネフェルは手を伸ばし、アレンの頬《ほお》を撫でる。

「ホテルの寝台でうっかり大声をあげて、苛立った隣の部屋の客に通報される心配もないというわけだ」

「そう、そう、男同士が寝ているのを見つかった場合、この国では鞭《むち》打《う》ちをされちゃうからね」

「厳しいな」

「うん、アケトアテンとは違う」

星の瞬くナイルの川岸――風の吹きわたる砂地の上に二人して横たわり、穏やかに言葉を交わす幸せに、アレンの口元は自然と和らぐ。

「言葉も判らないで、この時代にやってきたときはどんな気分がした？」

ネフェルは肩を竦めたようだった。

「まず……」

「まずは？」

「驚いた。まわりの人間が何を言っているか判らない。だが私に何かを質問しているのだということは伝わってきた」

「それで？」

「腹が立った。私から何かを聞きたければ判るように話せとな」

アレンは吹き出した。

「俺は古代エジプト語が判って良かったよ」

「そのうちハッサンがアラブ語を教えてくれた。それと現代に必要な基礎知識もな」

「その辺りの話も面白そうだ。ネフェル・ウェプワウェトとテレビの邂逅《かいこう》。初めての冷蔵庫」

「そう馬鹿にするものではない」

窘《たしな》めはするものの、ネフェルの機嫌は悪くなかった。

「使いこなすことができれば、電気製品って便利だろう？」

「ああ。それは人にも言える。私もさらに自分を使いこなして、食い扶持《ぶち》ぐらいは稼がねば。今のままでは、おまえの縄だと言われてしまう」

「ヒモ、だよ。それを言うなら」

アレンは瞼《まぶた》を上げ、ネフェルを見つめた。

「やってみたい仕事はあるのか？」

ネフェルは頷いた。

「ハッサンは人探しがいいのではないかと言っていた。私は粘り強いからだそうだ」

「探偵業か……なるほどね」

あまり儲《もう》かりそうではないけれど、ネフェルには向いているかもしれないとアレンは思った。

「他に候補はないの？　剣の他に得意なことは？」

ネフェルは片頬に笑みを刻んだ。

「おまえを抱くこと」

アレンが吹き出すと、ネフェルは真面目な顔になった。

「誰よりも上手にできると思うが……？」

アレンは彼の身体に腕を回した。

「証明してみせてくれ」

ネフェルはにこりとする。

「その言葉を待っていた」

ネフェルの指先がアレンの裸の胸に戯れかかってくる。

（こんな感触だったっけ……）

乱れてくる息の中で、アレンは思った。ネフェルの指はもっと柔らかかったような気がする。

（そうして、もう少しぎこちなくて……）

ネフェルの容貌が時の流れの中で少しずつ変わっていったように、アレンの肌が覚えていた彼の指の感触も変わっていったのかもしれない。

「……っ」

容赦ないネフェルの指先は、アレンの快楽を捉えることに長《た》けていた。彼はアレンの胸の飾りを摘みあげ、それを軽く擦《こす》りあわせるようにする。こねられたそれは微かに紅く色づいてきた。まるで恥ずかしがるように……。

「あ……」

アレンは声を飲み込もうとして失敗した。触れられている部分から電流のような快楽が流れて彼は背中をそらせる。

「尖《とが》ってきた」

ネフェルはアレンの胸の上に顔を伏せると、先程さんざん指でいたぶったそこに唇を押し当てた。

熱い舌が閃いて、尖った胸の中心をつつくと、アレンは身体を捩《よじ》るようにする。

「ん……っ」

濡《ぬ》れて紅く光る突起は、突かれるだけでも痛みのような鋭い快楽をアレンに与える。それでもまだ足りないとでもいうように、ネフェルは執拗《しつよう》に口でそして指先でそこを愛撫《あいぶ》した。

「あっ……っ」

ただ胸を弄《いじ》られただけなのに、アレンはすでに自分の分身が熱を持ち始めているのを感じた。

それを見透かしたようにネフェルは唇を段々と下へずらしてゆく。

まるで飢えているように——彼の手を、口づけを求めて、アレンの腰は淫《みだ》らに揺らめいてしまうのだ。

「ふ……っ」

足の付け根をさすられてアレンは溜息をついた。

やがてネフェルの唇がその辺りをやんわりと彷徨《さまよ》い出す。

アレンはもどかしさに唇を噛み締めた。

「く……う」

アレンを焦《じ》らすだけ焦らして、ようやくネフェルの手が彼の中心に触れてくる。それは半ば勃《た》ちあがり、ネフェルの非情を恨むように微かに涙を滲ませていた。

ネフェルの指先がそれを塗《ぬ》り込めるように蠢《うごめ》くと、アレンはがくりと首を仰《の》け反《ぞ》らせる。

「あ……あっ」

律動をつけてネフェルはそれを握り締めた。湿った音が耳を打ち、その度にアレンは声を放って、身体を震わせる。

「おまえは変わらないな」

ふとネフェルが微笑んだ。

「記憶のままだ。それがどんなに嬉しいか、おそらくおまえには判らないだろう」

彼の指先が根元から先端まで伝い、反りかえったアレンの欲望の形を彼に知らしめる。

「じ……らすな……っ」

アレンは頬に血の色を上らせ、訴えた。恥ずかしい。でも、このままなんて耐えられない。

「判った」

ネフェルは頷いて、アレンの欲望の証《あかし》を口に含む。

「ひ……あ」

アレンが反射的に腰を引こうとするのを許さず、ネフェルはそれに軽く歯を立てる。

「や……い……や」

決してそうではないのに、アレンは否定の言葉を唇に上らせてしまう。

ネフェルも判っていて、決してそれを止めようとはしなかった。

噛まれた跡をネフェルの舌が宥《なだ》めるように伝う。

「ん……っ」

アレンはびくびくと下腹を波打たせた。怒濤《どとう》のように押し寄せる快感が、アレンに解放を求めて身体の中で吠《ほ》えたてる。

「ネフェ……ル……ッ」

アレンは彼の名を呼んだ。

だが、ネフェルはまだ許してはくれない。

根元を押さえられ、解き放つこともできないアレンは、きつく吸い上げられて苦しそうに顔を歪《ゆが》めた。

「あ……あ」

自分を襲うこの大きな波に溺れてしまいそうだ。きっとこの波に飲まれたら、もう逃げ出すことはできないだろう。

アレンはそれが恐ろしかった。大きな声を出して、子供のように泣き出してしまいたいとアレンは思う。泣いて許しを乞えば、ネフェルは許してくれるだろうか？

「も……う」

アレンは力の抜けた指先をネフェルの腕に絡めた。

「だめ……だ」

ネフェルは顔を上げると、アレンの震える口元に軽く掠めるように自分の唇を触れ合わせる。何度か繰り返されるそれは、アレンからの口づけを待っているようだった。

アレンは軽く唇を開いて、ネフェルの舌を迎え入れる。それから自分もそっと舌を絡めた。

ネフェルはよくできましたとでもいうようにアレンを許してやる。

先端に爪を当てられ、強い刺激を与えられて、アレンの視界が暗転した。がくりと落下するような感覚があって、やがて腰の辺りから甘い快感が這《は》い上がってくる。全身を弛緩させてしまうような気だるい快さだ。

「は……っ」

アレンは溜めていた息を吐き出した。総毛立つような快さだ。

火照《ほて》った彼の身体を川から吹く風が冷ましてくれる。

ネフェルはアレンが放ったものを指先で彼の後ろへ導いた。

「っ……」

その濡れた感触にアレンが顔を顰める。

ネフェルは彼の眉根に唇を押し当てて、彼を宥めようとした。

すべりこむ指先に、アレンが再び息を詰める。

ネフェルの指はアレンを慣らすように行き来し、そこを押し広げるような動きをする。

羞恥《しゅうち》にアレンの身体は再び熱くなった。

「やめ……ろ……ネフェ……ル」

「痛いのは好むまい」

ネフェルは一向に指を動かすのを止めようとはしない。

それは一定のリズムを持ち、抜いたりまた差し込まれたりしてアレンを翻弄《ほんろう》した。

「は……っ」

やがて快楽を得る術《すべ》を心得ているアレンの身体が、彼の意識を裏切ってネフェルの指に従いはじめる。

引き抜こうとして、ふと指に絡みついてきた感触に、ネフェルは笑みを浮かべた。

「くそ……っ」

アレンは顔を両手で覆ってしまう。自分の身体が何をしたのか判っていたからだ。

「悪態をつくな」

ネフェルが囁く。

「私は嬉しい。おまえの中はたまらない。熱く、うねって、私を絞り上げる。あまりにもよくて、ずっとそこにいたいぐらいだ」

ネフェルは指を増やすと、アレンは喉の奥でこもるような声を上げた。

「くっ……う」

解放されたばかりのアレンが、また悦楽をもとめて餌を求める雛《ひな》のように頭を擡《もた》げるのを、ネフェルの目が愛おしむように見つめる。

「アレン……」

囁いたネフェルは、既に熱を持ち始めている自分をアレンに圧し当てた。

「ん……あ」

アレンが眉を寄せる。

「力を抜け……」

ゆっくりとアレンに自分を飲み込ませながら、ネフェルは彼の頭を撫でた。

「そう……いい子だな」

「っ……あ！」

逞《たくま》しいネフェルをすっかり受け入れてしまうと、アレンは切迫した息をつく。

「アレン……」

名前を呼ばれると安心する。アレンはゆっくりと瞼《まぶた》を上げた。

（大丈夫……）

自分を覗き込んでいるネフェルに頷きかけ、アレンは次の行為を、かつては恐怖でしかなかったその営みに身を任せる。

「あっ……あっ……」

全てを許されたネフェルは、アレンを突き上げ始める。最初は馴染《なじ》ませるようにゆっくりと、そして次第にリズムを速めていく。

「う……んっ……うう……うーっ」

アレンは擦りあげられて喘ぎながら、ネフェルの背にしがみついた。自分を責め苛《さいな》むこの男の背中しか縋るものはないのだ。

「好きだ……アレン……ッ」

「あっ……あっ！」

時折、揺さぶられる拍子を外されて、思いも寄らないほど深くネフェルに抉《えぐ》られたアレンは

気を失いそうになる。そうして、そこから引き抜かれるときの感触は彼を狂わせようとしているかのようだった。

「あーっ！」

掻き乱されて、抉られて——アレンは身も世もなくなって叫びだす。

もう苦痛なのか悦びなのかも判らない。

その懊悩《おうのう》の叫びをネフェルの口づけが塞いだ。

「ぐ……っ」

アレンはもがいた。めちゃくちゃに突き出した手が、ネフェルの腕と言わず、肩と言わず叩く。

ネフェルは黙ってそれを受け止めていた。そして、一際激しくアレンを突き上げる。

「あ——！」

アレンは自分の身体のコントロールを失って、がくりと頭を仰け反らせる。

腰から這い上がってくる感覚だけを頭が理解する。アレンは自分が脊髄《せきずい》だけの人間になったような気がした。だが、今はそれで構わない。この甘い、蕩《とろ》けるような快楽を味わえるのならば……。

「く……っ」

ネフェルはそんなアレンの中で高まりきった自分を解き放つ。そして、同時に高まりきったアレンをも自由にしてやった。二人の下肢が温かいもので濡れる。

「……んっ」

アレンのしなやかに反り返った背が、やがてゆっくりと砂地に落ちた。

「あ……」

アレンが溜息のような声を上げる。彼の内部はまだ蠕動《ぜんどう》して、ネフェルを締めつけていた。

ネフェルはその素晴らしい余韻《よいん》を味わいながら、アレンの浅い息をつく唇にキスをした。

「大丈夫か？　血の味がする」

どうやら、嚙み締めていたらしい。アレンは舌で自分の唇を舐《な》め、顔を顰めた。

「平気。ちょっと沁《し》みるけど」

「かわいそうに……」

ネフェルは再びそろそろとアレンの唇を舐めた。そして、痛がらないと見て取ると、舌先で大胆に唇を割り、奥に引っ込んでいるアレンの舌を探り当てる。

(天鵞絨《ビロード》のような感触だ……)

アレンは思う。汗の引きはじめた身体は重くて、動かす気にもなれない。だから、打ち上げられた魚のようにじっとしたまま、ネフェルのキスを受け入れる。

「アレン……？」

目を上げるのも億劫《おっくう》だったが、アレンはゆっくりと瞼を上げた。

「なに？」

間近に心配そうな青紫色の瞳を見つけて、彼はびっくりして目を見開いた。

「本当に大丈夫か？」

「心配性だな」

アレンは笑みを浮かべた。

「まだふわふわしているだけだ」

「なら、いいが……」

ネフェルの手はアレンの脇腹をゆっくり撫でていた。

「は……」

アレンはその優しい感触に震えてしまう。身体の奥底にまだ熾火《おきび》のようなものが残っていて、再び燃え上がる契機を待っているようだ。

「だめだ……」

アレンはぼやいた。

「そんなのもたないよ……」

「何をぶつぶつ言っている？」

ネフェルは眉を寄せた。

「だめだ、とは良くなかったということなのか？」

あんまり真面目に彼が言うので、アレンは吹き出してしまった。ネフェルとつながったままで笑ったので、震える下腹からまたあの感触が這い上がってきてアレンは眉をしかめる。

「ちが……う……すごく……よかった……って……ただ……」

「ただ？」

「ちょっと、つかれた……すこし……やすみたいかな……って」

「判った」

ネフェルはアレンの顔に快楽の色を認めて安堵したらしい。彼はゆっくりとアレンの中から自分を引き出した。アレンは顔を背けるようにしてその感触に耐える。

「ふ……っ」

自分を圧迫していたものがふいに消え去り、アレンはほっとすると同時に、肩を波立たせた。

「寒くないか？」

ネフェルはそんなアレンの肩をいとおしげに抱く。

「うん」

それまで聞こえなかった、いや聞こうとはしなかった川岸を洗う波の音がふいにアレンの耳に流れ込んできた。

「三千年前と同じ流れだ……」

アレンが呟く。

「ああ、そうだな」

ネフェルはアレンの黒髪に唇を埋めた。

アレンはくすりと笑った。

「三千年前の男とこんなことができる人間は、後にも先にもきっと俺だけに違いない」

「そうだな。三千年後の男としたのも私が最初で最後だろう」

ネフェルもそう呟いたので、二人は顔を見合わせてまた笑った。

「身体を洗ってくる。中の……あんたのものを出してから……」

アレンは身体を起こすと、川縁《かわべり》へ降りていった。

「私も付き合おう」

ネフェルも続いた。

「つめて……っ」

川の水がアレンの裸体を押し包む。

「くーっ」

アレンはゆっくりと水の中に屈み、身体についた砂を洗い流した。

「手伝ってやろうか?」

ネフェルの申し出に、アレンは首を振る。

「いいよ。悪戯されたらかなわない」

「そう、人を疑うものではない」

ネフェルはアレンの背後に立つと、くるりと自分の方に向き直らせた。

「もう逢えないかもしれないって、考えたことあったんだよな?」

アレンの問いに、ネフェルは頷いた。

「不安になったことなら……確かに」

「誰か他の人を見つけようとは思わなかった?」

「考えたこともない」

ネフェルはきっぱりと言った。

「誰か他の人間を欲しいとは思わなかった。私の孤独はおまえ以外の人間では埋められないものだということを知っていたからな」

アレンは嚙み締めるように呟く。

「同じだ……俺も同じことを思ってた」

ネフェルは川の水を手で掬《すく》い、やはり砂がついているアレンの頭にかけてやった。

「両想いで結構なことではないか」

「ああ……そうだな」

頭皮に染み渡る水の冷たさに、アレンがぞくりと身体を竦ませる。

髪から滴って頰を濡らした水を、ネフェルの唇が掬った。

「おまえと逢えて良かった」

ネフェルが呟く。

「うん……幸せだ。こんな風に満たされた気持ちになれるのは、あんたの隣にいる時だけだ」

アレンも頷いた。ネフェルはもはや兄であるアクナーテンにも、アケトアテンにも縛られることはないだろう。

（人の記憶は儚いものだ。風に舞い上がり、河と共に流されてゆく砂のように……）

だからこそ、人間は大事な思い出に執着するのだろう。ときにはそれに囚《とら》われ、一歩も動けなくなってしまうほどに。

（でも、ネフェルはすべてから解き放たれ、自由になったんだ）

アレンは微笑む。彼はどこへでも行ける。何にだってなれる。そう、共に新しい世界へ足を踏み出すことができるのだ。

「何とかエジプトのパスポートを手に入れる方法はないかな。あんた用にさ」

アレンの呟きにネフェルは眉を寄せた。

「パスポートとは何だ？」

「外務省というところが発行している身分証明書だよ。これがないと外国には行けない」

「アレンは持っているのか？」

「もちろん。だからあんたの分を何とかしたいと思ったんだ。まさか三千年前のエジプト王国じゃ発行していなかっただろうからな」

ネフェルはしばらく考えて言った。

「ハッサンの友人が、確かその外務省とやらに勤めている」

アレンは瞳を輝かせた。

「本当か？」

ネフェルは頷く。

「ハッサンを通じて頼めば、方法を考えてくれるかもしれん」

「蛇の道は蛇と言うしね」

「なぜ、私にもパスポートが必要なのだ？」

ネフェルの問いにアレンは肩を竦めてみせた。

「俺は世界中を飛び回って遺跡を調べたり、修復したりするのが仕事なんだぜ」

「ふむ」

「だから、俺の荷物持ちも当然、世界中を飛び回るハメになるんだよ」

「荷物持ち？　私がか？」

ネフェルは目を剝《む》いた。

「当面だよ、当面。アーガイル教授や先輩方の手前、愛人とは言えないし……それにあんたはすぐに探偵さんになるんだろう？」

アレンがそう宥めると、ネフェルは少し機嫌を直した。

「そうだったな……この世界ではそういうことはあからさまにしてはいけないのだった。何とも面倒なことに」

ネフェルはアレンの首筋に顔を埋める。

「では、私達はずっと一緒に居られるのだな?」

「ああ。約束しただろう?」

「そうだった」

ネフェルはアレンの首筋を吸い上げる。

アレンは首を竦めるとネフェルを睨んだ。

「こら、悪戯はしないって……」

「悪戯ではない。いつでも私は本気だ」

ネフェルは微笑んでそう言うと、呆れたような顔のアレンに自分のそれを近づけていった。

思わず見蕩《みと》れてしまうほど整ったその顔を……。

(不思議な縁に結び付けられたもんだ)

アレンは思う。

(なにせ、時を越えた恋愛だからな)

だが、出会いがどんなに変わったものであっても、好きになってしまえばそんなことはちっとも気にならなくなるのだから、恋というものは恐ろしい。

アレンは腕を伸ばして、ネフェルの背を抱き締めた。

かつてアレンが見た夜の幻の中では儚く消えてしまったそれは、いま確かな温かさでアレンの腕の中にある。

(これは夢ではない)

かけがえのないもの。決して失えないもの——アレンは腕に力を込めた。約束どおり、アレンは決してネフェルをひとりにはしない。

(ネフェルが俺を手放せないように)

そうして、楽しくやっていくのだ。ひとかけらの不安もなく。ネフェルと二人なら、アレンは何をも怖れないだろう。

ネフェルの髪のような黄金色の光が、辺りをゆっくりと照らし出した。

夜が明けてくる。

「行くぞ」

「うん」

ネフェルはアレンを抱き上げると、力強い足取りで川から出て行く。

アレンは微笑んで瞼を閉じた。

この美しい朝は、かつて知らなかった心躍る日々の幕開けとなるだろう……。

あとがき

はじめまして、もしくは、こんにちは、松岡《まつおか》なつきです。

現在、私は『FLESH&BLOOD』というタイムスリップ/並行世界もののシリーズを書かせて頂いているのですが、二十年前に発行したこの作品も同じカテゴリー。どうにも好きみたいですね、時空を越える愛が。


さて、歴史を絡めた小説の場合、発行後に定説が覆されたり、新しい発見があったりして、史実と内容に差異が生まれる、ということがあります。なにしろ、『流沙の記憶』も最初に世に出たのは二十年前（しつこいですね。苦笑）――やはり、出てきてしまいました。本文中では『行方が判らない』ことになっている、アクナーテン王のミイラが。

加筆改稿をしながら、この件はどう取り扱うべきか悩みました。しかし、構成を大きく変えなければならなくなるため、以前の設定を生かすことに。

大河ドラマでも、脚本家の方はフィクションの匙《さじ》加減で苦労なさるということですが、それはボーイズラブにも言えることで、この作品でもドラマを盛り上げるため、史実と違ったエピソードを加えていることを、おことわりさせて頂きます。

彩《あや》先生も本当に細かくリサーチしてくださって、「実際はこうらしいのですが、見た目的にこうしても大丈夫ですか」と丁寧に問い合わせをして頂きました。挿画についても史実と違う部分は、私の責任でそのようにして頂いたものです。それにしても、本当に格好良いですよね、ネフェル。ラフの時点からバッチリ描かれているアイラインにうっとりしていました！　今回も素晴らしい作品をありがとうございます！

担当の山田さんを始めとして、この作品の発行に携わってくださった方々に御礼申し上げます。どうぞ、今後ともよろしくお願いいたします。

そして、読者の皆様に最大の感謝を捧げます。少しでも愉しんで頂けたら、これに優る喜びはありません。

それでは、またどこかの誌面でお目にかかれることを、心から祈っております。

資料として、主に以下の書籍を参考にさせて頂きました（敬称略）。

『王家の谷』オットー・ノイバート（法政大学出版局）
『古代エジプト人の世界』村治笙子（岩波新書）
『古代エジプト　ファラオ歴代誌』（創元社）
『図説　エジプトの神々事典』（河出書房新社）
学恩に感謝致します。

この本を読んでのご意見、ご感想を編集部までお寄せください。

《あて先》〒105－8055　東京都港区芝大門2－2－1　徳間書店　キャラ編集部気付
「流沙の記憶」係

■初出一覧
流沙の記憶……白夜書房刊（1994年）
※文庫化にあたり、大幅に加筆・修正しました。

Chara

流沙の記憶

……【キャラ文庫】

2014年2月28日　初刷

著　者　松岡なつき
発行者　川田　修
発行所　株式会社徳間書店
〒105-8055　東京都港区芝大門2-2-1
電話048-451-5960（販売部）
03-5403-4348（編集部）
振替00140-0-44392

印刷・製本　図書印刷株式会社
カバー・口絵　近代美術株式会社
デザイン　百足屋ユウコ（ムシカゴグラフィクス）

ISBN978-4-19-900742-2

好評発売中

松岡なつきの本

【H・K《ホンコン》ドラグネット】全4巻

イラスト◆乃一ミクロ

君は、今日から香港《ホンコン》マフィアの巨大組織「開心《ホイサム》」の後継者候補だ——。ケンカっ早くて気は強いけど、ごく平凡な高校生・伊庭隆之《いばたかゆき》に訪れた激変の運命。それは、莫大な財産を相続する代わりに、敵対組織に殺された父の仇を討つこと!! しかも、同い年の義兄アーサーと「香主《シャンチュ》」の座を争う羽目に…!? 血で血を洗う香港黒社会に生きる男達の、恋と激情を鮮烈に描くピカレスク・ラブロマン開幕!!

投稿小説★大募集

『楽しい』『感動的な』『心に残る』『新しい』小説——
みなさんが本当に読みたいと思っているのは、どんな物語ですか？　みずみずしい感覚の小説をお待ちしています！

•応募きまり•

[応募資格]
商業誌に未発表のオリジナル作品であれば、制限はありません。他社でデビューしている方でもOKです。

[枚数／書式]
20字×20行で50〜300枚程度。手書きは不可です。原稿は全て縦書きにして下さい。また、800字前後の粗筋紹介をつけて下さい。

[注意]
①原稿はクリップなどで右上を綴じ、各ページに通し番号を入れて下さい。また、次の事柄を1枚目に明記して下さい。
(作品タイトル、総枚数、投稿日、ペンネーム、本名、住所、電話番号、職業・学校名、年齢、投稿・受賞歴)
②原稿は返却しませんので、必要な方はコピーをとって下さい。
③締め切りは特別に定めません。採用の方にのみ、原稿到着から3ヶ月以内に編集部から連絡させていただきます。また、有望な方には編集部からの講評をお送りします。
④選考についての電話でのお問い合わせは受け付けできませんので、ご遠慮下さい。
⑤ご記入いただいた個人情報は、当企画の目的以外での利用はいたしません。

[あて先]　〒105-8055 東京都港区芝大門2-2-1
徳間書店 Chara編集部 投稿小説係

投稿イラスト★大募集

キャラ文庫を読んで、イメージが浮かんだシーンをイラストにしてお送り下さい。キャラ文庫、『Chara』『Chara Selection』『小説Chara』などで活躍してみませんか？

•応募きまり•

[応募資格]

応募資格はいっさい問いません。マンガ家&イラストレーターとしてデビューしている方でもOKです。

[枚数／内容]

①イラストの対象となる小説は『キャラ文庫』か『Chara、Chara Selection、小説Charaにこれまで掲載された小説』に限ります。
②カラーイラスト1点、モノクロイラスト3点の合計4点。カラーは作品全体のイメージを。モノクロは背景やキャラクターの動きの分かるシーンを選ぶこと（裏にそのシーンのページ数を明記）。
③用紙サイズはA4以内。使用画材は自由。

[注意]

①カラーイラストの裏に、次の内容を明記して下さい。
（小説タイトル、投稿日、ペンネーム、本名、住所、電話番号、職業・学校名、年齢、投稿・受賞歴、返却の要・不要）
②原稿返却希望の方は、切手を貼った返却用封筒を同封して下さい。封筒のない原稿は編集部で処分します。返却は応募から1ヶ月前後。
③締め切りは特別に定めません。採用の方にのみ、編集部から連絡させていただきます。また、有望な方には編集部から講評をお送りします。選考結果の電話でのお問い合わせはご遠慮下さい。
④ご記入いただいた個人情報は、当企画の目的以外での利用はいたしません。

[あて先] 〒105-8055 東京都港区芝大門2-2-1
徳間書店 Chara編集部 投稿イラスト係